大漠奇闻录

拟南芥 著

廣東旅游出版社
GUANGDONG TRAVEL & TOURISM PRESS
悦读书·悦旅行·悦享人生

中国·广州

图书在版编目（CIP）数据

大漠奇闻录 / 拟南芥著. — 广州：广东旅游出版社，2022.10
ISBN 978-7-5570-2800-8

Ⅰ. ①大… Ⅱ. ①拟… Ⅲ. ①长篇小说－中国－当代 Ⅳ. ①I247.5

中国版本图书馆CIP数据核字（2022）第112610号

出 版 人：刘志松
策划编辑：宋晓雯
责任编辑：林保翠
特约编辑：计双羽
封面设计：弗　酉　南大古
责任校对：李瑞苑
责任技编：冼志良

大漠奇闻录
DAMO QIWENLU

广东旅游出版社出版发行
（广东省广州市荔湾区沙面北街71号首、二层）
邮编：510130
电话：020-87347732（总编室）　020-87348887（销售热线）
投稿邮箱：2026542779@qq.com
印刷：北京金特印刷有限责任公司
地址：北京市石景山区鲁谷路74号
开本：880毫米×1230毫米 32开
字数：195千字
印张：9.125
版次：2022年10月第1版
印次：2022年10月第1次
定价：58.00元

[版权所有　侵权必究]
本书如有错页倒装等质量问题，请直接与印刷厂联系换书。

谨以此文献给布鲁诺、海帕西娅……
他们身上燃烧的火与燧人氏所取的火应是同种。

目录

楔　子　　　/1

第一章　　战后绿洲　/4

第二章　　奇术师再临　/15

第三章　　女王的四个挑战　/32

第四章　　于蓝天舞蹈　/50

第五章　　生者夜谈　/66

第六章　　阿鹿桓的傀儡　/84

第七章　　于沙中狂歌　/99

第八章　　各自的选择　/114

第九章　　有女同车，颜如舜华　/124

第十章　　火寻零的故事　/143

第十一章	所谓伊人 / 156	
第十二章	于黑暗中寻找光明 / 173	
第十三章	阿鹿桓与弈棋者 / 181	
第十四章	跨越时代的奔雷 / 192	
第十五章	血色真相 / 207	
第十六章	生死相逢 / 221	
第十七章	神的话语，人的意志 / 237	
第十八章	最终之战 / 248	
番　　外	奇术师与歌者 / 259	
后 记 一	奇书师 / 273	
后 记 二	奇术师的遗物——巴格达的陶瓶 / 282	

楔子

飞鸟。

一只鸟飞入庙堂之内，落在古朴的青铜器上。它不知道，这批礼器正是秦襄公祭祀天帝时所用之物，秦由此立国。

古老的铜器闪着微光，像是在诉说过去的辉煌。昔年，周平王为躲避犬戎，迁都洛邑，秦襄公带兵护送周平王至新都。周平王封襄公为诸侯，赐给他岐山以西的土地，并约定秦若能驱逐戎人，便将戎人的土地分封给秦。

由此才有了秦襄公祭天昭告天下。

鸟理了理自己的羽翼，振翅而起。它往西方而去，一路飞过西戎、羌的领地，来到被后世称为西域的上空。

鸟儿沿着商道飞翔，在同一条道上，它看到了一个黑发黑瞳的东方人裹紧斗篷在风沙中前行。

如果飞鸟的记性足够好，它就会记起在秦国恢宏的宫殿中也有这个东方人——东方流明的身影。这个人曾问自己的君主有何志向，他的君主沉默不语，在他手心写下"天下"二字。

因为这二字，东方流明与它在这里相遇，他也要去往西方，寻找近乎神话的奇术。

这是一次短暂的相遇，飞鸟挥几下翅膀，便越过了东方流明。

它继续前行终于到了绿洲，在绕口、晦涩的异国语言中，这片土地被称作罗火洲。罗火意为"富饶"。但今夜，它处在毁灭的边缘，鸟儿的双翅带着过去与未来的震动，越过烟火，落在城墙上。

被火焰炙烤得发烫的砖墙，灼痛了鸟儿的脚皮，它尖啸一声继续腾飞，想要饮些清水继续前行，但没能飞出多久，就撞到了一棵诡异的"树"。树身之上钢铁制成的枝条从绿洲中央的城堡延伸出来，像是长疯了一般，张牙舞爪，缠住了这只鸟，蓝色的电光爬满了鸟的全身。

飞鸟黑色的羽毛起了火，散发出难闻的焦臭味，化作火球坠落。

绿洲的主人阿鹿桓看到眼前的一幕，连忙擦掉额头的汗珠，不再想那只惨死的鸟，将目光放在燃烧着的家园上，喊杀声被风吹进他的耳中。

他能看到刀光剑影，那些刀刃、鲜血仿佛直接落到了他的心上，让他痛苦不已。

他继续操纵着可怕的武器，发出一道又一道的死光，但就算赢得这场战争，他失去的东西也不可能再回来了。

绿洲里的火不会停止，将慢慢连成片，最后烧到阿鹿桓的心上。

战争真是这个世界最可怕、最无解的东西，但今夜的火光也会闪耀，吸引奇术师的目光，不单单是东方流明，还有其他人，他们会像飞蛾扑火般前来。除了命运，再也不能解释这里已经发生、正在发生、将要发生的事情。

阿鹿桓没有发觉，在火焰之上、他的故乡之上，失败的阴云正在汇聚。

胜负的天平在不经意之间已经倾斜了。

第一章
战后绿洲

阿鹿桓身死,罗火洲被攻陷。

阿鹿桓的妻子、联军的主人——火寻零成为罗火洲的新主人。

清理战场就花了大半日,说是"清理",其实是城破之后的洗劫。由于这里将成为火寻零的领土,联军也没做得太过分,只是抢劫了城内的富人,随后开始了真正的清理。

火寻零再度踏上罗火洲的土地已经临近午后了,正是一天之中最热的时候,灼热的烈阳挂在天上,毫不留情地炙烤大地。

火寻零的轿子来到罗火洲的城门下,城门早就坍塌了,城墙上满是战火的痕迹,一片狼藉。

也许多年后,会有老人摸着城墙上斑驳的痕迹,向后人述说这场战役的惨烈。

火寻零伸出手,示意停下轿子。她从轿子上下来,白裙垂地,沾了尘埃,却更显火寻零的清纯动人,就像一朵从地上开出的白花。

平民们向她跪拜，士兵们向她行礼。

士兵们原先还有一些不满，但在见到火寻零后，这些不满就烟消云散了。尽管他们不能纵情洗劫这座城市，尽管他们不少同伴都死在了城墙下，但一看到他们为之奋斗的人竟如此美丽，就又觉得理所当然了。

这里是沙漠，所有的美好都一瞬即逝。一棵树苦苦等待一场雨，等了数年，等雨落下，它也只有三天时间开花，粉色的小花将快速凋零。在沙漠热风的吹拂下，人也老得飞快，一眨眼，小女孩长成了少女，少女变成妇人，妇人又变成老妪。因此，这里的人对美有惊人的敏感，也更易被美打动。他们节日的盛装可以花几年缝制，不断往上添加新的花纹，家家户户都藏着珠宝首饰，全戴在身上，体重甚至会增加一倍。在这里，去市场采办的都是美丽少女，因为凭着美，便可以轻而易举地获得折扣。

火寻零没有享受万民臣服的快感。阿鹿桓的尸首被放干了血，挂在城墙上，加之阳光的曝晒，整个身子干瘪了不少。火寻零抬起头，向上望去，只能模糊地看到阿鹿桓的死相。

阿鹿桓的五官纠结着，宛如死去的胡杨树的树根，嘴微微张开，像是要述说自己的不幸。由于这里干燥的气候，他的尸体并不会腐烂，将一直挂在城墙上，说不定还能见证罗火洲的再度毁灭。

火寻零收回目光，她很庆幸被挂上城门的不是自己。昨夜的情势危险到了极点，自父亲死后，火寻零就在进行一场赌博，越赌越大，昨晚就是一场不能再大的豪赌，她召集来的联军并不稳定。说到底，这是火寻零和阿鹿桓之间的战争，妻子对丈夫，蒲车洲的公主对战罗火洲的领主,与其他绿洲无关。

尽管明面上,联军是为了正义而战,阿鹿桓抛弃了沙漠之神转而侍奉恶魔,杀害了自己的岳父、火寻零的父亲,获得了邪恶的巫术。为了消灭堕落的阿鹿桓,余下几个绿洲才会在火寻零的号召下派出军队。但实际上,绿洲的领主们更在意的是罗火洲的富饶,以及他们攻陷罗火洲后所能得到的好处。所以当战争的损失大于收益时,联军就会一哄而散。而阿鹿桓掌握的可怖力量也吓坏了普通士兵,他们害怕阿鹿桓的巫术,害怕死在巫术下的灵魂会被拖入地狱。

好在,幸运之神一直站在火寻零的身后,让她获得了最后的胜利。

她抬头只是一瞬,脑海中却闪过无数的念头,她下定决心,半年后,就将城门上的尸首放下来好好安葬。

火寻零向四周颔首致意,又回到了轿子中。

有一场庆功宴正等着她。

所谓领主就是一方绿洲的主人,一粒沙和一滴水都属于他们,生活于此地的人也要服从他们。他们生来就富有、高贵,其他人费尽一生追求的东西,他们一出生就得到了。人生对他们而言太过乏味,他们只能给自己寻找一些乐子。比如火寻零的父亲铁恩被称作"驯兽者",不单单因为他善于利用、玩弄他人,更本质的原因是他喜欢异兽,豢养了大量野兽。而秋池洲的领主奥格斯格被称作"草药与汗蒸之王",不是因为他的实力能称王,而是因为他太喜欢草药和汗蒸,对这一方面的研究真的可以称王……

总而言之,这是一群挥霍财富、任性的家伙,世上大概没有比他们更懂享受的人了，战争才过去没多久，不少人脸上的污垢都没有洗去，他们却已经在阿鹿桓的城堡中清出了一块地方宴饮。

卑陆洲的代表——长须者的长子安叱奴。

胡落西绿洲的领主——白银之主安斯艾尔。

秋池洲的代表——草药与汗蒸王的首席大臣波尔图。

乌弋洲的领主——万驼主卑鹿明。

狐胡洲的代表——举刀者罗伊的儿子图明。

西夜洲的代表——多子者最宠爱的儿子鸠摩罗。

山劫洲的代表——七王冠的胞弟乌凌。

七人纵情声色，畅快作乐。

水果是新鲜的，酒水是阿鹿桓宝库中的上品，地毯是新铺的，在这里丝毫看不出战争的影响。

这些领主在行军时居然还带着这些奢侈品和舞姬、乐师。

火寻零来得有些晚了，宴会已经开席，与会者脸上带着微醺的红晕，空气中满是酒香、奶香、果香。

火寻零的到来让所有人都吃了一惊，她的装束毫无问题，精致艳丽，但裙摆和鞋底却脏了，一路走来，在华美的地毯上留下一串污渍，这让宴饮的人有些不快，他们认为那些污渍伤了他们的颜面。但这就是火寻零的目的，她才是最不快的那一个。她是联军的领袖，是罗火洲名正言顺的主人，可他们竟赶在她之前恬不知耻地进到这里，将这里当作自己的地方。

火寻零不是为了做一个傀儡才杀害自己丈夫的。

"诸位，下午好。"她优雅地向他们行礼，然后让下人在会场最上端放置自己的坐席，用这样的方式直白地宣告自己的地位。

众人脸上挂着微妙的笑，火寻零装作什么也没有发生，举起酒杯和他们一起庆祝这场来之不易的胜利。

终于在宴会的最后，领主们撕开了微醺、和睦的气氛，要开始谈些正事了。

是的，他们总是这样，仿佛失去了酒精，就不会说话了似的。

其实，火寻零明白他们的想法，这群狐狸都希望对方喝多了，自己能多占些便宜，也可以把自己贪婪、丑陋的一面归罪为酒后失态。

几个简单的议题之后，他们谈到了战利品的分配问题。

"那么首先是奴隶。"有人开口道。

"我可不知道有什么奴隶。"火寻零说道。

所谓奴隶当然就是罗火洲的人民，在沙漠中绿洲是最宝贵的，而人次之。人就像老鼠、兔子，只要环境适宜，他们就会不断地冒出来。

"我以为这是一场没有奴隶的战争。"火寻零说道，"他们都是我的子民。"

在沙漠中，胜利者将失败者贬为奴隶是很正常的事情。但这场战争的目的是推翻阿鹿桓的统治，拯救罗火洲的人民。如果将罗火洲的人民当作奴隶，那整场战争的正义性将会受到质疑。况且火寻零正要重建罗火洲，亟需人手。

无法肆无忌惮地抢掠，又少了奴隶这笔收入，领主们有些不满。

一来二去，火寻零有些疲惫。

现在，火寻零无比想念自己的父亲，他狡猾奸诈、心狠手辣，他和他们是同代人，不会被小觑。如果父亲来处理这些事，应该会更得心应手吧。

火寻零突然又想起了阿鹿桓，他也曾这样面对这些领主，他比自己还不擅长这些。所以阿鹿桓才会堕落，跑去研究"奇术"。

是的，火寻零心中明白阿鹿桓研究的不是巫术，而是奇术。

火寻零喝了口果汁，润了润自己的嘴唇，说出自己的方案。

如果财富不能带来水、食物、自由，那么财富就没有意义。

火寻零准备将罗火洲宝库中绝大部分财宝都交给他们，甚至连罗火洲最著名的宝石贸易也转让出去一部分，用作出兵的军费。

胡落西绿洲的领主安斯艾尔、秋池洲的代表波尔图、乌弋洲的领主卑鹿明三个人已经被她说服，其他领主却又将这个话题发散到了别的地方：罗火洲的人民不会被当作奴隶带走，但万一这当中还有阿鹿桓的人怎么办？为了罗火洲的稳定，他们会留下部分军队驻扎在此。

领主们不愿意撤军。

火寻零当然不会同意，这些军队会变成她的眼中钉、肉中刺。

关于这点，两方不肯退让。火寻零珍珠般白皙的面庞也带上了点怒火。

这时，一个卫兵匆匆忙忙闯入宴会，禀告火寻零，城外来了一个怪人，想要进城。

火寻零好奇地问道："什么样子的怪人？"

卫兵回答道："不似常人，和我们长得都不一样，像是从另一个世界来的。"

"把他赶走吧。"火寻零说道。

"他纠缠我等,说必须进城。"

"必须进城?他不知道这里正乱着吗?"西夜洲的代表鸠摩罗说道,"你们手里的刀是摆设吗?"

卫兵低头道:"他带了一把形制古怪的兵器,我们不是他的对手。"

火寻零问道:"他有说些什么吗?他来自哪里?为什么来此?"

"他说他是来自东方的奇术师,为奇术而来。"卫兵回答道。

"奇术师啊……"

而且还来自神秘的东方,火寻零不敢小瞧这些奇术师,经历过一场战争的她最清楚奇术的可怕。

火寻零思索片刻道:"那请他进来吧。"

奇术师久久未能上殿,领主们便继续之前未完的讨论,就当他们都要忘了奇术师时,他登场了。

正如卫兵所说一般,东方的奇术师是个奇怪的人,他长得与其他人都不一样,黄皮肤、黑瞳、黑发。尤其是他的黑发,又长又亮,就像夜色一般,打理那么长的头发要花不少工夫,在这里只有贵妇会留这么美的长发。

他不像一个长途跋涉而来的旅人,而像是刚从午睡中醒来的贵公子。

火寻零好奇地打量这位东方的奇术师,通报的人没有提过奇术师的性别,奇术师俊美的容颜,让她觉得这是一位女奇术师。

看看这精致的五官、细腻的皮肤,配上一袭绣着金边的黑袍,这个奇术师似乎是个长得有些英气的女性。

"从东方来的奇术师,您为何而来?"火寻零问道,"正如您所见,这里刚遭受了战争,如果您想要财富或者权势,我劝您继续往西,据我所知,那里的人也欢迎奇术。"

下方的奇术师行了一个东方礼,跪坐在席上:"我从一个被称作'秦'的地方来,在奇术师眼里,财富和权势都不如奇术重要,因为它们从来不是目的,只是追逐奇术道路上的副产物。"

火寻零皱了皱眉头,奇术师的声音低沉,是男人的声音。她猜错了奇术师的性别,同时又嫉妒一个男人有这么漂亮的长发。对于奇术师的话,火寻零并不相信,毕竟之前已经有了坏例子。

"那么您想要什么?"火寻零问道。

东方的奇术师说道:"我想取回这里的四尊傀儡。"

奇术师的话一出口,在场的人都变了脸色。

阿鹿桓的堕落就与四尊傀儡有关,两年前,一位陌生的奇术师来到罗火洲,在宴会上展示了四尊傀儡。阿鹿桓因此沉迷于奇术,到最后开始研究巫术,无视子民的生死。

火寻零歪着头,问道:"您在说什么,您要什么?"

"我想要这里的四尊傀儡。"奇术师比画着再次说道,"我记得就是舞姬、琴师、武士和弈棋者。"

"您的名字?"火寻零再问道。

"东方流明。"东方流明说道,"美丽的领主,我绝不会白拿这些傀儡,我会用珍珠同您交换。"

火寻零面露微笑:"东方先生,真是对不起,我对傀儡什么的没有兴趣，送给您也没什么问题，但不幸的是它们遗失了。"

"一尊也没有剩下吗？"东方流明有些急了。

火寻零摇了摇头："战火就像真正的火焰，会吞噬掉很多东西，包括精致的傀儡。"

"就算是残骸也好，务必让我看看吧。"东方流明恳求道。

"就连残骸也没有。没人知道它们去哪儿了。"火寻零对东方流明说道，"东方先生可以先留下来。"

火寻零突然有一种感觉，留下这个奇术师或许能带给她些许助力。

于是她压下了众多异议，又对东方流明说道："我正需要一位奇术上的顾问，敢问您是否能为我服务？"

"我很乐意。"东方流明又施了一礼，"同时，我也希望您能准许我寻找傀儡的下落。"

"当然可以。"火寻零又好奇地问道，"东方先生好像对这四尊傀儡有很深的执念。那些傀儡是？"

"我听说罗火洲的傀儡是由奇术师哈桑带来的。"

火寻零并不想提那个名字，只是点了下头。

"傀儡并不属于奇术师哈桑，或者说不全属于他。"东方流明说道，"他曾来到东方，在我师门下偷学机芯的技术，将其用在了他的傀儡上。我希望能追回这项技术。"

"他已经死在战争中了。"火寻零说道，"需要看看他的残骸吗？"

"这个就不必了。"东方流明说道，"现在我只想追回傀儡。"

"咳咳咳咳……"一旁的诸位领主终于受不了火寻零和东方流明的闲聊。

"比起傀儡，我问你，你见过那种能在天空划出无数条光蛇、蛇落地时能灼伤周围人畜的奇术吗？"长须者的长子安叱奴问道。

东方流明如实地摇了摇头。

安叱奴冷冷道："我们还是回到正题吧，小丑可以先退下。"说完，他还摸了摸自己的蓝胡子。

安叱奴为模仿自己的父亲，也蓄了一脸大胡子，这让他看起来比实际年龄更老成。

东方流明脸上一直保持着微笑，但安叱奴说到"小丑"这个词时，他下意识握住了佩剑的剑柄，但最后他还是低着头，起身告退。

东方奇术师的到来让他们把奇术放到了明面上讨论。

在最终决战中，阿鹿桓曾使用过一种诡异的武器。他一人操纵着奇怪的死光差点阻拦了整支联军。无论那是否巫术，力量总归是力量。领主们都渴望巨大的力量，他们抢先进入这里，就是希望能得到那件武器。可惜，它不见了。

"为了沙漠的和平，我们应该共享那股力量。"狐胡洲的代表图明说道。

领主们都望向火寻零。

火寻零一摊手回答道："我同你们一样，所知甚少。你们当中消息灵通者应该知道，我逃离罗火洲的时候，阿鹿桓还没有制造死光。而战争结束时，我也没能抓到活的阿鹿桓。他在战败后就自杀了，临死前命人彻底毁掉'死光'，核心部件的制造方法只有阿鹿桓本人知道。"

"那图样呢，制造这么大的设备总该留下图样的，或者是研究笔记。"七王冠的弟弟乌凌问道。

"城堡中有一个房间。"火寻零道，"阿鹿桓叫它奇迹室，阿鹿桓常说要在里面创造一个奇迹。实际上，他也成功了，如果有图样的话，应该会在里面。"

"所以你找到了吗？"乌凌急着问道。

"没有，他把相关的东西都烧了。只留下了一些不可燃的部件，比如一口大钟和大量的铜丝。"火寻零像猫逗老鼠一般，激起其他人的希望，随后再狠狠掐灭。

"阿鹿桓在战前还下发了一些神秘的盒子，一头连着铜丝，所有人都要听着钟声的指挥转动把手。但在大雨之中，阿鹿桓命人回收了盒子，都丢入炉中烧毁了。"

乌凌拿出一个包裹："是这些吧，完全看不懂啊。"他皱紧了眉头。

包裹里是一个未燃尽的盒子，只能看出里面布满铜丝，并嵌有两块普通的矿石，看不出什么不寻常的地方。

"火寻零啊，你真的没有隐瞒什么吗？"有人问道。

"真的没有，阿鹿桓确实毁掉了'死光'。虽然不想这么说，但光凭我们是不可能重建的。"火寻零道。

"那么，有关'死光'的消息都必须公开。"

"可以。"火寻零说道，"不过作为交换，驻兵的事情是不是还可以再商讨商讨？"

第二章
奇术师再临

一个人影从石堆中缓缓站起身。沙漠中可用的资源太少，昨晚他生了个火堆，但木柴并不多，他只能一点点添加柴火，确保自己能度过寒冷的夜晚。现在太阳就快升起来了，趁着凉爽，他必须赶路。可在这之前，他伸了一个懒腰，从背后抓出一条绳状物。

这是一条毒蛇，它一次性释放的毒液，足够毒死六十头骆驼。

毒蛇的脑袋已经被去掉了，但地上的蛇头还在摇动，吐着信子，依然想着咬人。

因为死后还有着杀人的力量这个特性，蛇常被巫师用作施法的材料。

旅人用头巾小心地包裹住蛇头，收进包里，将蛇肉放到火上炙烤。

这条蛇是他意外得来的。就在半夜，毒蛇为了取暖，爬到了他身边，却被他顺势抓住。旅人在三天前就断粮了，水也在昨天喝完，这几天只吃了一些仙人掌。这条蛇是不错的食物。

"前面就是罗火洲了啊。"旅人丢掉啃得一干二净的蛇骨,"战争是否已经结束了?"他挠了挠头,"阿鹿桓?那个人是叫阿鹿桓吧,我终于可以见到他了。"

他说的是东方的语言,语气中透出一股子兴奋。

在东方流明之后,第二位东方的奇术师到达罗火洲。

东方流明还未适应罗火洲,正如罗火洲没能适应他一样。当他出现在街道上,穿着东方特色的服饰,总能引发围观,甚至有热情的少女送上鲜花和水果,让他每次都能"满载而归"。

无奈之下,东方流明只能戴上面具出门,去打听傀儡的事情。

东方流明在闹市中行走,听到了不少有关傀儡的故事。

宫廷之事本就是平民的谈资,而奇术师的傀儡更是充分调动了人们的兴趣,以至于在众人口中,那四尊傀儡已经被妖魔化了。

东方流明有些恍然,有那么一刹那,他不知道自己究竟在找什么,是人造的傀儡,还是天降的妖魔。

在他们的讲述中,奇术师哈桑来到罗火洲,绿洲就有异动,这些人仿佛都成了巫师,能感知微小的启示,如犬的狂吠、树叶的坠落、酒水的腐败。总而言之,哈桑带来了一些变化,有了这些不同寻常的变化才对得起之后的传奇。

在酒馆,东方流明呷了一口酒,却不急着下咽。他的周围聚集了一群醉汉。

东方流明深知酒精是通往真相的捷径,唯一的问题是它也可以带来疯狂和混乱，只有勇士才能运用自如。他不喝醉，却能让别人喝醉，从而撬开他们的嘴。

从满是酒气的口中，东方流明又得到了泡沫一般梦幻的碎片。

舞姬，拥有着远超人类的美貌，只要看一眼就会沉醉于它的美艳，它的舞蹈更是无法用语言形容，仿佛人类长出了翅膀和鱼尾，能在空中和水中自由地翱翔，它的舞姿能满足你任何的欲望。据说舞姬的到来，让罗火洲的娼妓赚了一大笔钱，毕竟那只是一个傀儡，不能代替真正的女人。

琴师，是个英俊、忧郁的男人，它拥有世上最灵活的手指，能演奏无数的乐曲，能使石头流泪，使死者复活。据说琴师无法长时间演奏，因为它的制作者害怕听众流连乐曲，永远听下去。

武士，是个高大的男人，它沉默得像山一样，只有在杀人时才会发出声响。武士长着蛇的毒牙、熊的骨骼、狼獾的利爪、鹰隼的眼睛，它背上是一张巨弓，只有它那样的非人之物才能拉开，射出的箭在数百步外还能洞穿人身。

弈棋者，是拥有智慧的恶魔，它不单会在棋盘上玩弄你，还会在现实中一步步引导你走向毁灭。因此，它的制造者拔掉了它的舌头，不让它开口。但它会书写，通过简短的文字照样能将人拉入深渊，罗火洲原领主就是这样毁灭的。

有人说，这四尊傀儡以宝石为食；有人说，它们以人的灵魂为动力……

唉，东方流明叹了一口气。

看来，他让这些人喝得太多了。

就在这个时候，酒馆的另一头产生了骚动，新来了一位客人，酒馆内立刻充满了一股恶臭。

东方流明转过头，看到了一个旅人，他披着一件满是破洞和污渍的斗篷，头发散乱，闪着油腻的光，让人反胃。他的脸上也蒙着一层厚厚的旅尘，甚至遮盖了他原本的肤色。酒馆内的恶臭就是从他身上散发出来的。

"来一杯酒。"旅人说道。

他坐了下来，也注意到了东方流明。

"我听说这里来了一位奇术师，是你吗？"旅人用的是东方流明故国的语言。

东方流明惊讶地站了起来，他望向邋遢的旅人，发现旅人的发色和瞳色与自己完全不同，紫瞳红发，这不是纯正的东方血统。这让东方流明想起了某个传言中的奇术师。

隔着人群，东方流明也用故国的语言回答道："是我，请问有什么指教吗？"

"出门在外，难得遇到同胞。"旅人把侍者刚端上来的酒一饮而尽，然后走到东方流明身边，"同处异乡，我们就是朋友了。我听说你已经混到了领主身边，帮我引荐一下吧。"

东方流明没想到对方会如此直接。但又好奇，除了自己，还有谁会来这蛮荒之地，于是他伸了一个懒腰，整了整自己的衣服，带着邋遢的旅人进了城堡。

新来的奇术师坐在大厅中央，和奢华的城堡格格不入。在诸位领主面前，他甚至还在拨弄自己的头发——抓虱子。

火寻零怀疑他的来历。奇术师一般不会如此不堪，他们掌握着神秘的技术，很多时候都能换到黄金。而不少君主也愿意招募奇术师，甚至还不需要奇术师的效忠，因为见识过稀奇的奇术在某种程度上也是值得夸耀的资本。

"东方先生，你这位朋友真的是奇术师吗？"火寻零问道。

东方流明回答道："他当然是奇术师，而且还是最出色的那一类，是吧，风擎子先生？"

无论是沙漠还是东方，奇术师的数量都是稀少的，这使得他们一般都知道彼此的存在。

风擎子——东方的奇术师，拥有四分之一的华夏血统，对火和雷的奇术抱有浓厚的兴趣，不愿为当局效力，一直处于流浪之中，据说他掌握着能开山劈石的奇术。

"不用叫我什么先生，我是无姓之人，在讲究族系的东方从未被叫作先生。你可以直接叫我风擎子。"

"那么你也叫我东方流明吧。"东方流明对风擎子说道。

东方流明向其他人介绍了风擎子的来历，证明他不是骗子。

"那么您为何来此？"火寻零问。

风擎子向火寻零行礼："陛下……"他咽下一口唾沫，"倘若阿鹿桓还没死的话，我能见见他吗？"

风擎子那句"陛下"让火寻零极其受用，但她无法满足风擎子的请求。

"对不起，阿鹿桓已经死了。"火寻零说道。

"啊！"风擎子仿佛被箭射中了一般，捂着胸口倒了下去，不再动弹。

"东方先生，你能不能查看下风擎子到底出了什么事？"火寻零关心地问道。

远来的旅人本就体虚，遭受刺激后，很容易出些意外。

东方流明跪到风擎子身边，想探一探他的鼻息，但呼吸正常，没有异常。

也就在这时，风擎子又"活"了过来，冲着东方流明的手打了一个气势磅礴的喷嚏，弄得东方流明手上满是唾沫和鼻涕。

然后，风擎子又哀号了几声，号完之后，再如没事人一般起身。

"对不住，我刚才太悲伤，以至于被痰迷了心……但是……"风擎子痛心疾首地说道，"你们怎么可以杀了他？他从空中摘下了闪电，多么伟大的功绩。你们呢，是为了这里的富足，还是为了权势？总之都是些无聊的东西，为了那些东西，你们居然毁掉了世上的珍宝。"

东方流明擦干净了手，不由得皱起眉头，他早就听说风擎子是个怪人，不过没承想他怪到了这种程度。

火寻零在心里叹了一口气，也许奇术师之间真的会相互吸引，阿鹿桓惊世骇俗的奇术就像是花蜜，其他人仿佛闻到蜜香的蜜蜂，嗡嗡喊着，扑打翅膀，不请自来。

"慎言。"火寻零提醒风擎子，"我先原谅你一次，下次你再说错话，就算你是奇术师……"

西夜洲的代表、多子者最宠爱的儿子鸠摩罗道："不用下次了，异国的奇术师风擎子，你所谓的宝物已经烟消云散，你除了哀号还能干什么,不如让我下令,送你去和他相聚。"

风擎子摇了摇头:"恕我拒绝,再有意思的死者也不如这世上任何一个生者有趣。比起去地狱,我更想看看阿鹿桓的遗物。"

诸领主近来为阿鹿桓的死光武器争得面红耳赤,这算是他们共同的禁脔。

"你胆敢染指这里最大的秘密!"图明道。

"什么秘密,你们守着废墟又破解不了阿鹿桓的奇术。"风擎子满不在意地说道,"你们好像还以为那是巫术。"

"你这话说得仿佛自己能弄明白阿鹿桓的巫术一样。"图明说道。

风擎子笑着点了点头,张狂地说道:"当然能,我是立志看透一切奇术的奇术师,研究奇术不正是我的专长吗?"

"如果说谁能重现阿鹿桓的奇术,那就只有风擎子了。"东方流明在一边淡淡地说道。

尽管对风擎子印象不好,东方流明还是出面替他说了句话。

"哦?你真的可以吗?"众人对风擎子有了兴趣。

阿鹿桓留下了一个"宝库",他们正愁打不开大门,风擎子的出现,恰好能解开这个死局。

火寻零问东方流明:"他真的可以吗?"

"以风擎子的个性,他还能活到现在,我觉得诸位应该相信他的能力。"东方流明说道。

风擎子嫌弃道:"东方流明,你这是在夸我吗?不过你说得没错。只有我有这个能力揭开奇术的奥秘,所以,让我看看阿鹿桓的遗物吧。"

诸领主经过短暂的讨论,同意了风擎子的要求。

火寻零故意使坏道:"其实一路上,你已经看过一些遗物了。"

"比如什么?"风擎子问道。

"比如城堡最上端的大钟,比如你想见的阿鹿桓。"火寻零说道,"他就挂在城墙上。"

"啊呀,所以说你们才是蛮夷!"风擎子忍不住用东方语嘀咕了一句,然后他用沙漠的语言喊道,"你们太过分了,我建议你们赶紧将他取下来,一位先贤不该被这样对待。"

"你入城时没注意到那具尸体吗?"东方流明好奇地问道。

风擎子说道:"我以为那是装饰,就像田地里的稻草人,用来驱赶讨厌的害虫。实在是太疏忽了。"

"风擎子,"火寻零止住了东方流明的追问,向风擎子说道,"我们允许你查看阿鹿桓的遗物。尽快开始工作吧,你可以先去他的奇迹室看一看。"

风擎子摇了摇头:"不,既然我已经知道阿鹿桓的遗体在哪儿,还是想先去见他一面。"

出于好奇,众人移步跟着风擎子来到城门前。

风擎子抬头,望着上面的阿鹿桓,不由得发出赞叹:"这就是贤人的尸体吗,简直像宝石一样,在阳光下熠熠发光。"

哪有尸体能发光啊。东方流明不禁在内心揶揄道。

"我深受感动,越过那死亡的阴霾,我能感受到贤者灵魂的律动,从他凄苦的表情中读懂他对世上所有事物的怜悯,连他尸首随风摆动的姿态都宛如一首长篇叙事诗，在一丝风、一粒沙都有其意义的地方，解读阿鹿桓这样的伟人，也让我力不从心，我有些眩晕，快要站不住了。"风擎子夸张地说道。

你只是被大太阳晒晕头罢了，东方流明心里腹诽的同时，一脸无奈地扶住了风擎子。

"我认为不能再将阿鹿桓悬挂在城门上了，他该有个与之相称的葬礼。"风擎子再次要求道。

"风擎子，在座的诸位都很尊敬你，因为你来自遥远的东方，又拥有我们所不知道的知识。但你也要尊重沙漠，尊重我们和这里的习俗。"火寻零有些不悦地说道，"阿鹿桓受到魔鬼的蛊惑，坠入黑暗之中，招致毁灭。在我们这里，是需要将邪恶之人吊起来示众的。"

"可你们想得到的不就是所谓的'蛊惑'吗？"

"不，我们允许你重现的只是奇术，是技术，而不是恶魔的力量。"火寻零道。

不过是换种说法，自欺欺人罢了，风擎子在心里说，但他嘴上还是服了软："好的，这件事确实是我错了，你们想挂多久就挂多久吧，这样我还能不时来看看他，和他聊几句。"

"我还是从您的话语中读到了不满。我们也不是不能退一步，一个月后，我会命人放下阿鹿桓，将他安葬。"火寻零说道。

风擎子低下头向火寻零行礼："仁慈是出色的品德，我很庆幸自己又能看到它。"

火寻零说道："那现在我们去看看阿鹿桓的奇迹室吧，他把自己所有的藏品和笔记都留在了里面。只可惜，他把与奇术有关的东西都烧了，不过如果是您，应该可以看出点端倪。"

一行人又回到了城堡。

东方流明跟着风擎子进入阿鹿桓的奇迹室，之前，他来此只是为了寻找傀儡的下落，没仔细看其他东西。

奇迹室被保存得很好，没人敢洗劫这里。

外人进入这里都会有专人跟随，碰过的每件东西都会被摆回原位。所以奇迹室里的一切都定格在阿鹿桓离去的那天。

风擎子一本正经地查看奇迹室，就像一只巡视自己领地的蜘蛛。

"人的心灵位于自身的内部，难以窥视，但它投影到外界的思维却是有迹可循的。"风擎子低声说道，"我会说一些推论，如果不对，请指出来。"

阿鹿桓的妻子，现在的女王火寻零点了点头。

风擎子的手指抚过阿鹿桓珍藏的羊皮卷，时不时翻开一张看看。

风擎子开口道："看得出来，阿鹿桓很喜欢这里，并投注了不少心血和钱财，光是这些羊皮卷就价值连城。这里还放着桌椅和床，他将研究区域和进餐区域分开，避免食物弄脏他的羊皮卷。"风擎子坐到阿鹿桓的椅子上，抓着扶手，"很舒服的椅子，包括床，他一定在这里待了很久，有时会一连数天都不出这间屋子。"

风擎子又站了起来："椅子的位置放得很好，大部分时间藏在阴影内，只有黄昏时刻会被照到，他把窗户开得特别大，那时整间屋子都会被染红，显得很温暖。而且在夜里，坐在椅子上的人只需调整一下角度就可以看到银月。阿鹿桓平日应该是个沉默寡言的人，遇到自己感兴趣的事情才会喋喋不休，也许他会对那些羊皮卷和收藏品说话，当然他喝醉了酒说不定也会喋喋不休。他对所谓的正事并不上心，不对，应该说是没有兴趣，但出于责任，他还是会履行领主的义务。"

"是吗？"火寻零问道。

"您是他的妻子，您也没注意到吗？"风擎子说道，"阿鹿桓贴身的仆人还在吗，我们可以找他验证这些事情。"

火寻零和阿鹿桓算是政治联姻，就算两人有过爱情也早就消逝了，所以火寻零对风擎子的提议并不在意。

她思索了片刻："我确实有个人选，他是阿鹿桓母亲的仆人，在阿鹿桓母亲死后，一直照顾着阿鹿桓。"

风擎子说道："那他很合适，请把他叫过来吧。"

火寻零下令道："把季拓带过来。"

季拓是个五六十岁的老人，头上包着一块头巾，手上和脚上都戴着厚重的镣铐，他每一步都显得很吃力。

季拓听完了风擎子的分析后说道："您说得一点儿也不错，如果领主大人还活着，一定会同你成为朋友。"

这对风擎子来说是赞扬，他当即向老人施了一礼，随后才开始继续分析。

"这里是整座城堡之中，阿鹿桓气息最浓郁的地方，他的双亲很久之前就不在了吗？"风擎子说道。

"领主的母亲很早就去世了。老领主虽然疼爱领主，但也没多少时间陪他。"季拓说道，"领主小时候也很乖，拿到书后会一个人安静地待着。"

"是个孤僻顽固的家伙,也只有这种人才可能成为奇术师。"风擎子走到棋盘前,"这里又有另一个人的气息,有点儿像老鼠的感觉。"

"是弈棋者。"火寻零解释道,"阿鹿桓生前很喜欢那个傀儡,他把弈棋者放在奇迹室里,经常和它下棋、聊天。"

季拓也说道:"是的,那个傀儡陪伴了领主最后的时光。"

"这上面还有未完的棋局啊。"风擎子皱起了眉头,"咦,这不是未完的棋局,应该是故意摆出来的,阿鹿桓是用白棋来比喻自己吗?他这里除了王和几个士兵什么都没有了,黑棋已经包围了白棋。"

东方流明也走了过去,看了看棋盘,确实发现了些许不寻常。

"好了,好了。"一边的鸠摩罗不耐烦了,他催促风擎子,"我们不想知道这些,快看看这里有没有关于巫术的资料!"

"别叫'巫术'了,要叫'奇术'。"风擎子纠正他。

"好了,好了,叫什么都没关系。"鸠摩罗道,"快点儿找。"

风擎子叹了口气:"要慢慢来,奇术同艺术一般,找奇术就像找灵感一样。而且它与奇术师本人息息相关,可以说通过奇术师本人,你可以窥探奇术的特性。"风擎子一边说,一边指向东方流明。

"好吧,好吧。"鸠摩罗无奈地说道。

风擎子发现了一个陶罐,里面的药液已经干涸了,他嗅了嗅,然后伸出舌头舔了一下罐壁:"古怪的味道,搞不清配方。阿鹿桓在开发奇术之前有配置过药水吗?"

季拓保持着沉默,他不想泄露太多有关于主人的秘密。

"有的。"火寻零说道,"有段时间,他沉迷于配置各种古怪的药水,衣服上时常带着一股酸臭味。"

"陶罐里面的味道已经很淡了,也不新鲜,这应该不是最终的药水。"风擎子说道。

"那能重现吗?"有人问道。

"很难,不过这只是一部分,拼图的一小块儿,最重要的是这些。"风擎子指着一摞羊皮卷说道,"它们虽然与奇术无关,但从新旧程度和磨损程度,我可以知道阿鹿桓在开发奇术前在研究什么,是哪些知识启发了他。我要重走阿鹿桓的道路,这些会给我大致的方向,而当我陷入迷茫时,奇迹室内的细节说不定会成为我的路标。如果一定要问能不能重现,我想我的回答是'能'。"

风擎子又一指季拓:"为了完成我的研究,这个老人也是必需的。"

"那就暂且留下他,让他做你的仆人吧。"火寻零说道。

就这样,风擎子在罗火洲留了下来,所有的领主都将资助风擎子直至他完成研究,重现阿鹿桓的奇术。

漆黑的夜色中,唯有点点繁星遍布苍穹。

东方流明受到召唤,来为女王讲述东方的故事。

对他来说,这是一件不错的差事,无论在什么地方与当权者建立友情都是一件明智的决定,况且,与美丽女性夜谈也是件美事。

这不是东方流明第一次在夜晚觐见女王,只是今夜的火寻零与往常有些不同。她头上戴着一顶熠熠生辉的王冠，王冠以黄金为基，装饰了各色宝石，其中最夺目的是两颗粉色珍珠。在内陆沙漠中，珍珠远比宝石珍贵，火寻零王冠上的这两颗粉色珍珠更是价值连城。

"很适合您。"东方流明由衷地赞美道。

"嗯，确实很美。"火寻零将王冠摘下来，在手中把玩着，"就是戴久了脖子会不舒服。"

"陛下会习惯的。"

"不，"火寻零摇头道，"我不会习惯的。我没有七王冠那么重的欲望。"

山劫洲的领主门罗，他的名号是"七王冠"。山劫洲并不是一整块绿洲，而是由七块碎片组成的，在门罗之前，由同一家族的七个分支把持着。门罗用利诱、威慑、暗杀等手段，统一了山劫洲，他得到原先的七个王冠，选取其上的七个特征，铸成了一个大王冠，戴到了头上。据说门罗连洗澡时都不会摘下他的大王冠。

"对了，这里不是东方。"火寻零对东方流明说道，"私下相处，你无须使用敬语。"

"东方的规矩确实太复杂了，连穿什么衣服、听什么音乐都有规定，不同人的死也要区分，真是乏味。"风擎子不知从哪里冒了出来，"还是这里好。"

"你怎么来了？"东方流明问道。他以为火寻零只召见了他一个人。

"和你一样，为我们的女王讲述旅途上的见闻。"风擎子道，"我来得比你还早，刚才只是去方便了一下。"

说着，风擎子又开始了自己的讲述。

比起东方流明，风擎子的经历更加复杂。

风擎子离开中原诸国后，跟随商队四处流浪，听到阿鹿桓的事迹便立刻赶来。商队害怕战争，不愿与风擎子同行，只是送了几匹骆驼给他。

结果，他在路上遇到沙暴。在那样的风暴中，只有骆驼能活下来，他只好杀了一头骆驼，掏空它的内脏，躲到骆驼体内，才逃过一劫。

"真是不得了。"火寻零赞叹道。

"是不得了，那味道、那触感，我真希望能忘记。"风擎子皱着眉头说道。

看着风擎子和火寻零谈天，东方流明心中不由得有些不痛快。

在风擎子来之前，这样的夜谈，只属于火寻零和东方流明两人。他内心深处是想独占美丽的女王的，她无论是惊叹皱眉，还是抿唇浅笑，都有独特的风情。

为了夺回女王的注意，东方流明开口道："我发现风擎子阁下到罗火洲来，已经送上了一份大礼。同为奇术师，我却什么也没做。这样吧，我为女王做一次占卜吧。"

风擎子惊喜道："这可真是难得一见！"

火寻零问道："是那么难得的东西吗？"

风擎子道："当然了，东方流明这份礼物的分量可不轻。"

火寻零闻言，好奇地盯着东方流明的一举一动。

东方流明从怀中掏出一个小包，包里躺着三枚龟甲。

伏羲氏创八卦，八卦以东方为尊，其后代支庶子孙便以东方为姓,东方流明正是这一支的后人,他身怀三块古龟甲。

"这里每一块龟甲都代表着一个神启。"东方流明说道,"我将其中一个神启送给女王。"

沙漠里也有很多种占卜法,比如杀一头骆驼,取出它的心脏,通过心脏的颜色、温度、气味来进行占卜,骆驼心脏中蕴含的信息只有经过特殊训练的巫师才能解答。但东方流明使用的是另一种占卜,流派不同,沟通的神明也不同。

不知道东方的神明在沙漠中是否还有用。风擎子饶有兴味地看着东方流明占卜,不时向火寻零解释东方流明的举动。

占卜前,东方流明在龟甲背面钻一个眼,这一步叫作"钻",但眼不能透。在"钻"旁边刻一个较浅的椭圆形槽,叫作"凿"。

然后,他拿一根木棍,将前端放到火把上,烧得灼热后,用它烧灼龟甲背面的钻眼。在热力的刺激下,龟甲表面相应部位就会发生坼裂。东方流明就根据这些裂纹来推定吉凶。

"这真是奇怪的结果。"东方流明对着龟甲喃喃自语。

火寻零凑过去看东方流明手上的龟甲,她站在东方流明背后,视线越过他的肩膀,拂过他的长发,看到龟甲上蛇形的裂纹。

"这些代表着什么呢?"火寻零问道。

"是束缚和爱,有人会以爱的名义禁锢某人。"东方流明说道。

"东方先生,你今天下午在什么地方?"火寻零脸色微变。

"什么地方?从午后起,我就待在自己房间,直到你召见我。"东方流明说道。

火寻零神色恢复了正常:"东方先生,你算得太准了,准到我都怀疑你偷听了领主会议。"

东方流明皱眉道:"发生什么事情了吗?"

火寻零叹了一口气。

就在下午,她被人求婚了,而且还不止一个,足足有四个。

"东方先生,这个世界对女性真是不公。"火寻零道。她把求婚的事告诉了东方流明。

东方流明听完火寻零的叙述,摩挲着龟甲说道:"这上面还有另一个启示,但我只能告诉一个人。"

风擎子老老实实地退下。

火寻零撩起垂发,露出白玉似的耳朵。可能是酒水的关系,火寻零白皙的脸上染上了一丝红晕。

"爱招致死亡,无一人能幸免。"东方流明贴近她的耳畔,如是说。

第三章
女王的四个挑战

回想起下午的情形，火寻零还是会觉得难堪，她没想到他们会同时向她求婚。

按照沙漠的风俗，火寻零是可以再婚的。

而求婚者又是绿洲的贵族，贵族的求婚是不能随意拒绝的。

安叱奴，卑陆洲长须者的儿子；图明，狐胡洲举刀者的儿子；鸠摩罗，西夜洲多子者的儿子；乌凌，山劫洲七王冠的幼弟——他们四人一起向火寻零求了婚。

在婚姻上，火寻零的履历可不好看。她嫁给阿鹿桓后没多久，父亲就被阿鹿桓杀害，她怀着孕逃离罗火洲，举兵攻占了丈夫阿鹿桓的领地。现在阿鹿桓的尸体还挂在城门上。

就是这样一个被厄运缠绕的女人，居然有一群男人争相求娶。

一丝讥笑爬上了火寻零的嘴角。

当时，她对那些求婚者说道："你们就不惧怕死亡吗？某种意义上,我可是个被诅咒的女人。"

"爱情可以穿越死亡。"皮肤白到病态的乌凌说道,"而自古以来的歌谣和传奇中,王子的爱情一直是打破诅咒的关键,而我们不正是王子吗?"

他的话引发了一阵笑声,这些男人当然不会接受那么简单、无稽的理由。但他们的眼睛贪婪地盯着火寻零,这个漂亮的女人可是两座绿洲的主人。在背后的利益吸引下,就算她是棵仙人掌,他们也会迫不及待地蹭过去。

只要他们成了火寻零的丈夫,就会成为罗火洲主人的父亲、两座绿洲实际掌控者的丈夫,这是何等的权势。

再说了,风擎子还在罗火洲研究阿鹿桓的奇术,那可是足以阻拦一支军队的奇术。他们留在这里,也便于抢夺这项奇术。

但对火寻零来说,这可不是什么好事,就像是一头狼好不容易捕获了一只猎物,结果狮群来了,狼没有力量保护自己的利益,只能看着群狮抢走猎物——更何况还是一群丑陋的狮子。

安叱奴有着一脸杂草似的大胡子,却还以此为傲。

乌凌一副贵公子的打扮,皮肤白得像抹了珍珠粉,留他在屋内甚至都不需要再点灯了。

鸠摩罗普普通通的模样,就像沙漠中的一粒沙。

图明可能是这些人当中最好的男人,但他是个军人。如果不是在这种环境下,也许图明还有一丝机会,但现在,火寻零最想把他排除掉,他的威胁性最大。

这个世界对女性真是不公。

当晚,火寻零忍不住向东方流明抱怨。

"东方也是这样的吗?"火寻零说道。

风擎子已经走了,火寻零只能问东方流明。

"同样如此。"东方流明回答她,"在东方,男女之别更加严重,很多事仅对男人开放。"

"女性能自由选择爱人吗?"火寻零又问。

"爱人?"

由于使用异国的语言,东方流明的理解出现了偏差,他以为"爱人"就是所爱之人,一时之间没有想到是配偶的意思。

"在东方当然能选择爱人,这是必然的,爱就像一只鸟,但没有箭能射下它,没有笼子能关住它。"

"这样就很好。"火寻零又问道,"为什么女性只能选择一个丈夫,而男性却可以拥有好几个妻子?东方也是这样吗?"

"我去过很多地方,各地的风俗好像都差不多。"东方流明说道。

"这是为什么呢?"火寻零问道。

"大概是因为效率。"东方流明说道,"只有阴阳相交才能诞生新生命,女性的孕期足有十个月,在这十个月之内,她只能孕育一次生命。而男性在这十个月内可以使大量的女性受孕,如果只是一夫一妻,那么就是对男性资源的浪费。为了繁衍,人们会不约而同地选择这种制度。"

"听起来有些道理。"火寻零笑了笑,"可我想不讲道理。"

"也许将来物质丰富了,这个道理也就没有道理了。"东方流明说道。

东方流明突然发问:"你会选择谁?"

话说出口,东方流明才意识到不对:"对不起,是我失礼了。"

"没有关系。"火寻零说道,"我不知道该选谁。我倒是想把他们四个都娶了,丢到我的后宫里,不再管他们,让他们自己斗去。"

听着火寻零的气话,东方流明也笑了:"那很有趣啊。"

"只可惜我不能这样做。"火寻零望着东方流明,"他们不会同意的。"

火寻零说得没错,东方流明只能点了点头。

有关求婚的话题就此结束了,但事情却没有解决。

四个求婚者在火寻零的眼前游荡,他们的士兵也驻扎在她的绿洲上。火寻零不想理会他们,可这个难题一直横亘在她脑海里,令她进退不得。拖延也不是办法,问题会不断累积,但现在也只能拖着……

其间,罗火洲发生了一件小事,阿鹿桓下葬了。

因为阿鹿桓的死与恶魔有关,所以他不能进入公共墓地。火寻零为阿鹿桓找了个僻静的角落,来安置他的尸骸和灵魂。

阿鹿桓的葬礼很简单。火寻零找了两个忠心的仆人收殓了阿鹿桓的尸体,然后抬着棺椁到了坟地,安葬了他。他们竖起一块由黑曜石制成的鹿石[1],刻上些许纹饰,告诉后人,这里躺着一位叫"阿

---

[1] 鹿石是欧亚草原地区的遗存,性质不明,有图腾柱、纪念死者、萨满崇拜等观点,但公认其出现时间很早,上面雕刻纹饰,常见的是鹿或人物。

鹿桓"的人，不要打扰他的长眠。

火寻零的仆人做这些事时，风擎子一直跟在一旁。最后，他在阿鹿桓的鹿石前，用东方人的方式哀悼了这位奇术师。

风擎子还和季拓做了一个交易，如果阿鹿桓能入土为安，季拓就会尽力帮忙，不再有所隐瞒。所以风擎子全力促成了此事。

阿鹿桓的葬礼场面冷清，但实际上，关注此事的人并不像表面上那么寥寥无几。当天晚上，四位求婚者仿佛商量好了一般，又对火寻零提起了婚事。阿鹿桓已经入土，前任丈夫彻底离开，火寻零该选择一位新人了。火寻零抚着自己的小腹，埋怨他们的迫不及待。虽然不愿，但她还是在晚上同他们会面了。

"常言说，优柔寡断是女人的特性。但在这么多选择中，失去方向也是必然。"火寻零对他们说道，"你们四位都太优秀了，我时常想，如果我不是一个人，而是四个人那有多好。已经过去一个月了，我还是没能做出决定。所以我在想，光靠自己就算花再多时间也是白费。因此，我准备了四个挑战，你们当中完成得最出色的人就会成为我的丈夫。"

"快把四个挑战告诉我们吧。"安叱奴道。他的大胡子在风中飘动，就像张扬的旗帜。

"我还没有确定好全部的挑战，毕竟出题也是一件技术活。不可以太难，天马行空地让你们去摘一颗星星，也不能简单到你们都能完成，必须可以切切实实地分出胜负。"火寻零说，"现在我已经想到了第一个挑战。"

"是什么？"鸠摩罗立刻问道。

火寻零顿了下，说道："找一枚尽可能大的宝石给我吧，七日为限。"

"尽可能大就可以吗？"鸠摩罗又问道。

"是的，尽可能大的宝石就可以了。"火寻零说道，"我想对于你们来说，这不是什么难事。"

"是的。"他们四人异口同声地回答道。

火寻零又补充道："最后，我希望这次遴选是有效的。期间，你们可以用各种手段相互竞争，但无论谁胜出了，你们都不得再有异议。"

"这是当然的。"

安叱奴、图明、鸠摩罗和乌凌都发了誓，他们会承认最后的结果，不会有异议，也不会因为火寻零没有选择自己而心怀怨恨，从而复仇。

火寻零颔首。

四人退下了。

这个题目，说难不难，说简单也不简单，比拼的无非是各自的财力和运气。四人家族的宝库中一定都收藏了宝石，就看谁的宝石会比较大了。

离开火寻零后，他们第一时间写了信，并派出自己的亲信，去找家中最大的宝石。

卑陆洲不是距离罗火洲最近的，安叱奴第三个拿到宝石，他正准备返回城堡。

在回去的路上,安叱奴遇到了鸠摩罗。

"安叱奴,你也已经拿到宝石了?"鸠摩罗问道。

先拿到宝石的人自然会在意其他人宝石的大小。

安叱奴急忙将手上的羊皮袋子藏到身后,但还是晚了一步,鸠摩罗已经根据羊皮袋子的尺寸,估出了宝石的大小。

心脏大小的宝石放在平时算是很难得了,但鸠摩罗没有把它放在眼里。

"我劝你还是放弃吧,免得受辱。"鸠摩罗对安叱奴说道。

安叱奴怒道:"你凭什么这么说,你找到更大的宝石了吗?几句话就想哄骗我!"

"我好心劝你罢了。"鸠摩罗一挥手,他身后的仆人就拿出一个匣子。

匣子里的宝石比安叱奴的宝石大了一圈还不止。

"看吧,这是我准备的宝石。"鸠摩罗说道。

安叱奴讪讪离去。

鸠摩罗和安叱奴的冲突自然传到了其他人的耳朵里。

乌凌看着自己手里的宝石发呆,他估计自己的宝石和安叱奴的差不多大。

究竟该去哪里找更大的宝石?

乌凌叹了一口气,他的脸色更白了。至少这里是盛产宝石的绿洲,也许他还能找到更大的宝石。

不得不说,鸠摩罗给他们的压力很大。

七天之后,他们再度与火寻零碰面,图明、乌凌,还有鸠摩罗早早就到了。

"我觉得不用等安叱奴了。之前我们都见过他的宝石了，他大概自知比不过我们，就没打算来吧。"乌凌提议道，"我们直接开始吧。"

"也可以。"火寻零说道，"先来的人可以先拿出自己的宝石。"

三人怀中抱着匣子，都是一副志在必得的样子。

"那么谁先来呢？"火寻零饶有兴趣地看着他们，问道。

鸠摩罗、乌凌、图明三人互看了一眼，谁也没有动，相互僵持了起来。

火寻零拿起果汁，呷了一口："先后顺序又有什么重要的，最后一个拿出宝石，又不会让宝石变得更大一些。"

听见火寻零这样说，白皮肤的乌凌站了出来："那么先看看我的吧。"

他打开匣子，浅黄的垫子上躺着一颗红宝石，仿佛是火焰凝结而成的，透出热烈的活力。乌凌的这枚宝石远超之前鸠摩罗展示的那一颗。

乌凌回头看了看其他两人，露出得意的笑容。

可乌凌的笑容没持续多久。

图明打开了他的匣子，匣子内静静躺着一大颗蓝宝石，蓝得就像深邃的星空，众人感受着它渗出的寒意和恬静，这屋子里似乎要凝出夜露一般。

连火寻零也不由得注目，她在罗火洲都没见过色泽这么纯正、体积这么大的蓝宝石。

她赞叹道:"这是我见过最大的蓝宝石。"

"它是星泪,据说是群星流下的眼泪落到地上形成的。"图明说道。

"这真是我见过的最大的宝石了。"火寻零叹道。

图明得意道:"看来是我赢了。"

"等一下。"鸠摩罗说道,"还有其他人呢。"

"鸠摩罗,难道你拥有比这蓝宝石还要出色的宝石吗?"图明问道,"我记得你给安叱奴看的宝石,比我这颗要小得多。"

鸠摩罗摇了摇头:"谁说我会拿那颗宝石,我换了一颗。你的星泪确实最出色,但这个挑战的胜利者应当是我,而不是你。"鸠摩罗打开了他的匣子。

漆黑的匣子里是一块丑陋的石头,但它的个头确实要比图明的宝石大。

"你是在开玩笑吗?"图明不满地说道,"这只是一块石头。"

"不、不,请你看清楚了,这是一块宝石原石,原石自然也是宝石。"鸠摩罗说道。

"就你这块破石头,打磨、制作成宝石成品,能有我的一半大已经不错了。"图明道。

"但现在它比你的大,火寻零只说要我们带回最大的宝石,并没有说一定要是加工完成的。原石当然也是宝石,正如还未化妆的美人依旧是美人,没有点燃的香料依旧是香料。"

"你这是狡辩!"图明不满地说道。

"火寻零,尊敬的女王陛下,你是这场胜负的裁判,你觉得这样可行吗？"鸠摩罗问火寻零。

"可以。"火寻零沉思片刻回答道，"我确实没有说过只有加工完成的宝石才是宝石，那么鸠摩罗的宝石就是最大的宝石了。"

在任何时候，智慧也好，奸诈也罢，都是一大优势，凭借这一优势获胜也是正途。

"看来我拿下这一城了。"鸠摩罗笑道。

"但安叱奴还没来。"火寻零说道，"还是再等一会儿吧。"

"他应该是不敢来了。"鸠摩罗对火寻零说道，"直接宣布结果吧。"

"再等一会儿吧。"火寻零说道，她不太喜欢鸠摩罗咄咄逼人的态度。

过了一会儿，鸠摩罗再次说道："不用管他了，他找到的宝石能有多大，我们都知道。"

"你们都知道些什么！"

安叱奴姗姗来迟："对不起，我的宝石刚刚才到。"

安叱奴一脸得意地出现在他们面前，他身后还带着十多个随从，还有一个巨大的箱子。那个箱子由八个仆人扛着，大概有一人多高，就像个巨大的衣橱。

"你这是在虚张声势吗？"鸠摩罗不满道。

他实在想象不出什么样的宝石需要用这样大的箱子来装。

"不，我的宝石的确需要这样的箱子来装。它绝对是沙漠中最大的宝石。"安叱奴让仆人放下箱子，拖出里面的东西。

他们当中许多人第一次见到这样的造物和气息，不由得一怔。

大漠奇闻录

乌凌惊道:"这绝对不是宝石,这到底是什么东西?"

箱子里的东西的确值得惊叹。它方方正正,晶莹剔透,在阳光的照射下闪着夺目的白光,而且它确实很大,几乎和箱子一样大。站在它边上的人还能感到一股奇异的寒意,如同身处深夜的沙漠中,让人汗毛直竖。

"你们可以摸摸它。"安叱奴道。

图明一贯胆大,摸了摸它。

"什么感觉?"其他人问他。

"很凉,比刚打上来的井水还凉。"图明说道。

鸠摩罗也摸了摸:"表面有些滑腻,摸上去还很扎手,你该不会是在表面涂毒了吧?"他急忙收回手。

安叱奴哈哈大笑,随后摇了摇头:"怎么可能有毒,这是我的宝石!"

他们都是第一次见到这种东西,谁也不确定这是不是宝石。

火寻零想到了一个人,她下令道:"去请奇术师东方先生。"

没过多久,东方流明应召前来。他了解情况后,看了看安叱奴的"宝石"。

"这可真是难得,能够在沙漠之中见到冰。"东方流明惊讶地说道。

"这就是冰?"火寻零问道。

东方流明点了点头,说道:"就是冰,我之前和你说过,在我的家乡,一年可以分成四季——春夏秋冬。在冬天,由于天气寒冷,水就会凝固成冰。"

沙漠终年炎热，大部分人都没有见过冰。

"那么这可以当作宝石吗？"火寻零继续问道。

"宝石啊……"东方流明被众人注视着，他不知道该如何回答这个问题。

安叱奴抢过东方流明的话头："要回答这个问题，我觉得该从何为宝石说起。诸位，何为宝石呢？"

"当然是亮晶晶的石头。"

"稀有的宝物。"

"坚硬的。"

…………

安叱奴胸有成竹地说道："我的冰块自然是宝石。"他用戴着戒指的食指叩着冰块，发出清脆的"哐哐"声，"这足以体现它的硬度了，诸位再看看它的色泽，不是比宝石还要宝石吗？最后是它的珍稀度，你们可曾看过这样的东西？"

确实，冰，尤其是这样大的冰块在沙漠中极其罕见，如果在其他的场所，他们当中有些人也许会出大价钱买下。

火寻零问东方流明："沙漠之中有冰吗？"

论见识，贵族们都比不上走过无数国家的东方流明。

东方流明回答道："沙漠中也存在冰，一路向西，在沙漠的边缘有连绵的山脉，山脉之高，连飞鸟都不可能掠过。就在这样的高山之巅，雨水落下来就成了冰。我们远远望去，能看到群山的白顶，那就是冰。但在这里，我从来没见过冰。这是不合理的存在。"

"就算冰是稀有的，可它在变小。"图明提出异议，"从他拿出冰块到现在,冰块的棱角已经不再尖锐,地上已经积了一摊水,它在变小。按照这样的速度,在黄昏前,它就会消失得无影无踪,这样短暂的东西怎么会是宝石?"

"当然是宝石。短暂和漫长都是相对而言的。据传说,你们手中的宝石,或是巨龙的鲜血凝结而成,或是星辰眼泪。一滴泪对巨龙、星辰来说可能只是一瞬,但对于我们却漫长得像永恒。一块冰的消融,对我们来说,是一段不长的时间,但对朝生暮死的小虫子来说,也足够长了。所以你看时间还有什么意义,无论长短,它们的珍贵和美不会受损。"安叱奴反驳道。

火寻零喝着果汁,指尖一圈又一圈地抚过杯沿,最后她宣布道:"我决定了。本次挑战的胜利者就是安叱奴了。"

其他人面无表情,冷冷地恭喜安叱奴。

安叱奴打了一个响指,他的仆人中跑出一个工匠模样的人,拿起工具,在冰块上雕琢起来。工匠很快雕刻出了一座火寻零的雕像。

"这是我献给女王的礼物。"安叱奴对火寻零说道。

"谢谢你的礼物,我很喜欢。不过,我很好奇你的冰从何而来。"火寻零问道。

"我也很好奇。"东方流明也问道,"你总不可能命人去雪山取来这么大一块冰。"

安叱奴面露难色,他不想透露自己的秘密。

"挑战已经结束了,不会再涉及任何与冰有关的内容。"火寻零说道,"你尽可以满足我们的好奇心。"

安叱奴也不想给火寻零留下自己心胸狭窄的印象。他坦白道："是奇术师风擎子给我的。"

那天，安叱奴看到鸠摩罗的宝石，知道自己赢不了，但又不甘心。于是，他抱着试一试的心态，向奇术师风擎子求助。

在安叱奴看来，奇术师是难以用常理来推测的一群人，或许能拿出更大的宝石呢。而风擎子也没有让安叱奴失望，他制造出了巨大的冰块，让安叱奴获得了胜利。

为搞清冰块之谜，一行人前往风擎子的工坊。工坊就在城堡一隅，按照风擎子的需求改造而成。

他们进去时，风擎子正目不转睛地对着一个小釜。季拓安静地站在他身边。

"风擎子阁下？"由于害怕打扰风擎子，安叱奴小声问道，"你现在有空吗？"

"喊我风擎子就够了，之前给你的东西不好用吗？"风擎子眼也不抬地问道。

安叱奴柔声细语地说道："没有，'冰宝石'已经满足了我的要求。不过其他人想见识……"

安叱奴还未说完，风擎子就打断了他的话："等等，稍等一会儿。"

小釜里面的汤汁在不断翻滚。等了一会儿，风擎子捞出里面白色的条状物，放进了碗里，整间屋子充盈着清香。风擎子又拿出一个陶罐，往碗里倒了一些调料。他搅拌了一会儿，便大快朵颐起来。

闻着香味，又看着风擎子的吃相，东方流明和其他人都不由自主地咽了一口唾沫。

"说吧，你们想干什么？"风擎子一边吃东西一边含糊地问道。

"他们想知道冰是怎么来的？"安叱奴问道。

风擎子也不藏私："如果你们和我一样研究奇术的话，就会知道，不同的物质产生不同的反应，有些会放出热量，就像阿鹿桓的死光一样放出大量的光和热。有些则刚好相反，会吸收附近的热量，使温度降低。温度降到一定程度水就会变成冰，哪怕在沙漠之中也是一样。"

"那你究竟用了什么？"东方流明问道。

其实，他最好奇。因为奇术师就是好奇心最盛的一批人。

"很简单啊，水和硝石。"风擎子回答道，"简单来说，硝石溶于水会吸热。这两件东西很常见，就是要制造那么大的冰块有些麻烦。"

鸠摩罗问道："安叱奴私下和你谈成了什么交易，你为什么要这么帮他？"

风擎子眯着眼睛，露出一个坏笑："你这人内心真阴暗，放心吧，我和他没有什么交易，也不会把阿鹿桓的奇术偷偷给他。我只是单纯地乐于助人。作为奇术师，我也该不时地展现下自己的价值嘛。"

风擎子吃掉碗里的最后一点东西，准备再去捞一些。

东方流明好奇地问："从刚才起我就很好奇，你在吃什么？"

"是不是也想吃啊？"风擎子爽快地说道，"你们要不要都来一点儿？"

东方流明犹豫了一下。

"好的，我们确实有些饿了。"火寻零对此颇有兴趣。

风擎子拿出几个碗："你们是要汤面还是拌面？我刚才吃的是拌面，汤面就是多了肉汤。"

除了图明选了拌面外，其他人都选择了汤面。汤是肉汤，肉炖得稀烂，后加的蔬菜还保持着原有的色泽，红的，黄的，绿的，光是看着就让人食欲大振。

季拓拖着镣铐，将食物送到众人手上。

图明试着用手去抓面条，但面条实在太烫了，他又缩回了手。

"不要用手，要优雅，用这个吧。"风擎子又让季拓分发了筷子，"至于使用方法，你们看东方流明就可以了。"

沙漠的贵族们蹩脚地用筷子，将面条送入口中。

这是全新的口感，吸饱了鲜美汤汁后的劲道面条，在口中弹开，化作了一条条鞭子，在鞭挞味蕾，又像一张网，网住了灵魂。

"这真是想象不到的美味。"安叱奴扒开自己的胡子，尝了几口汤后，赞叹道，"请问这是怎么做的，如果有机会，我想让我的厨师也试着做这道菜。"

"一点儿也不难。"风擎子说道，"面条只比造冰难一点。首先需要把谷物去壳，碾磨成极细的粉末，然后用水和面，一般冬天用温水，其他季节则用凉水。沙漠之中没冬天，统一用冷水就可以了。和面时还要放入一点草灰，我经过几次尝试，发现用戈壁滩所产的蓬草烧制出来的蓬灰效果不错，加进面里，面条会更加爽滑透黄、筋道有劲。将和好的面团放置一段时间后，再反复揉摔，最后把面团拉成条状，下锅就可以了。"

图明吃完了拌面："再来一碗！"

大漠奇闻录　47

"这东西绝对会流传下去。"风擎子陶醉道,"我已经沉迷其中了,只要有机会,我就一定会试着做这种面食。"

火寻零放下碗:"之前你让我替你召集人手,就是为了研磨谷物吗?"

"不然还有什么事?"风擎子反问道。

火寻零道:"我们以为你一直都在研究……"

"钻研阿鹿桓的奇术当然是正事,但我也需要一些乐趣。"风擎子说道,"就像你们。你们的正事是治理域内之民,但一样需要娱乐。"

"风擎子,你不必多说了。"火寻零道。

"可……"

"我不怪你用我的人磨谷物,没有关系。"火寻零道,"不过你也不要忘记正事,还有记得把汤的配方给我一份。"

"要面汤的配方啊。"风擎子微笑道,"好的。女王,你算是了解了面的本质,这面一半的魅力在它本身的口感,另一半就在汤里,不同的汤配出来的面也是完全不同的,我这肉汤还是最基础的。基本上,不同的地域都有特产,加入不同的特产就是不同的味道。有朝一日,我想去世界各地吃面。"

听风擎子这么说,图明也要了一碗汤面。

本来这面是风擎子一个人吃的,现在多了六个人,风擎子又多下了点面条,但分量也不够,平均下来,每个人只吃了两小碗。但享用美食最妙的就在于这种供不应求的情况。欲望不得满足,或者只是小小的满足,这一截的感觉是最好的,就像偷情的少年少女只是拥抱亲吻，胜过床笫之欢。

享用完了美食，知道了冰块的来历，事情也就告一段落了。

"那么今天就先到这里吧，过几日，我再把第二个挑战告诉你们。"火寻零这样说。

众人也就各自散去了。安叱奴再路过大厅，看他为火寻零准备的冰雕已经融化了，他走过去发现，还有一小块冰躺在水中央。安叱奴让他的仆人都转过身去，堵住耳朵。自己一个人走了过去，捡起了冰块，嘎吱嘎吱地嚼碎，吞了下去。

伴随着第一个挑战的结束，绿洲暂归平静。

第四章
于蓝天舞蹈

沙漠是个独特的地方,它白天炎热,黑夜寒冷。

东方流明披着袍子,又去见火寻零了。

有段时间,他甚至怀疑如果自己讲不出新的趣闻,就会被赶出绿洲,那他也找不到那些傀儡了。

后来,东方流明发现火寻零的好奇心旺盛,只要是不知道的事,她都会听得津津有味,这才让东方流明放下了心。

在约定的老地方,东方流明看到图明和火寻零在一起。

有时,火寻零会把东方流明和风擎子召来,一起谈论遥远的东方,讲述周百里之地灭商而得天下,如今却是风中残烛,群雄并起,战火不绝……

但这还是东方流明第一次看到火寻零和一位新郎的候选单独在一起。

图明像是看透了东方流明的想法,解释道:"我是来向火寻零告别的,我决心退出这场求婚。"

东方流明有些不解,他问道:"一共四个挑战,只输了一局有必要退出吗?"

图明笑了笑:"不是因为失败,我十三岁就在军中,早就明白胜负无常。只是今天的确让我大开眼界,什么冰,什么面,我都不曾听闻过,后来又和风擎子长谈,我就有了这个想法。"

风擎子?

东方流明这才注意到原来风擎子也在这里,不过他窝在灯火未照到的角落,正在打瞌睡。

图明继续说道:"只是我这样做太无礼了。"他对火寻零说道,"你的美令人沉醉,但与自由相比,我还是更喜欢自由。说一句实话,如果按照现在的局势发展下去,罗火洲会变成泥沼。"

图明直白得让人吃惊。

火寻零说道:"我明白你的意思,我觉得每个人都可以争取自己想要的生活,生命落地之后,就属于他自己,而不是别的什么人。"

图明皱眉道:"但求婚不是我们几个人的事,甚至我也只是一颗棋子。如果说刚才是无礼,那现在就是无耻了。我退出求婚后,我的弟弟赤特可能会顶替我。"

这根本不是退出,只是换了个人,连求婚也能换人,这确实很无耻了。

"好,我知道了。"火寻零没有追究。

就在这时,远处传来了悠悠的琴声。乌凌每晚都在火寻零窗下演奏乐曲,他是个聪明人,看似公平的四个挑战其实并不公平,最

大漠奇闻录 51

后的结果很大程度上取决于火寻零的心。她对谁有好感，结果就会偏向谁。

东方流明问道："你好像不喜欢乌凌的音乐。"

"嗯，他实在太聒噪了。"火寻零道。

东方流明闭着眼睛听了一会儿琴声，就一个不学无术的贵族来说，乌凌的琴艺已经很出色了，选的曲子也很舒缓，足以充当安眠曲，说聒噪绝不合适。

没等东方流明提出疑问，火寻零就解释道："音乐本身并不重要，重要的是背后隐藏着的欲望。想到他一心想强占我的一切，我怎么可能睡得着？"

"但他好像演奏得很卖力。"东方流明说道。

"我让侍女假扮成我的样子在窗前徘徊，他自以为取悦了我，所以才会这样。"火寻零好像很喜欢捉弄他人。

图明哈哈大笑道："你真狠心，我那个弟弟可惨了。"

火寻零笑道："他当然惨了，我会把对你们的怨气都撒到他身上。"

仿佛他们之间的那点不快都随着笑声烟消云散。

"对了，你们会乐器吗，盖过这琴声吧。"火寻零建议道。

风擎子好像这时才醒过来："不过是胡琴而已，我会。"

"你居然会？"东方流明有些惊讶。

"乐器都大同小异，在商队的时候，只要晚上没事，大家都会唱歌跳舞，我顺便就学会了。"风擎子道，"拿琴来吧。"

风擎子的琴声一起，在场之人无不正襟危坐。

他的琴声立刻盖过了远处乌凌的琴声，这不是音量大小上的盖过，而且技艺上的盖过，乌凌原本还算动听的琴声，在风擎子琴声的对比下，仿佛成了杂音，很快杂音也从他们耳中消失了。他们耳中只回响着风擎子一个人的琴声，心绪也随着风擎子的音符起伏。

东方流明的心底不由自主地浮现出一幅幅画面：两军对垒的战场、漫天飞舞的箭矢、嘶吼着的士兵们……他呼出长长的一口气，拔出了自己的佩剑。

长剑出鞘，东方流明将自己的佩剑高高抛起，它化作一道迅雷划破天空，又落到了东方流明手中，随着他的舞动起起伏伏。

剑舞是一种常见的舞蹈，武者相聚，动情之时，常会以剑舞相和。

东方流明是个中翘楚，他的剑光配合着风擎子的琴声，给人一种难以言喻的威势，宛如蛟龙入海、火凤腾空、猛虎下山。

图明眯着眼睛，风擎子的琴和东方流明的舞也打动了他。他脑海中广阔的沙漠开始起风，那是一场史无前例的风暴，飓风卷起黄金般的沙子，遮天蔽日……

图明渴望在这样的风暴中狂奔，他想像一柄巨剑般拨开这狂暴的世界。

图明睁开了眼睛，眼中似有光流转。他轻声唤来一个下人，让其取来一个手鼓。

于是，琴与剑之间又增加了鼓声，鼓声配合着两者的进退，一起描绘那个并不存在的战场。

琴声、鼓声、剑光，这三者似乎化作三头猛兽彼此嘶吼，却又彼此合作。

大漠奇闻录

图明觉得自己的血越来越热，最后竟脱了上衣，赤膊击鼓。

东方流明的剑也愈发快起来，他腾空而起，剑光笼罩着他全身上下，像一团夹杂着雷火之力的云。

借着这个势头，风擎子的琴声也越发高亢……

一曲罢了，三人尽兴而笑。

图明情绪激动，大声说道："是了，就是这个感觉，波澜壮阔，世界之大的感觉。"

风擎子的琴声能让人看到不同的风景吗？东方流明他从琴声中感受到的明明是战场……

"我们实在是太渺小了，龟缩一处，为了指甲盖大小的利益争来抢去，和蚂蚁有什么区别，世界那么大，我想四处去看看啊。"图明站起来，"我喜欢你们，奇术师！"他结结实实地拥抱了东方流明。

东方流明不习惯这么亲密的举动，下意识地想挣扎，但图明的力气太大了，牢牢抓住了他。他也只能老老实实接受这个拥抱。

图明松开东方流明，又去抱风擎子，风擎子和拘谨的东方流明不同，他爽朗地笑着，回抱了图明。两人都太用力了，不了解内情的人甚至会以为他们想勒死彼此。

"愿神保佑你们。"图明松开手，祝福道。他转过头，又对火寻零说道："赤特是个粗鲁的家伙，我不想你嫁给他，多出点要动脑子的题，别让他赢了。"

说完，图明头也不回地离开了。

"这真是个有趣的家伙。"风擎子感叹道。

火寻零也说道："就在刚才，我仿佛都要喜欢上他了。"

图明第二天一早就离开了罗火洲，换他弟弟赤特来到绿洲。

其余人早就收到了通知，对图明的离开也未发表什么看法。

第二个挑战发布的日子很快就到了。

这次来自东方的两位奇术师也在场，从第一次的挑战来看，奇术是影响结果的重要因素。因此，火寻零特意把他们叫了过来。

只有安叱奴还未到场，没人知道他在干什么。

火寻零命人找来安叱奴的仆人，问他安叱奴究竟是怎么了。

那仆人急得满头大汗，原来，他早上已经叫过自己的主人了，但门上锁了，里面的安叱奴也没有回应。

一般，安叱奴不想被打扰时才会锁上门，所以仆人提醒过主人后就离开了。

很奇怪，安叱奴胜了一局，应该乘胜追击，为什么会出这样的纰漏？

这件事透着不寻常。

火寻零提议众人一起移步去看看安叱奴。

四位求婚者现在都住在火寻零的城堡里，身边只带着十几个仆人，手下的士兵驻扎在绿洲边缘。安叱奴的房间就在城堡二层，一行人很快就到了。

火寻零命令仆人敲门。

"安叱奴殿下，你在吗？"火寻零向里面发问道。

没有回应，而且门确实上锁了。

东方流明上前,让仆人退下,他推了推门,门纹丝不动。

"安叱奴殿下,安叱奴殿下!"东方流明大声喊道。

依旧没有回应。

安叱奴一定是出事了。

"你们来搭把手。"东方流明对左右的人说道。

他提起一口气,抱着臂膀,如攻城锤一般狠狠向大门撞去。他同另外两人,接连撞了八九下,房门才被撞开。

蓝色在他们眼里弥漫开来,慢慢充满他们的视野。

安叱奴的房间地面是一片纯粹的蓝色,仿佛有人将蓝天剪下一小块铺在了地上。

东方流明走进室内,他的鞋面顿时湿了。地面上的蓝色是一层颜料,由于门槛有一定高度,蓝颜料积在室内没有流出去。这些蓝色液体大概有半指深。

门是向内开的,外设一道半掌高的门槛,这和本地的风俗有关,这样的设计能将蛇虫挡在室外,更加安全。

换句话说,这样的设计应该也能将死神挡在门外,只是这次并没有奏效。

"安叱奴被杀了!"东方流明喊道。

听到这个,众人拥入安叱奴的房间,他们的鞋子全部都被染成蓝色。透过屏风间的缝隙,可以看到安叱奴躺在他的床上,一只手垂在床沿。

那是一只死人的手,毫无血色、苍白、冰冷……

火寻零靠着墙,无力地按摩着太阳穴。季拓待在门外,低着头,没人知道他脸上是怎么样的表情。其他人则跑到安叱奴的床边，想看看他是怎么死的。

只有东方流明和风擎子被屋子里的另一样东西吸引了全部的注意力。

消失的傀儡舞姬正躺在安叱奴的床边，传说中的傀儡终于露出了真面目。

它的红衣也浸泡在蓝色的液体当中，浸没的边缘显示出夺目的紫色，宛如妖冶的晚霞。它仰面躺着，露出姣好的面容，眯着眼睛，仿佛沉醉在自己的舞蹈中。

"这就是传言中的舞姬啊，果然惟妙惟肖。"风擎子赞叹道。

舞姬的右手不见了，风擎子弯下腰，通过手臂的缺口查看内部的构造。

东方流明则直接将一张桌子上的东西一扫而空，将舞姬抱到了桌上。

即便历经了战火，舞姬也没有受到太大的损伤。东方流明脱下舞姬的衣服，它下腹部有一条裂痕，伤口仿佛一道闪电，从腹部一直蔓延到胸口。透过这道伤口，可以看到舞姬的"内脏"。东方流明顺着这道裂痕，慢慢用劲，他发白的手指就像钳子般将裂痕一点点撑开。随后，东方流明又从怀里拿出一个小小的夹子，从舞姬里面取出了一些部件。

"你这样没关系吧，万一装不回去，可就把它毁了。"风擎子有些担心地说道。

"我还以为你对傀儡不感兴趣。"东方流明对风擎子说道。

大漠奇闻录 57

风擎子解释道:"作为奇术师,我怎么可能没兴趣,只是没到要特意追寻的程度。但它现在就在我的面前,我怎么会放过?"

东方流明将从舞姬体内取出来的零件放在桌上,其中有大小不一的齿轮、长短不一的细杆,还有奇怪的金属片。

这些就是舞姬的本质。

正如人创造傀儡一样,神在创造人时,也不过是用更多更精巧的零件来构建自己的造物。

所谓的死亡也许只是什么重要零件坏了,只要更换零件,死去的人还能再回来。

傀儡的精致,让他们感受到了自己和神的距离,奇术师用如此复杂的零件制造出的傀儡依旧比不上神所创造的生物。

风擎子好奇地将手伸进舞姬体内,他碰到一个突起,按了一下,舞姬的眼睛也对应地眨了一下。然后,他又试着动了其他地方,每动一处,舞姬某个身体部位就会相应地动一下。

"真是神奇。"说这句话的时候,风擎子正在观察舞姬的手,它的手指能灵活张合,"为什么它的动作这么流畅?我来看看。"风擎子说着拿走了东方流明的夹子,取出一根长长的东西,半透明,黄褐色,有着不错的韧性。

"这是牛筋吧,用牛筋来蓄力和传动?"风擎子道。

东方流明点了点头。

"这可真是出色的创意。如果这样的话,确实可以解决传动上的一些问题。"风擎子高兴地说道。

两位奇术师越交流越是欣喜,以至于忘记了自己正身处凶案现场。

"咳咳……"鸠摩罗阴沉着脸，用咳嗽声提醒两位奇术师。

火寻零也对他们说道："两位请先将傀儡放到一边，看看安叱奴的尸体吧。"

"人的尸体都一个模样，舞姬可只有一具。"风擎子言语中带着些不满，但还是走到了床前。

安叱奴还算俊俏的脸因为死亡的痛苦而扭曲，像一片枯黄的叶子般皱在一起。他仰躺在床上，一只手垂在床边。一把普普通通的匕首插在他的胸膛上，这应该是他的主要死因。

但在安叱奴的脖子上还缠着一层纱，皮肤上有被勒过的痕迹。纱是红色的，应该是属于舞姬的。

"我可以拔掉匕首吗？"风擎子问道。

众人点头，于是，风擎子拔出了安叱奴胸膛上的匕首。匕首没有特殊的地方，外面几枚银币就能买两三把。从伤口上看，凶器从下方刺入，刺穿了他的心脏。

风擎子又将尸体翻过来，检查了下。除了刀伤和勒痕外，安叱奴身上没有其他伤口，浑身上下也没有沾到一点蓝色。

"诸位，都看过尸体了吧？"火寻零命人将安叱奴的尸体搬出去，做更加详细的检查。

火寻零问道："你们有什么看法？"

奇术师和医师们通过尸斑和眼球的情况，初步确定了安叱奴的死亡时间。

安叱奴应该是死于三个小时前。东方人使用的是十二时辰，与沙漠中使用的计时方法不同，但它们之间的转化并不复杂，一个时辰恰好等于两个小时，而且两者的计时工具出乎意料地一致，都需要用到影子和水滴等工具。

火寻零原定在八点宣布第二个挑战的具体内容，但到八点半，安叱奴还未到场。剩下的人来找他，结果发现了他的尸体。他们验尸时已经是九点了。

也就是说，安叱奴死在黎明时分——六点左右。这和事实相符，七点时，他的仆人去叫他起床梳洗时，安叱奴没有反应，说明他那时已经死了。

鸠摩罗说道："毫无疑问，安叱奴是被谋杀的。如果凶手是人的话，那他应该就在城堡之中，这里出入口不多，每处都有守卫。外人很难混进来杀害安叱奴。"

"我能问下诸位那个时候在干什么吗？"火寻零说道。

"你是在怀疑我们吗？"乌凌无奈地笑了笑，"不过确实没其他人可以怀疑了，六点那个时候，我应该演奏完了最后一首曲子准备回去休息了。我想有很多人可以为我作证。"

乌凌所言非虚，他的作息时间与其他人不一样。乌凌每夜都去火寻零窗下演奏乐曲。当然，谁也没有这样的体力和精力演奏整整一夜。一般来说，乌凌会分四次演奏：第一次是在刚入夜的时候，太阳的余晖彻底散去，月色笼罩大地；第二次是二十时左右，夜空之中有风声、虫鸣声、远处宴乐声，乌凌的琴声就像一汪清泉；第三次是深夜二十四时，那时万籁俱寂，乌凌会献上一首催眠曲，若火寻零还没睡，那刚好可以帮她入眠，如果火寻零已经睡了，也不会被惊醒;第四次是黎明时分,也就是在六点左右,这次演奏仿佛是为了证明乌凌坚守了一夜一般。随后,乌凌会回去吃点东西,睡到午后,再起床面见火寻零。如果火寻零还只是个单纯的小女孩,怕是早就被乌凌俘获芳心了。

风擎子说道:"我一天到晚都待在自己的房间里研究奇术,昨夜更是通宵达旦。季拓和我在一起。"

季拓在一边点了点头。

另一位奇术师东方流明说道:"我待在房里睡觉,没有人能证明,但如果我到安叱奴的房间来,很多人都会发现我。"

没错,东方流明到安叱奴的房间只有两条路可走,而它们中间恰好设有岗哨。

其他人都表示自己的情况和东方流明一样,都待在各自的房间睡觉。

图明的弟弟赤特皱眉说道:"说到底,询问这个没有什么意义。我们要做一件事情,还需要亲自动手吗?"

为获得绿洲的利益,各方都投入了不小的力量,求婚者不光拥有明面上的奴仆,暗地里安插的人手也不会是小数。

谁都可能杀人,或许他们只要动动嘴皮子就够了。

也就只有东方流明和风擎子是真正的孤家寡人,但他们又是奇术师,说不定会有什么特殊的手段。杀人现场如此诡异,凶手绝对不是一般人,因此奇术师的嫌疑也难消掉。

"对于这个命案现场,你们又有什么看法?"火寻零道。

赤特摸着自己的胡茬,说出了天马行空的想法:"安叱奴确实被谋杀了，但杀人的是人吗？如果我没有想错的话，这地方是个密室。"

火寻零的父亲铁恩被害之后，阿鹿桓增强了城堡内的防护，加固了门窗。这次的现场和火寻零父亲被害的情况很相似，但这次的密室比之前还要"密"。城堡内的每扇门边缘都加装了铜皮，门槛也是。门关上之后，连一点缝隙都不会有。至于窗户，一、二层房间的窗户都加装了栏杆，被分隔成小块，间隔只有拳头大小。

东方流明补充道："而且不是普通的密室，严格来说，算是双重密室。"

"这怎么说？"火寻零问。

"我们打不开门，是因为门从屋内被闩上了。但凶手用的根本不是门闩，而是舞姬消失的右手。"东方流明说道。

凶手将它当作门闩，闩住了大门。东方流明撞门时，还把它撞断了。

东方流明心疼地拿出手臂，把它和舞姬放到了一起。

放好手臂，东方流明才接着说道："门只能从里面被闩上，凶手杀了安叱奴之后要怎么逃走？这是第一重密室。这一地的颜料，是第二重。安叱奴的尸体上没有颜料，说明颜料是在安叱奴死后才布置的。凶手可以站在桌椅上布置颜料，但事成之后要如何离开？除了这里，其他地方都没有蓝色颜料的痕迹，除非他会飞，变成鸟从窗户飞走了。"

"他也可以一直留在现场，没有离开，假装这是密室。"风擎子说道。

大家四处查看过，找遍了屋内所有可以藏人的地方，却都没发现有人。凶手也不可能趁他们不注意跑了，或者混入他们中间。毕竟，这里到处是来来往往的仆人。

赤特道："之前我就说过了，安毗奴不是人杀的，凶手还在这里。"

"在哪儿呢？"风擎子反问道。

赤特指向桌上的舞姬："从安毗奴的伤口上可以看出，凶器是从下方刺入，刺穿了他的心脏。要么刺客是趴在地上突然袭击了安毗奴，要么凶手很矮小，只能从下方刺入。舞姬恰好符合这一身高要求，并且它身上还带着血迹。"

由于舞姬穿着红衣，东方流明和风擎子没能发现上面的血迹。

傀儡真的会杀人吗？

"这是无稽之谈，它只是一个傀儡。"乌凌说道。

"总之屋内只有它一个。"赤特说道，"罗火洲真是块神奇的土地，这里有召唤雷电的魔鬼，再多个杀人的傀儡又有什么问题？"

"傀儡杀人？"鸠摩罗说道，"难道是幽灵作祟？"

"不对，傀儡只有在人的操控下才会行动。"乌凌说道。

赤特道："但是哈桑的傀儡是不同的，它们是自动的。"

"在场的诸位都看过或者听说过傀儡的表演。"乌凌又说道，"不得不说，那四个傀儡的确是杰作，但它们也还处于我们想象之内，绝不是妖魔。"

"也许加上惨死的阿鹿桓，它们就是妖魔了呢？"鸠摩罗说道，"说不定阿鹿桓的幽灵还在罗火洲盘旋，他附在生前最钟爱的傀儡身上，来向我们复仇了。"

"胡说八道！"乌凌白着脸反驳道。

"天知道阿鹿桓还有什么秘密？"

....

东方流明盯着舞姬，不理会其他人的争论。舞姬傀儡出现后，东方流明的魂魄仿佛都被它吸走了。

他挣扎了片刻，终于向火寻零提出了请求："我可以带走舞姬吗？"

"当然可以。"但火寻零又道，"只是舞姬被卷入了凶杀案，就算它不是凶手也是重要证物，至少现在，我不能让你带走它。"

遍寻不见的傀儡突然出现在杀人现场，这绝对不会是巧合。

"那要等水落石出，我才能拿到舞姬吗？"东方流明问道。

"是这样的。"火寻零又提高了声音，面向所有人说道："诸位请安静一下，我有几句话要说。安叱奴的死有太多疑点，傀儡是如何出现的，凶手是如何离开的，他为什么要杀害安叱奴，为什么要将地面染成蓝色……这样吧，我将第二个挑战更改成找出杀害安叱奴的凶手。"

鸠摩罗提出异议："我倒不是怕了凶手，但要是我们一直找不到凶手怎么办？难道你就一直不决定要嫁给谁吗？"

这确实是一个问题。

火寻零说道："那我再增加一个期限，如果一个月内还没结果，我会宣布新的挑战，最后谁获胜的次数最多，谁就是我的丈夫。"

除了命案，城堡内还发生了一件不同寻常的小事。看管阿鹿桓奇迹室的仆人发现阿鹿桓最后留下的棋局变了。

原本白棋有一个王和四个小兵，现在只剩下三个小兵了，而对面的黑棋也少了一枚骑士。

消失的白棋王是否代表阿鹿桓，消失的白棋小兵是否代表舞姬，而消失的黑棋骑士是否代表安叱奴？没人知晓。

仆人不敢隐瞒，将这件事报了上去。罗火洲中诡异的氛围又加重了几分，一个巨大的阴影盘旋在绿洲上空。

另一件事情则要更悄无声息一点，一个黑影躲过人流，趁着夜色，来到绿洲之中最肮脏的垃圾角。

他从袍中掏出两根细细的丝线，它们就像蟑螂的两根触须一样，在月光的照射下，可以看到金属的光泽。

黑衣人将金属丝揉成小团用力丢了出去，没有人能找到它们了。

第五章
生者夜谈

夜色终于又降临了。

"两位,这里就只有我们了。"

火寻零依旧召见了两位奇术师。

她放下手里的酒杯,对两位奇术师说道:"我已经知道风擎子见识过沙暴了,那东方先生呢,你遇到过沙暴吗?"

"我的运气不错,一路上没有遇到,但我也从旅者的口中听闻过沙暴的可怕。飓风中的沙子刮在人身上就像细小的刀刃。如果你的肌肤裸露在外,不用多长时间就会变得血肉模糊。"东方流明回答道。

"是的,据说最大的沙暴能将一个人吹成白骨。而且沙漠的地形变化也是由那些沙暴引起的,在你面前的沙山也许在一场沙暴之后就跑到你背后了,所以在这里,地图是无用之物。"火寻零说道,"罗火洲正处在一场巨大的沙暴当中,任何人都可能被吞噬殆尽。

我需要你们的智慧，帮我躲过这场无形的沙暴。"

东方流明回道："作为您的顾问，我很荣幸为您排忧解难。"

风擎子也说道："这件事牵扯阿鹿桓，我也愿意献上一份力。"

火寻零问风擎子道："季拓真的一直在你掌握之中吗？"

风擎子挠了挠头："我没掌握他啊，他只是我的助手。"

"他真的和安叱奴的死没有关系吗？"火寻零问。

"当然没关系。"风擎子诚恳地说道，"他一直和我待在一起，而且他戴着镣铐，一走动就会发出'咣当咣当'的噪声，怎么可能偷偷跑去杀了安叱奴。"

火寻零点了点头："这倒是。"

东方流明问道："现场又有什么发现？"

火寻零回答道："安叱奴房间里的宝石全部都不见了。"

因为火寻零提出的挑战，每个求婚者都收集了大量的宝石，并且宝石本身就是常见的装饰物，一个贵族屋内有宝石很正常，没有宝石才不正常。

"我们还在一些首饰上发现了凿撬的痕迹，盗贼不仅拿走了单独的宝石，还把首饰上的宝石撬下来带走了。"火寻零又说道。

"是他的仆人干的吗？"东方流明问道。

仆人趁主人死亡，卷走主人的财物，这种事情在沙漠中也不罕见。

火寻零摇了摇头："我们审讯了安叱奴的全部仆人，也搜查了他们的房间，都没有发现宝石。"

风擎子挑了挑眉："我听说，傀儡的能源来自宝石。所以你认

大漠奇闻录 67

为这和阿鹿桓有关,想从季拓身上找到突破口?可惜了,在我看来,季拓和这事没有关系。"

"对,奇术师的傀儡是以宝石为能源驱动的,所以消失的宝石可能是被拿去给其他傀儡用了。"火寻零说着,又为自己倒了一杯酒,"仿佛阿鹿桓还在这里,他操纵着一切。说起来,我做了一个怪诞的梦。"

"解梦不是我的专长,让东方流明来吧。"风擎子说道。

东方流明仔细倾听了火寻零的梦。

这个梦与安叱奴的死有关。她梦到了之前的战争,罗火洲四处都回荡着嘶吼和惨叫。阿鹿桓的宝库里,哈桑的三具傀儡活了过来——舞姬在一旁跳舞,琴师捧着它的琴替舞姬伴奏,身形高大的武士站在队伍最前面,踩着琴师的节奏杀人,并护送同伴到了奇迹室。

弈棋者坐在棋盘面前,一动不动。舞姬、琴师、武士来到弈棋者身边,拉扯着弈棋者。弈棋者仿佛受到热情的感染,他身上的木纹渐渐消去,画出来的假肢也变成了能活动的真腿。

见到这幅场景,舞姬的舞蹈更加妖娆,琴师的琴声也更加热烈。

四具傀儡避开战火,走进城堡的深处,藏了起来。随着战争的平息,傀儡们也像是陷入了沉睡。

直到火寻零入城,安叱奴、乌凌、图明、鸠摩罗四人向火寻零求婚。

复仇的火焰就像一朵花一样,吸收了罗火洲内的愤怒、不甘和痛苦,现在它终于盛开了,花色比彩霞还要鲜艳,也比血液还要阴沉，带着一股淡淡的铁锈味和少女的体香。阿鹿桓收藏的傀儡从这朵花的花蕊上跳下来，舞姬开始跳一支死亡之舞，她手里的舞纱在风中游动，正像一条蛇。它在安叱奴的门前停下了舞步，溜入房间，隐藏了起来。随后，安叱奴来了，他一无所知，进入了自己的房间。突然，一道黑影朝他冲了过来，他根本来不及反应，只感觉胸口一痛，热量和力量都随着那一处疼痛快速流失。安叱奴想要大声呼救，但一块纱巾却勒住了他的脖子。

他对纱巾的触感很是熟悉，在家时，他常和美姬厮混在一起，她们几乎浑身赤裸，只披着薄纱。她们会用薄纱轻抚他的肌肤，也会用薄纱缠住他的脖子，让他暂时窒息，帮助他到达高潮。

但现在，薄纱激不起他的性欲，只有无尽的恐惧。纱巾越来越紧了，安叱奴开始抽搐，他感到名为死亡的蛇离他越来越近。最终，安叱奴停止了抽搐，彻底死去。舞姬松开安叱奴的尸体，将其拖到床上，优哉游哉地布置起舞台。

它将地面染成自己喜欢的蓝色，又收集了屋内所有的宝石，为自己的同伴供能。接着，它取下自己一只手，充当门闩，闩住了门。完成这一切后，舞姬躺在一片蓝色之中，停止了运作。

"这梦还真挺奇怪的。"东方流明说道，"不过，确实有很多人认为傀儡才是真凶，这正是凶手想让我们相信的。"

"两位相信吗？"火寻零问道。

毕竟现在所有线索都指向了傀儡。

风擎子率先摇了摇头："我这个人性子别扭，人家越想让我往什么地方想，我偏偏就不那么想。这世界，唯有意识能真正肆无忌

大漠奇闻录　69

惮。"风擎子哈哈大笑,叩着桌面又说道,"我想起了一个故事,不知道东方流明你知不知道?"

"是哪个故事?"东方流明问道。

风擎子微微一笑:"《列子》中'偃师造人'的故事。"

周穆王西巡,偃师为周穆王献上了一个人,并称这是他制作的优伶。优伶和真人一模一样,并能按偃师的指示唱歌跳舞。穆王让妃子及宫内侍御与他一起观看。在表演时,优伶向周穆王的妃子抛了个媚眼。穆王大怒,认定优伶是真人,要杀掉偃师。偃师连忙分解开优伶,证实优伶是用皮革、木料、胶水、油漆、各色颜料等材料拼凑起来的,肝、胆、心、肺、脾、肾、肠、胃,以及筋骨、四肢、关节、皮肤、汗毛、牙齿、头发等,全是假的。

偃师已作古,他的奇术却留了下来,传承他技艺的人都被称作"偃师"。

"优伶的心肝都是人造的,它的一举一动也受人的控制。抛媚眼的自然不是优伶,而是优伶背后的偃师。"风擎子说道,"广泛流传的只有光怪陆离的前半段,却没有残忍血腥的后半段。故事的后续是,那个妃子最后与偃师私通,两人都被处以极刑。"

"你想说什么?"火寻零问道。

"所有指向傀儡的东西都可以是虚假的,就像偃师的傀儡一样。背后的人才是真实的。"风擎子说道。

"你认为一切都是人为。"火寻零点了点头,"两位都不相信所谓的鬼怪吗?"

"不相信,黑手当然是人,鬼怪杀人不用这么复杂。我们先从简单的说起。"风擎子问东方流明,"你怎么一进去就知道安叱奴死了?"

"理由有三,第一,我们在外面叫了安叱奴的名字,他没有任何反应;第二,屋内的景象十分诡异;第三,透过屏风的缝隙,我可以看到安叱奴那只苍白的手和床上的血迹。这三点就足够让人联想到死亡。我相信当时在场的所有人都是这样想的。"东方流明轻咳两声,说道。

"我最看重的是第二点——屋内诡异的景象。安叱奴的案子其实包含了三个部分:第一,安叱奴死在密室之中;第二,傀儡舞姬突然出现;第三,屋内的宝石全部消失。屋内的景象只和死亡有些关系。"风擎子说道,"断首之颈莫再斩,画蛇添足不可为。"

火寻零没听懂风擎子最后一句话:"这是什么意思?"

东方流明解释道:"就是不要做多余之事的意思,风擎子是说现场的布置是多余的。"

风擎子说道:"是的,但这只是我们看起来觉得多余而已。凶案现场没有多余的东西,其存在必定是有道理的。杀人是件苦差事,就我来说,你费尽力气杀了一个人,已经很辛苦了。哪里还有精力和时间去搞其他东西,所以只要是凶手搞出来的东西就一定有原因。"

"那是什么原因?"火寻零追问道。

"不知道,不过我们可以提出几种假设。比如凶手是为了掩盖地面上的痕迹,诸如血迹、脚印——一些可能暴露他身份的痕迹。"突然,风擎子摇了摇头,"不对,血迹和脚印应该都可以擦掉。但如果是擦不掉的痕迹，那倒上颜料也无济于事。"

火寻零也打开了自己的思路："会不会是为了掩盖原有的颜色。我举个例子，像是凶手先在地面上写了什么字或者把什么东西给涂成了蓝色，安叱奴前去查看，结果被埋伏着的凶手杀害了。"

"这也是一个方向。"东方流明说出自己的推理，"但问题在于，为什么要把地面全部染蓝，凶手是对蓝色有什么偏好，还是说因为蓝色醒目？或者说蓝颜料容易获得，它的某些特性能帮上凶手？"东方流明继续说道，"凶手用的蓝颜料是石青，一种与孔雀石伴生的矿料，不是什么名贵的矿石，城堡当中应该也有不少储备。"

风擎子说道："那我有了一个想法，就按之前说的，凶手在地面上写了什么字，可能是安叱奴的一些把柄，导致安叱奴不得不听从他的命令，比如捡起傀儡的右手，闩上门，然后走到窗前。这个时候，在外面的凶手突然将手伸进窗内，用舞姬身上的纱布勒住了安叱奴的脖子。窗上的孔不大，但手还是伸得进去的。"

东方流明说道："对，我也是这样想的。凶手在窗外行凶，无法掩盖痕迹，干脆就把整个房间的地面都染蓝。"

"这样一来，什么傀儡出现在密室、宝石全部消失就可以解释了，全是凶手事先布置好的。"风擎子恍然道，"除了两重密室外，安叱奴身上还有两重死亡。他既是被勒死的，也是被刺死的。凶手先是用丝巾勒住了安叱奴的脖子，但他身处的位置并不稳定，安叱奴又在拼命挣脱，使得他必须尽快杀死安叱奴，于是腾出手来，又刺了安叱奴一刀。"

"言之有理，令人信服。我就是这个意思。"东方流明说道。

风擎子又提出了另一种可能:"虽然将匕首留在安叱奴身上可以防止血液飞溅出来,但地面上可能还是会留下血液,从而暴露行凶的位置。这时候蓝颜料就派上用场了。凶手只要向屋内加水就可以了,地上的血迹、蓝字之类的东西都会被那一大片蓝色所淹没,消失得无影无踪。凶手完全可以预先布置这好一切,再在房间外杀人,等他销毁所有痕迹,两重密室就完成了。"

"那唯一的问题就是,凶手如何将安叱奴的尸体从窗前搬到床上。"火寻零说道。

"用绳索之类便可以把安叱奴拖回床上。屋子里不是有根柱子吗?以柱子为固定点可行吗?"东方流明说道。

风擎子蘸着酒水,画了一幅简笔画,摇头道:"你们也可以回忆下房间的布局,看看是否能顺利将尸体拉回床上。"

安叱奴的房间分作两部分,由屏风隔开。

一进门就是书房区,门右边有一个装饰用的大陶瓶,陶瓶边上是一排衣架。再往里走,是一张小矮桌和配套的两个坐垫,可以用来接待来访者。安叱奴写字的桌案和配套的胡凳则贴墙摆放着。桌案后面的墙上挂着一对珍贵的鹿角,靠近窗户的地方则有两个小小的架子。

绕过办公桌就是休息区,里面是床榻、床边柜、靠墙的架子,在角落还有一个大陶瓶。

东方流明看着图,皱紧了眉头,他叹气道:"之前的推论都很完美,只有这点不好办。加多了线的话,屋内的屏风就会移位,墙边的陶瓶也会倒下；如果布置的线不够多，根本不可能把尸体拉到床上。"

"多一个支点呢，墙上的鹿角是固定的。"火寻零说道。

风擎子摇头道："恐怕不行，没那么简单，支点不够，而且位置也不对，如果柱子的位置能再往下一点就好了。"

看来他们卡在了最后一步上。

火寻零对具体的做法没有兴趣，她又续了一杯酒："虽然你们解决了一部分谜题，但最重要的部分还是被迷雾笼罩。谁是凶手，谁能完成你们所说的诡计？"

风擎子尴尬地笑了笑："这就需要再研究了，关于这点，不知道东方流明有没有什么想法。"

到了无解的地方，风擎子就把球踢回给了东方流明。

"如果是这样的话，谁都有可能完成这个诡计，只要他能让安叱奴乖乖听话。"东方流明皱眉道，"像我和风擎子这种外来人很难做到这点，因为我们无法威胁安叱奴。其他的求婚者倒是都有可能，毕竟他们的家族扎根在同一片沙漠，相互知道彼此的秘辛也未可知。"

"但如果他们早有把柄，大可以不让安叱奴参加求婚。"火寻零说道。

"此言差矣，安叱奴不参与求婚，卑陆洲还是会派出其他人，因此让安叱奴前来，再用把柄威胁他，这才稳妥。"

"言之有理，那安叱奴真就那么傻吗？"风擎子说道，"他来找我帮忙的时候，我以为他是那些人当中最聪明的一个。"

"不要变着法夸自己了。人在惊慌的情况下做些傻事也不奇怪。"东方流明说道。

火寻零打断东方流明和风擎子的对话:"那么你们还是没有办法确认凶手是谁?"

"是的。"东方流明和风擎子异口同声地说道。

"你们提到自己没有作案的动机。"火寻零说道,"但在我看来,人人都有嫌疑,先前风擎子就曾帮助过安吡奴。你们也可能受其他人雇佣而来。"

"你不信任我们?"风擎子一本正经地问道。

"正因为信任才会当面询问,而不是暗自调查。你的目的是什么,风擎子?"火寻零问道。

"我的目的很单纯。我从东方而来,没有明确的方向,时而往西,时而向北,听到感兴趣的事情就匆匆赶去。"风擎子说道,"我只想钻研自己的奇术,我的奇术与雷火相关,所有相关的事情,我都有兴趣掺和。硬要说我的目的的话,那我想把天上的太阳炸碎,让太阳碎片均匀地撒在天空之中,从此再也没有白天黑夜之分,也没有冬天,不会过热也不会过冷,世界一片光明。植物不断生长,人无冻死饿死之忧。"

火寻零露出了怒容:"这不是夸父追日的变种吗,你这是在消遣我?"

东方流明曾给火寻零讲过夸父的故事。

东方流明摇着头,替风擎子解释道:"不是这样的,如果是其他人,你确实可以下令斩了他。但如果是风擎子说这样的话,我丝

大漠奇闻录 75

毫不奇怪。他有裂石搬山之能，在我的家乡，不知有多少人想要拉拢他，但他只愿意修桥铺路、开垦农田、兴建水利。一旦他的君主命令他参与军事，他便会不辞而别，离开家乡。"

"你相信他？"火寻零问东方流明。

东方流明苦笑道："我相信他。"

火寻零消了火气："好吧。那你呢，东方先生？"

"我的目的不是一开始就说了吗？傀儡并不属于奇术师哈桑，或者说不全属于他。他曾来到东方，偷学我师门的技术。我希望能追回这项技术。"东方流明说道，"刚才我们也谈到了偃师傀儡，自古以来，东方的傀儡术都是当世一绝。"

"如果只为追回技术，你也太用心了吧。哈桑已经死了，傀儡也消失在战火中。"火寻零说道，"再者说，这里距离东方那么远，你根本不需要担心泄密的事情。若不是发生了命案，傀儡根本不会出现，你却在罗火洲逗留这么久，很难让人相信你只是为了傀儡术。"

东方流明脸上还是挂着笑容，问道："那你觉得我是为何？"火寻零没有理会他的问话，说道："我不懂傀儡，觉得它们只是玩物，究竟有什么值得你们如此追求？"

风擎子插嘴道："在奇术师眼里，光一个舞姬就已经是个宝库了。它内部的传动装置被有心者用到机械中该是怎样的光景？它们甚至能改变世界。"

"你们奇术师张口闭口都是宇宙、世界，但我不在乎。"火寻零说道。

"好吧，我认输。"东方流明说道，"我是想要哈桑傀儡中的奇术。我师门中曾有记载，但它们已经毁于战火。所以哈桑的傀儡是我唯一的机会，我必须得到它们。但我的目的也仅仅是傀儡中的奇术，因此，我之前不算说谎。"

火寻零两只明亮的大眼睛凝视着东方流明的双眼。东方流明漆黑的双瞳映出她的容颜。而东方流明也盯着火寻零不放，仿佛这样就能证明他说的是真的。

火寻零突然"扑哧"笑了出来："对不起，我与人对视时间长了就想发笑。那就这样吧，我暂时相信你的话。"

东方流明连忙补充道："我对罗火洲绝无恶意。"

"对我呢？"火寻零说道。

东方流明毫不迟疑："也不存在任何恶意。"

"咳咳……"风擎子打断他们的话，"比起我们两人，其他人的嫌疑更大。毕竟他们都是竞争者，为了一个绿洲的利益，闹出人命也很正常。我不惮以最大的恶意来看这个世界，火寻零，也许这个局面也正是你想看到的。"

"有些意思。"火寻零没有生气，她只是在一边一小口一小口地饮酒。

"我记得你同他们说过的那些话，你对他们说干什么都可以，他们可以彼此竞争。无疑，最有效的手段就是直接除掉最有力的竞争者，而在第一个挑战中胜出的是安呲奴，他领先其他人，所以他就被杀了。你提出的第二个挑战是找出杀害安呲奴的凶手，如果凶手真的在求婚者当中，那就一下子除掉了两个人。"风擎子说道。

"但求婚这件事绝对不是赶走、杀害所有求婚者就会结束的。"

火寻零说道，"这是一件复杂的事情。而且那些求婚者一开始就知道留在这里是有危险的。报酬巨大而没有风险的好事是不存在的。因此，我觉得还有另一批人也可能是凶手。由于你们两位都是外人，所以我把这个猜测告诉你们也没什么关系。"

火寻零认为罗火洲内还存在着阿鹿桓的残党。

"我听说除草是件困难的事情，无论你怎么拔，过段时间，杂草还是会长出来，你需要把下面的根都挖出来，或者干脆一把大火，可即便如此也不能彻底解决杂草。人比杂草还要复杂，阿鹿桓的家族掌控罗火洲百年之久。他们的影响绝不会就这样轻易消失。"

"不过如果真的是阿鹿桓的残党干的，那他们为什么不对你出手？"风擎子问。

"为什么？因为我怀着阿鹿桓的孩子，他已经死了，我肚子里的孩子就是阿鹿桓唯一的血脉。我作为母亲，绝不会对自己的孩子不利，这个孩子注定是罗火洲的主人。所以他们的目标只会是求婚者。"火寻零又说道，"再说，我执政一向偏袒罗火洲的人民，而不像其他人那样想把这里的人当作奴隶。"

"你没有其他的线索吗？"东方流明问。

火寻零回答道："他们比我熟悉罗火洲，如果他们要藏起来，我是找不到的。不过这还要你帮忙了，帮我看着季拓。"

"哦，他是一个诱饵？我尽量吧。"风擎子挠了挠头，"其他事情，我们两人就帮不上忙了，毕竟奇术师也不是万能的，解梦也只能解一半，解题更是连一半都没到。"

风擎子起身告退，东方流明也准备离开。火寻零叫住了东方流明。

"等等，东方先生，你能留下来再为我占卜吗？"火寻零道，"我觉得你的占卜比较准。"

东方流明犹豫了片刻，点了点头。他从怀里掏出第二块龟甲，处理好"钻"和"凿"，走到火边，用烧热的木棍烧灼龟甲背面的钻眼。

"这次的结果如何？"火寻零走近东方流明，问道。

"不知道。"东方流明也第一次遇到这样奇怪的坼裂，到了罗火洲，他占卜的结果都很奇怪，"我需要更多的时间来解读神启。"

"大概需要多久？"火寻零问道。

"需要几日吧。"东方流明回答道，"我会在第一时间把结果告诉你。"

说完，东方流明整了整衣裳，准备告退。火寻零却抓住了东方流明的衣袖。

"还有什么事情吗？"东方流明问道。

"你再陪我一会儿。我要休息一下。"

东方流明这才注意到火寻零眼神迷离，面色发红，不，不单单是面色，她牛奶一般白洁的皮肤也透着粉红。

"你喝了多少？"东方流明发现火寻零边上的酒壶已经空了。

"酒可是好东西，它能使人飞翔，它让你脑子里开出一朵花，能使空气里充满蜜糖的味道……"火寻零喃喃道。

"你醉了，已经开始说胡话了。"东方流明想要叫仆人进来，为火寻零倒一杯水。

"胡说,你才醉了呢,我没醉。"火寻零撇嘴说道。

"一般喝醉了的都这样说。"东方流明有些无奈。

火寻零喝的是低烈度的酒,但在刚才的谈话中,她不断饮酒。就像干草虽轻,但一根根累加,还是可以压垮骆驼。

"但没有喝醉的也必定会说自己没醉。"火寻零说道,"无论喝醉与否回答都是'没醉',这不就太奇怪了?你看我还能说这么多话,逻辑毫无问题,我当然是没醉。这样吧,我再问你一个问题,一般疯子都会叫嚣着自己没疯,那一个正常人被当作疯子送到了大夫面前,他该如何证明自己真的没疯?"

东方流明说道:"你的问题我回答不出。好吧,你没醉,只是你不能再喝酒了。"

"好的。"火寻零走到了东方流明的背后。

东方流明感到火寻零在他身后做了些什么,便问道:"你在干什么?"

火寻零捧起东方流明的长发:"我想要你的黑发。"

"身体发肤受之父母,我不能把头发给你。"东方流明无奈地说道,"再者,你要我的黑发有什么用,做假发吗?可它和你的发色也不一致。"

他知道火寻零醉了在说胡话,因此没有放在心上。

"我仅仅是喜欢你的头发,我从未见过纯黑的头发,让我为你梳发吧。"火寻零说道。

东方流明没有拒绝。

她解开了东方流明的发冠,他乌黑闪亮的秀发自然地披落下来,东方流明就像披着黑色的锦缎一样。

火寻零用的是白骨梳，插在东方流明漆黑的发间，格外好看。

东方流明感到自己的发间有些发痒，进而觉得自己躺在了一汪春水当中。

酒精让他皮肤微微发热，仿佛沐浴在春日下，是的，他回到了春天，仰面躺在水中，河里的小鱼小虾在他发间穿梭。

"你的头发真美。"火寻零又叹道。

东方流明说道："每个人的头发不是都差不多吗？"

"不，在这里黑发就是独一无二的。"

随着火寻零的拨弄，东方流明头皮酥麻的感觉越发强烈了，头发本就是身体的一部分，只有亲近的人才能触碰，比如父母、姐妹、爱人……东方流明已经很久没有让其他人为自己梳头了。

允许别人触摸自己的头发是一种亲昵的表示，就算在家中，他一般也不让仆人替他整理头发。一不留神，东方流明发出了一声呻吟。他有些窘迫，想回过头，去看看火寻零是否注意到了自己的不对劲。

"别动。"火寻零轻轻说道。

于是，东方流明再度挺直腰杆。

没过多久，火寻零半个身子贴到了东方流明的背上，东方流明感受到柔软的触感，也不由得心神一荡。他的额头已经冒出了细汗，火寻零身上的香气和淡淡的酒味在他鼻尖萦绕。

火寻零真的是喝多了。

东方流明更加不敢乱动，然后，他发现背上的火寻零很久都没动了，她的手还抓着他的头发，正慢慢下落，扯得东方流明有些不舒服。

"女王，陛下，火寻零？"东方流明轻轻呼唤了几声。

火寻零没有回应。东方流明转过了头，发现火寻零已经抓着他的头发睡着了。东方流明将火寻零的手从他头发上拿下来，再让她躺倒，自己则重新束发。

东方流明一边整理自己的头发，一边望着火寻零的脸。不知她梦到了什么，眉头一直皱着，露出不安的表情。

"你是在害怕吗？"

东方流明喃喃道。

这只是他的自言自语，并不期望火寻零回答。但火寻零好像听到了这句话，突然睁开了眼睛。宝石一般的眼睛不再有迷茫，反而露出一丝戾气。这种戾气并不惹人讨厌，有些像母兽在保护自己的幼崽，守护自己的领地时，流露的戾气一般。

但只有一瞬，火寻零的眼睛又很快闭上了，呼吸逐渐平稳。

东方流明扶着火寻零，让她躺下，然后悄悄退了出去。

"她在里面睡着了，好好照顾她。"东方流明对门外的女仆说道。

第二天，火寻零揉着自己的太阳穴，看来她正在因为宿醉而头疼。

"昨晚，我做什么了吗？我好像什么也不记得了。"再见到东方流明时，火寻零如此说道。

东方流明不知道火寻零是否真的不记得了，他盯着火寻零的脸看了一会儿，发现她的脸有些发红，好吧，记得与否都不重要了。

"昨晚的事情,我也不记得了。看来我也喝多了。"东方流明回答道。

记性好有时候并不是一件好事,痛苦往往起源于那些没能忘掉的事情。

第六章
阿鹿桓的傀儡

"知道吗？"

"知道什么？"

两个女仆在城堡内窃窃私语。她们是火寻零的下人。经过战争，火寻零身边的人多是她从故乡带来的。

"阿鹿桓的傀儡活过来了。之前我也听这里的仆人说过，夜里会有奇怪的身影和声音，那是阿鹿桓的傀儡在行动。"

"说起来，我之前好像也听到了奇怪的声音，我还以为是耗子。"

"是傀儡，据说阿鹿桓在死前将诅咒施加在那些傀儡身上，它们会活过来，完成阿鹿桓的遗愿。"

"遗愿？"

"就是报仇。"

"啊！那我们呢，我们会不会出事？"

"谁会在意我们这些仆人，我们的主人和那些想通过婚姻强占这里的人才是傀儡的目标。"

"你的意思是说，杀戮还会继续，安叱奴只是一个开始？"

"复仇一旦开始，又怎么会轻易结束呢？"

"这里究竟还要死多少人？"

"说不定要死完，才会结束。"

"这个世界尽是些蠢人。"

季拓拖着镣铐在城堡中穿行，不由得这样想道。阿鹿桓才死了多久，傀儡又才消失多久，居然传出了这样无稽的谣言。要不是身陷囹圄，身不由己，他早就出去斥责那些造谣者了。

季拓回到风擎子的工作室内，发现风擎子和东方流明都在里面。他们两人正在讨论近来发生的事情，还有近日甚嚣尘上的各种传言，无外乎是些妖魔化阿鹿桓和傀儡的话。

季拓听得气闷，终于忍不住开口道："两位奇术师，你们应该是罗火洲最睿智的人，为什么还会像庸人一样被这些呓语般的胡话蒙蔽？我亲眼看见奇术师哈桑带着他的傀儡进入罗火洲，也亲眼见着领主长大。"

季拓口中的领主是阿鹿桓。

"傀儡举世无双。"季拓说道，"但也不可能自主杀人。领主则是个如神一般的好人，他绝不会在这里化作恶灵。你们还是把注意力放到其他领主身上吧。他们都像胡狼一样贪婪，我毫不怀疑是他们之间自相残杀。"

"那么，你真的和最近的凶杀案无关？"东方流明问道。

大漠奇闻录 85

季拓举起镣铐无奈地说:"我倒是想,可惜做不到。"

风擎子苦着脸摇摇头:"从你的角度,这些都一目了然。但我们进入罗火洲后得到的信息都是不利于阿鹿桓的。"

季拓说道:"那是因为他们恶意抹黑领主。"

"所以我们需要真相。"风擎子对季拓说道,"不是干巴巴的几句话,而是有细节的真相。"

此前,季拓虽然在配合风擎子的工作,但他一直都有所隐瞒。

东方流明也说道:"在沙漠中,我们算是局外人,也许只有通过我们才能给阿鹿桓一个公正的评价。"

季拓闭上眼睛,花了不少时间,终于做出了决定。

"我可以把具体的细节告诉你们。有酒吗?"

"有,当然有!"风擎子立刻翻出一瓶酒双手递给季拓。

季拓打开瓶塞闻了闻:"是好酒。"他又把酒瓶丢回给风擎子,"拿着酒走吧,去实地看看。"

于是风擎子捧着酒,跟季拓走出了房间。东方流明走在最后面,也一起出去了。

季拓手里握着酒杯,不时让风擎子添酒。

"看到了吗,那是东门,大部分商旅都会从那儿进城,然后沿着大街前去觐见领主。"季拓说道。

罗火洲的城堡不是单独的一座城堡,而是一个建筑群,整体呈'凵'字形。但其中一边在战火中被毁,三人所在之处本是大殿。

说这句话的时候,季拓跌跌撞撞地走在废墟之中,爬上了一块巨石。风吹起了他的白胡子。

从精美的雕刻、破碎的陶器、熏黑的彩布中，还是能看出这里曾经的金碧辉煌。

季拓将杯中酒一饮而尽。

"这还要从那个午后说起，沙漠中的商旅带来了一位奇术师。"

沙丘如云层一般铺在荒漠之中，骆驼迈着沉默的步子，在沙地上留下一串脚印。

这是一个商队，骆驼驮着上好的丝绸、香料和珠宝，但对他们来说，后面那些精致的箱子才是真正的宝物。

箱子的主人蒙着深色的面罩，躲在宽大的袍子底下，只露出狭长、冰冷的一双眼睛，直直望着前方。他身后还跟着四位同样黑袍的助手。

这是一位奇术师，商队对吸纳这么一位人物而感到满意。正如世人所知，每位奇术师都拥有神秘莫测的能力，沙漠中的领主为招揽奇术师，往往会开出大价钱，而奇术师的造物，也深得那些领主的喜欢。一支被领主喜欢的商队能在市场上得到不少优惠。

路途遥远。商队的水早在四天前变味，富者用淡酒解渴，奇术师饮的自然也是酒，他快把商队的酒喝完了。商队中大多数人只能将变味的水稍做处理后饮用。

商队首领是个矮胖的中年人，蓄着暗金色胡须，连年的风沙，让他的皮肤像胡杨树皮一样粗糙，他极目远眺，估摸着商队与目的地的距离。

"走，走！"他催促着，"我们就快到了。"他坚定地说道。

大漠奇闻录

眼前的景色与记忆中的渐渐重合,"我们只剩下一日的路程了,想想甜得发腻的水果、美味的酒水、舞姬雪白的肚皮,还有沉甸甸的金子……兄弟们打起精神,我们今夜就要到达!"

商人们闻言,心也火热起来,首领识途,堪比一头老骆驼,既然他这样说,那么目的地就真的快到了。

罗火洲——商人想到这个名字,脑海中就出现如山一般的黄金。一些心急的商人已经小声欢呼起来了。而骆驼耸动的鼻翼嗅到清水和草料的味道,自觉地加快了步子。

夕阳西沉,黄沙被染得猩红一片,让人亢奋。

这可不是一片只够供养一个村庄的绿洲,而是一座城市,巨大而富饶。中央的城堡,洁白的屋顶高耸入云。

短暂的休憩之后,商人们洗去旅尘,换上精美绝伦的长袍,由佩戴弯刀的士兵送入城堡。

罗火洲的主人——领主阿鹿桓正在他的宫殿中招待商旅。

音乐、舞蹈和美酒让人沉醉,商人们在魂魄彻底被迷失前,向领主阿鹿桓展示自己的货物,讨好尊贵的领主。

阿鹿桓坐在白银和黄金铸成的椅子上,饶有兴趣地看着他们。阿鹿桓的眼睛是蓝色的,就像纯净的天空。他深褐色的头发,如同天上的卷积云,肤色似羊奶般洁白,是位俊朗而不失威严的王者。

商人们打起精神,展示自己的珍宝。一个个箱子被打开,圆润的珍珠在箱子里散发着柔和的光。雪白的火浣布,还有轻飘飘的丝绸像清晨的薄雾,放在手上感觉不到重量,披到舞女的胴体上,能使最狠心的汉子缴械投降……

阿鹿桓打了一个哈欠，随意挑了些东西买下。他对这些财宝没有多少兴趣。在他巨大的地库里，宝石、丝绸、香料堆积如山，金钱能换来愉悦，其本身却不一定象征着愉悦。

商队首领饮下杯中美酒："尊贵的陛下，坐拥黄金者，绿洲之主，这些货物不入您的法眼，希望您会喜欢我们最后也是最珍贵的致敬，请让我们的奇术师献上他的货物。"

阿鹿桓直起身子，兴趣盎然。在这片沙漠中，奇术师是诡异、有趣的存在，拥有至少一项奇术的人才能被称为奇术师，有的能让人飞起来，有的能使人永远做梦。

"来吧，让我看看，你带来了什么。"阿鹿桓示意舞乐停下。

奇术师向阿鹿桓鞠躬，让四位助手打开箱子，开始组装他带来的奇怪装置。

"陛下，如果我是您，我绝不会停下音乐。"奇术师说道，"音乐是人类最好的造物之一。"

阿鹿桓道："那我将乐队的指挥权暂时交给你吧。"

木头和陶件的组合有时比黄金更加吸引眼球，助手们已经拼凑出了一个舞台，还有一位人造的舞姬，舞姬拥有白皙的皮肤，苗条的身姿，身上又装饰了珠宝和流苏。

奇术师对乐队说道："再次演奏刚才的曲子吧，稍微加快些节奏。"

支撑舞姬的不光是双足，还有七八根长短不一，穿入机巧舞姬的身体和舞台的铜棍。

一位助手转动下面的摇杆，机巧舞姬开始随着音乐舞蹈，做出

大漠奇闻录　89

一个个高难度的动作，虽逃不开那些铜棍的控制，但观看者仍被机巧舞姬如高超舞者一般的动作所吸引。

"有趣！有趣！它简直是活的。"但阿鹿桓又笑着说道，"奇术师阁下，你还带来了什么吗？如果只有一个舞者，根本满足不了我。"

奇术师对阿鹿桓说道："有了舞者，那在下就再献上琴师。"

助手们撤下舞姬，将一个怀抱着七弦琴的琴师傀儡放在台上，与机巧舞姬不同，琴师身上没有束缚，让人疑惑它的动力来自何处。

"陛下，接下来的傀儡是自动的。"奇术师说道。

阿鹿桓好奇地问道："何为自动？"

奇术师解释道："简单来说，就是无须人力，它自己就会行动。"

"请一定让我看看。"阿鹿桓有了兴致。

"但是力不会凭空出现。"奇术师又说了一句奇怪的话。

"力不会凭空出现。"阿鹿桓重复这句话，仿佛此言揭示了世界的真实，能解决他一直在思考的问题。

"你说吧，你需要什么。"阿鹿桓问奇术师。

只有阿鹿桓跟上了奇术师的思路。

奇术师说道："不是我，而是它，它需要能源，就像让水沸腾需要柴火一样，琴师演奏需要能量。宝石是凝固的火焰，黄金是万物衍化的最完美状态，无疑拥有强大的力量。"

阿鹿桓领首，令人取来一小块宝石，交给奇术师。

奇术师打开了机巧琴师的头颅，里面是小小的格子，内壁暗红，绘制着常人无法理解的花纹。奇术师丢入宝石，阖上盖子，轻轻拍了下机巧乐师。

咔咔咔……

琴师抱着自己的琴,缓缓站起来,向四周鞠躬。

奇术师和他的助手距离机巧乐师一丈远,显然没有在控制或者施力。

"有点儿意思。"阿鹿桓道。

这不是廉价的障眼法,而是货真价实的奇术。

机巧琴师开始弹奏,小六弦琴的音色有些不纯正,但节奏没有错误,一曲下来,倒也中规中矩。

"它只会这一首曲子吗?"阿鹿桓问道。如果只是这样,他是不会满意的。

"一共七首。"奇术师回答道。

阿鹿桓问道:"那就都让它弹弹吧,对了,机巧舞姬还能跳舞吗?"

"当然可以。"奇术师回答道。

奇术师示意助手,助手再将舞姬放到了台上,琴师和舞姬就像搭档多年的同伴,心有灵犀,恰到好处,妙不可言。

阿鹿桓很高兴,他赞叹道:"奇术师,你拥有怎样的头脑和手才能做出这些!还有其他的傀儡吗?快让我见识下。"

奇术师打开了另一口箱子,里面是一个异国风格的武士人偶,英气勃勃,身披玄甲,背着长弓。奇术师在不远处又放下一个靶子。

"请再给一枚宝石。"奇术师说道。

阿鹿桓又赐了一颗宝石。

随着宝石的投入，武士站了起来，做了一个干净、漂亮的亮相，它解下背上的长弓，拉弓、搭箭、瞄准，一气呵成。这可比琴师的动作要复杂得多。

很快，箭如闪电一般飞了出去，可惜射到了靶子的外围。

"唉。"在场的众人不由得叹息。

"请继续看下去。"奇术师知道他们都在惋惜机巧武士的准头。

机巧武士又发一箭，这次正中红心。

"它下一次还能射中吗？"阿鹿桓好奇地问道。

"您可以试试，尊贵的陛下。"

阿鹿桓又命人塞了颗宝石，不一会儿，武士就将一篓箭射完了，射出去的箭几乎都中了靶，还有不少正中红心。这反而是妙处，让傀儡更加真实。

"妙！"阿鹿桓由衷地赞叹道，"那么宝石呢？消失了吗？"

"当然是消失了，它化作能量，让箭能射中靶子，让琴师拨动琴弦。"仿佛怕阿鹿桓不信，奇术师打开傀儡，里面的宝石确实消失了。

阿鹿桓啧啧称奇。

"技艺高超的奇术师啊，你还有什么宝贝请拿出来吧。"他注意到奇术师还有一口箱子没有打开。

"确实还有一个傀儡。"奇术师说道，"它是我最得意的作品，只是它不合适在宴席上出现。"

阿鹿桓说道："既然我有了兴趣，那就是合适的，请奇术师让我见识下吧。"

阿鹿桓都这样说了，奇术师也只能拿出他最后的傀儡。

在座的宾客也瞪大眼珠，等待着。

只是打开箱子后，所有人都有些失望，里面的傀儡和之前三尊相比，有如顽石和宝石的差别。

这是一尊坐偶，脸上的五官制造得很随意，只刻了一些洞，最简陋的应该是它的双腿——由于跪坐的造型，腿脚只是底座上刻出来的装饰。唯一精致的是双手，每个指节都可以自由活动。

阿鹿桓的脸色沉了下去："请问它能做些什么，用它灵活的双手替我按摩吗？可它也太矮了，我得躺下来。"

"它能与人交流，不过一次最多只能书写十四字。"奇术师道，"但它主要的功能是下棋，它的名字是'弈棋者'。"

"弈棋者，下棋吗？"阿鹿桓也喜欢下棋，但这个机巧傀儡也太寒酸了一点。

"您可以和它对弈一局。"奇术师建议道。

"它也是自动的？"阿鹿桓问道。

来到大殿后几乎没笑过的奇术师嘴角微微上翘："当然，若是人在背后操纵，那和与常人对弈又有什么区别？我相信它的棋艺会让您满意的。"

阿鹿桓命人将弈棋者搬到自己面前，往它脑后的匣子里丢了一枚小小的宝石。

但是弈棋者没有丝毫反应。

"奇术师，你最杰出的作品是坏了吗？"阿鹿桓有些疑惑。

"您试着再多放几枚。"奇术师道。

阿鹿桓耐着性子，又丢了两颗宝石："希望它不会让我太失望。"

一共投入三颗宝石后，弈棋者终于动了，它抬起头，看着阿鹿桓。

"这是要我先落子吗？"阿鹿桓问。

奇术师点了点头。

阿鹿桓在棋盘上落了子。随着机关的运转，弈棋者也落了子。

看着棋局，阿鹿桓的眉头越皱越紧。他是个中好手，一开始的新奇感渐渐消失，转而陷入了棋盘的迷局中。

这个傀儡并不简单。

众宾客屏住呼吸，生怕傀儡惹恼了阿鹿桓，宴席间连一片羽毛落地的声音都能听见。

终于，棋局结束了。

赢了吗？

不，输了。

突然，阿鹿桓哈哈大笑起来："太有趣了，很久没有这么尽兴了。你说它还会写字？"

"是的，您可以和它交流，问它一些问题。"奇术师道。

"这棋局可还有趣？"阿鹿桓对弈棋者说道。

奇术师使了一个眼色，让助手把炭笔塞到弈棋者手里。

弈棋者的手动起来，写下了"尚可"。

"居然只是'尚可'。"阿鹿桓带着笑意，"还是个高傲的家伙。和它下棋倒是很有趣的，只是太昂贵了，一盘棋需要三颗宝石。"

"智慧才是最昂贵的，无论是舞蹈、音乐、武艺，都无法和智慧相比，因此，需要的能源也更多一些。"奇术师说道。

"我同意你的说法。"阿鹿桓道,"这些机巧傀儡开价多少?我都买了。"

奇术师摇了摇头:"伟大绿洲的主人,我不是轻视你的财富,而是我不愿意出卖我的作品。匠人的作品是可以复制的,但奇术师的作品是艺术,艺术不可复制。"

阿鹿桓有些不高兴了。

奇术师紧接着又说道:"但我会在这里休息一段时间,在此期间,领主大人随时可以把玩我的傀儡。"奇术师弯下腰去,"对您来说,它们只是玩物,对我来说,它们是生命的一部分。再说了,它们都是精巧的造物,由成千上万个零件构成,每日都需要调试。"

阿鹿桓沉思片刻,如果真如奇术师所说,他强占傀儡也无法维护修缮,确实是个问题。而他又不缺真舞姬、琴师、武士,乃至棋手,不过是四个有趣的玩具罢了,更何况,他的确不是那么野蛮的人。

"那我只能请奇术师多留一段时间了。"阿鹿桓笑道。

"求之不得。"奇术师回答道。

宴席进行到这时候也该结束了。

奇术师和他的助手们被留在城堡里,商人们告退了。而那尊弈棋者被特意安置到了阿鹿桓的奇迹室内,看得出来,他最中意弈棋者。

临睡前,他饶有兴趣地投入宝石,问了弈棋者一个问题。

"这个世界是真实的吗?"

过了很久,弈棋者的木头手指才动起来。

"假设我为真,相关者皆真。"

有些意思。

"可你就是假的。"

"当我怀疑，此怀疑证明我为真。"

阿鹿桓陷入了沉思，因为弈棋者会怀疑这个世界的存在，而这份怀疑恰好证明了弈棋者是真实存在的。阿鹿桓还想再问一些问题，弈棋者却不动了。

它的能源又用尽了。

阿鹿桓感觉到弈棋者也许真的拥有智慧。

季拓的讲述告一段落。

风擎子收起往日的不正经，严肃地问道："这都是真的吗？"

季拓说道："自然是真的，每字每句都是真实。"

风擎子彻底呆住了。东方流明见风擎子没了动作，便拍了他几下。

风擎子回过了神，而他的双眼缓缓流出血泪。

"怎、怎么回事？"东方流明关切地问道。

"没事。"

"你这副样子不像是没事。"东方流明放心不下。

风擎子用袖子擦干脸上的血："这是老毛病了，我一激动就容易眼睛出血。"他转过头对东方流明说道，"一共有四具傀儡，让给我一具吧。请务必把弈棋者交给我。"

"你之前对傀儡可没有这么重视。"东方流明说道。

风擎子说道："那是因为我不知道弈棋者是真的。"

季拓有些不解："对你们奇术师而言，会下棋写字的傀儡很稀奇吗？"

"奇术师也只是比普通人多了些见识而已。"风擎子说，"再者，弈棋者不仅仅是下棋写字，而是真的拥有智慧，听听它和阿鹿桓的对话——它思考过自己是谁，思考过如何证明自己的存在。这些问题，恐怕大部分人都没有想过。"

东方流明提醒风擎子："冷静点，我看你眼角又有血要流出来了。"

"我不能冷静。悔恨就像一只虫子不断噬咬着我的心脏。我要是早两年进入沙漠，就能亲眼见到弈棋者和阿鹿桓了，可惜啊。"

风擎子抓住季拓："告诉我更多关于阿鹿桓的事情，他究竟是个怎么样的人？"

季拓说道："在他人看来，阿鹿桓应该是位优秀而古怪的领主，他按照法律公正地对待所有人，又克制自己的贪婪，绝不强取豪夺。按理来说，这是一位再合适不过的领主，但其他人还是害怕他。因为没有人能理解阿鹿桓。"

季拓说了很多事情。在外人眼里，阿鹿桓的来历就是一个谜，他们只知道他是老领主的儿子。

在传言中，老领主并不喜欢自己的子嗣，于是向上天祈祷，希望获得一个符合他想象的孩子。一夜，一只鹰隼叼着一个孩子落到了老领主的卧室里。老领主抱起孩子，那孩子就冲他笑。于是，他大喜："这就是我的孩子，我要让他继承我的全部。"实际上，阿鹿桓是奇术师的孩子，老领主爱上了一个奇术师，而这个奇术师为老领主留下了一个孩子。

阿鹿桓像他母亲，从小表现出的聪颖远超同龄人，但也使他有些孤独和怪异。

他曾一个人站在高处撒细沙，结果迷了过路人的眼睛。他说自己不是在恶作剧，而是想看清楚风的动向。他还跳入泉水中，试图像鱼一样游动，但最后也没能学会游泳。他还在火中投入各种不同的东西，观察燃烧的情况。阿鹿桓对这些神秘学的知识着迷，直到长大，他也不像其他领主那样喜欢黄金、美女、宝石、丝绸，偏偏热衷于不可说的事物。

这在其他人看来就是灭亡之兆。

但阿鹿桓一直没有改变自己的喜好，他最爱的地方还是自己的奇迹室。这里是阿鹿桓最私密的地方，放着他形形色色的工具和收藏品，大量的昆虫标本、详细的地形图，还有一大堆怪模怪样的骸骨——据说是属于龙的。空闲时，阿鹿桓就会待在这里，尝试创造一个个奇迹。

过去，他常常自言自语，直到弈棋者的到来，他有了一个同伴。

风擎子不由得说道："人生得一知己足够了，知己是什么反而不重要。"

季拓看了眼两位奇术师，他们好像都被阿鹿桓和弈棋者的故事迷住了。

也许真的要靠这两个异乡人，才能抹掉阿鹿桓的恶名。为此，季拓觉得假装受二人的激将，说出这些话也值了。

第七章
于沙中狂歌

时间就像一条河流，不断向前，它不会停止，也不会后退，做过的事情、说过的话，就像一颗颗小石子，它们跃入时间的河流，激起一朵朵浪花。人只能看到浪花盛开的一刹那，借着那一刹那，他们会有一刹那的感动，然后遗忘。

只有河流会记住自己身上迸溅出多少浪花，在终点，每一朵都将被清算。

火寻零与众求婚者约定的一个月很快就过去了，他们找不出杀害安吡奴的凶手，火寻零就要公布第三个挑战的内容了。

为此，火寻零还特意举办了一个宴会，有鲜花、美酒、音乐和搔首弄姿的舞娘。

除了鸠摩罗，其他人都到了。由于时间还有一会儿，众人也没在意，将注意力都放到了宴会舞娘光溜溜的肚皮上。

待表演结束，鸠摩罗还是没到。

火寻零催促鸠摩罗的仆人,让他去请鸠摩罗过来。但鸠摩罗的仆人一去不回。

这个情况不久之前才发生过。

难道鸠摩罗也出事了?

众人到了鸠摩罗门前,看到两个仆人在争吵,其中一人正是火寻零派去请鸠摩罗的。

原来,他想敲门请出鸠摩罗,但另一个仆人怕会惹怒鸠摩罗,所以制止了他。

火寻零皱着眉头说道:"把门打开吧,万一鸠摩罗发怒,就说是我逼你们开门的。"

乌凌说道:"归根到底还是鸠摩罗的错,他居然忘了这么重要的事情,一个人窝在屋子里不知道在干什么,快开门。"

既然诸位大人都这样说了,仆人们也没办法,只能去开门。但门被从里面闩上了。

是的,又闩上了,而且不管他们怎么敲门,鸠摩罗也没有回应。

一切都和安吒奴那时一模一样。

"撞门吧。"风擎子站了出来,狠狠撞了一下门。但他的身体远没有东方流明强壮,包着铜皮的房门一动不动。他泄了气:"力气大的来撞开吧,我还是比较适合脑力劳动。"

换了两个壮汉上去,门很快就被撞开了。

桌案后没有人,他们走进内室,内室之中也没有鸠摩罗。

鸠摩罗就这样消失了。

"他去哪儿了?"火寻零问道。

众人翻找一阵,无论柜子里还是床底下都不见鸠摩罗的人影。

风擎子像是想起了什么,他问道:"屋内有没有丢失什么东西,宝石是不是还在?"

"在,都在。"仆人查看一周后回答道。他捧出之前鸠摩罗准备的匣子,打开盖子,露出里面那块珍贵的宝石原石。仆人说:"连房间里最大的宝石都还在,这里应该没有失窃。"

不少人松了一口气,这表明鸠摩罗的消失应该和机巧傀儡没有什么关系。

"他是为了给我们一个惊喜吗,还是说有什么阴谋?"赤特摸着自己的下巴说道,"究竟藏到哪里去了?难道他忘了今天要干什么,溜去城内享乐了?"

"我总有一种不祥的预感。"乌凌说道。

火寻零问鸠摩罗的仆人:"你们确定他就在这里吗?"

"在的,我的主人告诉我,他要一个人休息一会儿,不要让任何人来打扰他,所以我一直寸步不离地守在这里,就算临时有事,也曾请其他人接替我。我敢以自己的生命起誓,倘若我说了谎,就让毒蛇咬死我。"

"你离开过几次?"东方流明问道。

"只因为小解离开过一次,我不该吃那么多果子的。"仆人说道,他似乎因为自己的失职懊悔不已。

"那你请谁代替了你?"风擎子问道。也许是这个鸠摩罗的忠仆所托非人。

风擎子话音刚落,便有一个鸠摩罗的仆人站了出来。他跪倒在地，毕恭毕敬地说道："是我，我代替了他一会儿，在这期间也没有人进出过，甚至连经过的人也没有。对此，我也敢以自己的生命起誓，如果我说谎，就让群狼咬断我的脖子。"

门闩上了，而且有人挡在门边，也算是一个密室了。三扇窗户都半开着。

这里是城堡的第四层，除了几座钟塔和瞭望塔外，算是城堡的最高处。什么样的人能悄无声息地闯进这里，带走鸠摩罗，或者说，鸠摩罗是如何离开这里的？

火寻零安抚在场的所有人，让他们不要紧张，分组去寻找鸠摩罗。

人不是水珠，不会在沙漠中消失得一干二净，被毒蛇咬死会留下尸骸，被群狼吞噬也会留下白骨，就算被火焚烧也会留下灰烬。

大约两刻钟之后，他们就有了线索。

城堡的另一头有一间屋子的门打不开。明明上午还可以打开，到了傍晚却打不开了。管事的人又问了一圈，问有谁进去过，没人回答。有了之前的案子，仆人们不敢隐瞒，立刻通报了火寻零。于是同上次一样，一行人再次来到紧闭的门前。

风擎子试着推了推，确实打不开。他说道："还是撞门吧。"

风擎子退下，两个精壮的仆人上前，对着门铆足了劲，撞了过去。没想到，这扇门远没有他们想象中坚固，仅撞了一下，就被撞开了。两人摔倒在地，紧接着发出一声惨叫。

一阵音乐声伴着惨叫声响起，诡异而完美的乐曲让很多人都觉得耳熟。

"机巧傀儡琴师，它在里面？"火寻零问道，往内张望。

就在门后不远处，站着哈桑的傀儡琴师，仿佛是为了欢迎他们的到来，正弹奏着一首乐曲。不是开头，而是某支曲子的高潮，若在其他地方听到，他们都会闭目欣赏。但在这里，他们只感到一阵恐惧，音乐这种无形之物化作有形，如同活蛇一般爬上他们的背脊，将对死亡的恐惧注射到他们体内。

琴声没有停止，接连的尖叫破坏了曲子的美感。在众人眼前，正是他们遍寻不获的鸠摩罗，但他已经死了。

这里门窗皆闭，又是一个密室。

"这该死的曲子！"乌凌说道，"太瘆人了。"他快步走到琴师边上，扬起一脚，踢翻了正在演奏的琴师。

琴声停止了。

东方流明挥舞着袍子急忙冲了过去，推开乌凌："你这是干什么？"

"这种妖物就该烧了、毁了，连灰烬也不能留下。"乌凌准备叫自己的属下拖走傀儡。

"住手，这可是珍宝。"东方流明说道，"再说，你就没有想过，如果行凶的真是这些傀儡，烧毁凶器的下场会如何？武士和弈棋者还没出现呢。"

乌凌的嘴角抽动了几下，最后还是放弃了："好吧，我就不毁去它们了。"

他们结束了争吵，将关注点放回到命案现场上。

"他死得真惨。"风擎子看了一眼鸠摩罗。

季拓在边上冷冷哼了一声,像是幸灾乐祸。

鸠摩罗的尸体躺在一片黄沙之中,他胸前也插着一把匕首。而且和杀死安叱奴的匕首一模一样,这或许能证明两位求婚者都死在同一个人或者同一批人手上。

鸠摩罗的遗容像是被整理过了,表情也不像安叱奴那么扭曲,更像是小腿上被什么虫子咬了一口,或者突然胃痛难忍。头发被简单粗暴地梳在了一起,毫无美感。他笔直地躺着,双脚并拢,双手贴近胯部。

"有股奇怪的味道。"风擎子抽动着鼻子。

"什么味道?我们都没有闻到。"东方流明说道,"你这人还真是狗鼻子啊。"

"不是狗鼻子,只是比较敏锐。"风擎子低下身子,四处嗅了嗅,最后回到了鸠摩罗的尸体上。

"这么快就有尸臭了吗?"火寻零问道。

按理来说,鸠摩罗死亡不到半天,不可能有什么异味。难道他已经死了几天了,之前他们所见到的鸠摩罗只是一个冒牌货?

"别想太多。"风擎子感知到了其他人的想法,"他身上有些汗臭而已。"

风擎子又抓起鸠摩罗的手仔细看了看,鸠摩罗的手冷得像夜里的石头,他的手指还未彻底僵硬,指节也能活动,手上有些许细碎的伤痕。

作为贵族,沙漠之中的特权阶级,除了赤特是战士外,其他求婚者养尊处优,不事生产。他们的手娇嫩得像花瓣一样,不太会出现这种情况。那些伤痕可能是挣扎时留下的。

东方流明捧起鸠摩罗尸体边上的黄沙，细小的沙粒如同流水一般从他指间流走："这是沙漠之中最常见的黄沙。为什么凶手要在这里铺上一层黄沙？我完全看不出这有什么必要。"

"断首之颈莫再斩，画蛇添足不可为。"火寻零重复了一遍风擎子曾说过的话。

"上次是蓝色房间，这次是黄色房间吗？真让人好奇，下次会是什么颜色？"风擎子低着头喃喃自语道。

"什么，还会有下次吗？"众人一惊。

"我只是随口说说。"风擎子挠了挠头发，不再言语，他低头看着黄沙，也学着东方流明的样子，把沙子握在手中，"无关人等先出去，不要在沙子上留下太多脚印，我要仔细看看这片沙地。"

他像只狗一样到处嗅嗅、看看，尤其重视门后的情况。

"怎么样，这片沙地有什么不同寻常的地方吗？"东方流明问道。

"和之前一样，凶手也没有藏在这里，所以说这次也是密室。"风擎子说道。

"不对。"乌凌指着还倒在黄沙上的琴师说道，"屋子里不还有它吗？"

"它只是个傀儡。"风擎子说道。

两个案子都有傀儡存在，让人想到了同一件事情——傀儡们在替阿鹿桓复仇。

人被人杀不是什么可怕的事情，人被傀儡杀死才是真正可怕的

大漠奇闻录　105

事情。前者在常识之内，后者是反常识的，人本能地抗拒这个现实，但当所有线索都指向常识之外，让他们不得不相信时，就会引发更多的恐惧。

"那你怎么解释这些不合常理的事情？"乌凌问道。

乌凌所指的事，当然就是鸠摩罗从屋内消失，又死于另一个密室的事情。

风擎子说道："总会有解释的，奇术师就是为了寻找真相而存在的，无论是世界的，还是案子的。"

东方流明打断风擎子："先别说什么漂亮话了。"他从墙边捡起半截木棍，"木棍是刚刚折断的，凶手应该就是用这个撑住了门。"他又弯腰捡起了几根木棍，"看来是个简单的机械装置。"

风擎子听到这个，立马将乌凌抛到脑后，去捣鼓东方流明所说的那几根木棍了。

"这些就交给你吧，我还是比较在意傀儡。"东方流明则走到琴师边上，端详起了傀儡。

受害者的尸体又被两位奇术师遗忘了。

东方流明尝试隔着外壳，研究其内部的构造，他对琴师的手指尤其感兴趣。他已经试过琴师的琴了，和普通的琴没有什么区别，那么琴师的手指必须像真人那样灵活，这样它才能弹奏出悦耳的曲子。

"为什么这个傀儡身上还有修补过的痕迹？"东方流明问道，"是有人在战火后修理过这些傀儡吗？除了奇术师哈桑本人，还有人能修理傀儡？"

东方流明抛出一个又一个疑问,他对傀儡实在好奇。

火寻零提醒东方流明道:"小心一点,据我所知,这个傀儡曾经损坏过。"

但已经迟了,东方流明正用剑尖插入琴师,准备撬开原来修补的创口,结果"砰"的一声,琴师就像烟花般炸裂开来,它内部零零碎碎的零件四处飞散,东方流明躲闪不及,脸上还挨了几下,留下几道红色的划痕。

"该死的哈桑就是喜欢这种小家子气的设计。"东方流明有些生气,"简直暴殄天物。"

一旦有人试图强行打开傀儡,里面的零件就会弹射出来。

琴师的零件落了满地,东方流明弯着腰,手忙脚乱地把零件一个个捡起来。

"之前也是,阿鹿桓想知道傀儡里面的构造,结果琴师坏了,奇术师哈桑为此大发雷霆,差点离开绿洲。"火寻零说道。

"真是讨厌啊。"东方流明感叹道。

风擎子也不由得叹息,但在叹息之余,他居然看到东方流明偷偷将一些金属零件藏进了袖子。

他想不明白东方流明为什么要这样做。

突然,风擎子一拍脑袋:我知道你想要什么了,东方,东方,我就觉得耳熟,原来你是那个东方!你以为在这里不会遇到其他东方人,所以用了这个名字。唉,我早该想到是你。

但风擎子却只是看着东方流明,什么也没说,他不愿打草惊蛇。

火寻零因为还有要事处理,先行离开了。

在沉默了一段时间后，大家又行动起来，有了安叱奴那时的经验，他们也不至于惊慌失措。

总之，奇术师和医师先确定了鸠摩罗的死亡时间。他大概死于十四时，也就是三个小时前。

大家开始推演时间。

从十四时三十分开始，众人就聚集到了火寻零的大厅之中。直到十六时二十分，火寻零见鸠摩罗还没前来，派人去找，这才找到了鸠摩罗的尸体。

又到了该列一张时间表的时候了，不，有那么多人，光列一张时间表可能还不够，那还是长话短说，仅仅列出一些重要的时间点吧。

东方流明从今天早上十点开始就待在舞姬身边，试图拆解舞姬的传动装置。

虽然火寻零不允许东方流明带走舞姬，但并没有不允许东方流明在绿洲内研究舞姬。他只在中午离开了一段时间，十二点四十五分又回到了舞姬旁边，开始绘图。

风擎子则一直待在他的房间里，十点左右时，他带着人搬运过一些实验药剂，有很多人可以为他证明，除此之外，他再没有出门。直到十四时十三分，他前往火寻零的大厅。

剩下两位求婚者做过的事情就复杂得多。

首先是赤特，他八点起床后经过简单的梳洗就到了风擎子那里，吃了一碗风擎子的面才离开。赤特和他哥哥图明一样，一尝到面食就深深爱上了，尽管风擎子已经将面的制作方法告知了其他人，但赤特觉得厨师做的面并不正宗，所以总去打扰风擎子。九点之后，他去了集市闲逛，想找些有趣的东西送给火寻零。关于这点，有几位商人能为赤特作证。十二点，他回到城堡，用了餐，之后午睡到十三点三十分，便早早到了集合的地方，等待火寻零。

乌凌还在夜里为火寻零演奏乐曲，因此他早上吃了一些点心就回房睡觉了，睡了四个小时，一直到十一点。这期间只有他的一些仆人能为他作证。

等他醒后梳洗一番，已经是中午了。他用过午饭，在仆人的陪伴下，闲逛一会儿，于十四时到达大厅。

从这些信息上看，他们都没有作案的时间。

无果之后，乌凌无奈地说道："我们求婚者被盯上了。看这个样子，也许我们也会死。"

第二桩命案的诡异程度不亚于第一桩。屋子里铺满了黄沙，就像有人剪下沙漠的一角搬到这里。而且还涉及"消失"和"再现"。

"正如我说过的，这无疑是阿鹿桓的复仇。"赤特说道，"阿鹿桓也被称作'巨鸟之子'，他是由鸟带来的，而鸟在天空飞翔。鸠摩罗的房间里面很干净，没有任何打斗过的痕迹。是阿鹿桓的亡灵带走了鸠摩罗，又在这个房间里杀死了他。"

"那琴师呢？"东方流明问道。

赤特道："那就是阿鹿桓和他的傀儡合作杀了鸠摩罗。"

"不要多想。"风擎子放下手里的东西，"如果真的是妖魔干的，现场就不会留有那么多痕迹了。而且妖魔也没有必要带着鸠摩罗换地方杀人。我想起阿鹿桓的羊皮卷上曾有这样的内容，说遇到困难的问题,三步走就可以了。首先将复杂的问题,尽量分解为多个比较简单的小问题。再将这些小问题从简单到复杂排列,先从容易解决的问题着手。等所有问题解决后,再综合起来检验,看是否完全、彻底地解决了问题。"

"那什么地方是简单的?"乌凌问。

风擎子摇了摇头:"这案子不缺线索,我只是还没有思路。"

"我们可以回到鸠摩罗的房间,看看是否有忽略的线索。"有人提议道。

正当众人要前往鸠摩罗房间时,赤特像是想起了什么:"我们是不是该去阿鹿桓的奇迹室看看?"

之前,奇迹室内棋盘发生了改变,不知这次又会如何。

奇迹室就在不远处,一刻钟不到,他们就到了。

"有人来过吗?"风擎子问看守这里的仆人。

仆人摇摇头说没有人来过。

他们推门进去,直奔棋盘前,棋盘又改变了——白棋又少了一个小兵,只剩下两个了,而对面的黑棋又少了一枚骑士。

余下的两位求婚者脸色变得铁青。风擎子抓起棋子看了看,又在四周找了找。

"别找了,不是掉在地上,是真的不见了。"东方流明说道。

风擎子去抓棋盘。

"等等,之前火寻零女王说了这里要保持原样。"仆人出手阻拦道。

风擎子抓了抓自己鸡窝似的脑袋,不屑地说道:"这棋盘都动了两次了,还有什么原样?就算火寻零在这里,她也不会制止我的。"说完,风擎子便抓起棋盘的一侧,用力一掀。

棋子飞上了天空,有几枚棋子直接飞出窗外,剩下的弹到墙上,再滚落到地上,发出吵闹的滚动声。

"搞这些神神鬼鬼的东西,有什么意思,我一个句读都不相信。"风擎子说道,"虽然棋盘也没什么句读。我掀了房间里的棋盘,但你们心里的棋盘还在,这就不是我能管得了的。"他看向众人,"总之,生者不能被死者打倒!"

"活人当然不会怕死人,不过你还是不要在别人心里塞些奇奇怪怪的东西。"东方流明随口说道。

众人看着风擎子掀了棋盘,表情各不相同。

"你不该这么做,这不是一件好事。"乌凌对风擎子说道。

"我是在帮你们,又不是我被盯上了。"风擎子说道。

赤特不赞同风擎子的说法,他说道:"你在研究他的奇术,阿鹿桓和你一样是个怪人,或许在他心里,奇术比妻子和绿洲还要重要,你也可能有危险。"

"那我等他来找我,我还有一些问题想要请教他。"风擎子满不在乎地说道。

东方流明听了风擎子的话,就像听见了什么笑话,笑得腰也直不起来了。

"东方先生,我说了什么奇怪的话吗?"赤特的脸色更加阴沉了,"你这样也太无礼了!"

"对不起,我一想到风擎子拉着阿鹿桓不肯放,追问奇术的事

大漠奇闻录 111

情，就觉得好笑。"东方流明无法停下他的大笑。

"好了。"在话题继续跑偏前，风擎子说道，"我们就忘了棋盘和棋子吧，那些东西只能说明，两桩案子都是同一个凶手或者同一群凶手做的。"

风擎子有时候细致，有时候又粗犷。他粗暴地把棋盘和棋子都丢开了，他们虽然责怪他，但还愿意听他的。风擎子身上似乎有种魔力，尽管他不是这里地位最高的人，却总能抓住节奏。

风擎子道："好了，我们去鸠摩罗的房间吧。"

众人跟着他又回到了鸠摩罗的房间。正如他们之前看过的一样，屋内没有什么特别的。

鸠摩罗的房间也分成了两个部分，内室放着一些柜子和一张大床，床有些散乱，鸠摩罗应该在上面躺过一段时间。内室有两扇窗户，正对着床的窗户关着，床侧的窗户半开着，午后的阳光斜斜地照射进来。

外室是鸠摩罗的书房和客厅，靠门的地方放了几张胡凳和一个桌案。鸠摩罗可以一边在桌案后办公，一边招待他的访客。窗边也放了胡凳，如果是傍晚，来访者又只有一人，他会邀请访客同他一起坐到窗边。

外室的窗户也开着。

风擎子和东方流明先是翻看了鸠摩罗的桌案，见上面没有与他失踪相关的东西，便面对面，分别坐到了桌案的两边。

窗外，太阳正在坠落，即将掉到地平线之下。

风擎子闭上了眼睛，其他的感知慢慢变得敏锐起来，他像是长出了有形的触手伸向房间的各个角落。

风擎子又睁开了眼睛,对面胡凳上的东方流明急忙问道:"你发现了什么?"

"你坐着的胡凳有问题。"风擎子道。

东方流明立刻站起来,在他眼里,这不过是一张普通的凳子。"有什么问题?"他不解地问道。

风擎子将那张胡凳倒提了起来,发现在一根横杆上有着奇怪的油渍。油渍散发出淡淡的气味,但恐怕只有风擎子能闻到。而且就在东方流明的位置下,也有一小摊油污。两者应该是同一种植物油。

鸠摩罗的房间每天都有人打扫,油污不是以前留下的,那么就是鸠摩罗死前独处时留下的。

这一定与鸠摩罗的死亡有关。风擎子已经抓到了要点,但还差一点东西。

天色渐晚,因风擎子迟迟没有结论,众人便各自散去,约定明天再处理剩下的事情。

尽管出了各种状况,但先行离开的火寻零还是在晚上,发布了她给求婚者的第三个挑战——找出杀害鸠摩罗的凶手。如果他们没能在一个月内找到凶手,那火寻零会给求婚者们最后一个挑战,最后的胜出者会直接成为她的丈夫。当然,前提是他们能活到那个时候……

第八章
各自的选择

当火寻零的信使以火寻零的房间为原点,向外扩散这些信息时,有一人逆流而来,敲响了女王的房门。

"你可是稀客啊。"火寻零说道,"说吧,风擎子,你的研究又要用到什么稀奇古怪的东西了,这次需要我帮你找什么?"

风擎子正襟危坐,一脸严肃地说道:"我这番前来不是为了自己,而是为了罗火洲。"

火寻零有些吃惊,她还是第一次见到风擎子如此严肃,于是收起笑容,问道:"是什么事情?"

"请不要将机巧傀儡交给东方流明。"风擎子请求道。

"什么?"

风擎子又说道:"千万不要将傀儡交给东方流明。"

火寻零不解道:"可我已经答应他了,在一切都结束之后,便把傀儡送给他。"

"不可以。"

"你也对傀儡有了兴趣吗？"火寻零说道，"之前你对这件事没有表示过反对啊。"

"因为那时我还不知道他的身份。"

"他的身份？"火寻零皱起了眉头，"算了，他正好在我这里，要我将琴师先移交给他做研究。你们两人先把话说清楚吧。"

风擎子有些惊讶，站起来问道："他就在这里？"

没等火寻零回答，东方流明的声音就从里屋传了出来。

"没错，我就在这里。"东方流明甩着袖子走了出来，脸色不太好看，风擎子刚才的话一句不落地到了他的耳朵里。

"请问我是什么人，是十恶不赦的大恶人吗？"东方流明瞪着风擎子质问道，"还是说，你想抢走我的傀儡？"

"不是因为傀儡，单纯因为你。"面对东方流明的质问，风擎子平静地说道，"在一些人看来，你是拯救无数人的英雄，但在另一些人看来，就是屠杀无数人的魔鬼。"

"所以他究竟是什么人？"火寻零更加不解了。

"我说件旧事。在东方，国与国不是由沙漠分隔的，它们彼此接壤，只隔了几座山或一条河，国家间征战不休。有两个国家，楚国和越国，经常在一条叫作长江的水域上进行船战。楚国在上游，而越国在下游。一旦战斗不利，楚国要逆流才能撤退，而越国却是顺流，这对楚国极为不利。后来，奇术师公输盘到了楚国，制造出了船战用的武器。他造出了钩、拒等工具。越国的船想后退，楚国就能用钩子钩住它们；拒是推杆，越国的船若想进攻，楚国便可以用拒推开它们。楚国人凭着这些武器，克服了水流的影响，打败了越国。①"

"东方流明是制造武器的奇术师？"火寻零问。

风擎子又说道："是的，他和公输盘一样。"

"公输盘又有什么不好？"东方流明反问风擎子。

"他当然不好。他削竹木做成鹊，飞起来，三天不落地。但他做的鹊，还不如其他匠人做的销子，因为三寸的销子可以承受五十石的重量。我认为制造有利于人的东西，才可以称作精巧；不利于人的，就是拙劣；而有害于人，就更糟糕了。你就想做糟糕的事情。"

东方流明反驳道："你是'非攻'之人，因为理念的不同就要在火寻零面前进谗言吗？也许你忘了，同样是那位公输盘制作了伞、锯、曲尺、墨斗等物。他的功绩毋庸置疑，你又有什么资格批评他？同一项技术，如传动，可以用在水磨、风磨之中，也可以用在战争之中。使用的方法和被谁使用才是重点，战也有义战和不义之战。而且如你所说的又如何，船战有钩、拒，不知道你们所提倡的仁义有没有'钩''拒'，又怎么对抗不义？"

风擎子回答："仁义当然有'钩''拒'，而且我仁义的'钩''拒'，胜过你的'钩''拒'。我以爱为'钩'，以恭敬为'拒'。用爱使人亲近，用恭敬保持距离，如果爱对方，对方也会爱你，如果恭敬对方，那么对方也会恭敬你。相爱，相敬，如此互利，这才是正道。现在你用'钩'来阻止别人，别人也会用'钩'来阻止你，你用'拒'

---

① 出自《墨子·公输》。

来推拒人，人也会用'拒'来推拒你，只会导致互相残害的局面。"

"你们在列国间游说总是用这一套，但仁义是何等虚无缥缈的东西。当然我并非否认仁义的作用，但它们不适合乱世。就算两国君主恰好都听信了这套说辞，但国与国的分界依然存在，民俗不同，政令不同，文字语言不同。一旦君主的后代不再信奉仁义，那将异国之人当作虫豸的事情依旧会发生，那时你们又会在哪里？只有将利器交予明君，彻底结束一切才是正途。"东方流明说道。

"那千百年后又会如何，一切还不是重演？"风擎子道。

"信奉仁义的心不会维持千百年，火与血的恐惧才有一线可能。你嘴上说得好听，但为了奇术，你还是……"突然，东方流明住了嘴，"总之，我在这里的所为，不会对这里产生什么影响。"

听到东方流明这样说，风擎子不再与他争论："算了，我和你说不通！"

"我也和你说不通！"

看着两个吵红了脸的奇术师，火寻零说道："好了，这件事我会自己决定。说到底，我目光所及不过几丈，登高之后，也只有几里。而我的心所能抵达的地方也不过千里。你们口中的东方，对我来说就像在另一个世界一样，一个东方国家的灭亡，对我来说还不及我花园中一株花的枯萎。我只想知道它会对我造成什么影响。"

"不会，两地相隔遥远，或许我这样说不恰当，但如果你周边已经有一片大湖，你还会跋涉数十里去汲取井水吗？沙漠就是天然的阻碍。"东方流明说道，"如果你还不放心，我大可以把我在傀儡内得到的东西抄录一份留下来，只要你答应不要肆意传播。"

火寻零点了点头。

风擎子也不多纠缠:"我已经将我所知道、所担忧的事情说了出来。正如火寻零所说,接下来的事情与我无关,对这些胡搅蛮缠也不是我的风格,我先回去了。"

风擎子特意走到东方流明面前,同他握手:"我希望这个小小的插曲不会影响到我们之间的关系,我只是讨厌奇术和战争扯上关系。至于你本人,我还是很喜欢你的,我不太会说话,但这是我的真心。"说完,风擎子抓起桌子上的酒杯一饮而尽,直接走了。

空气仿佛停滞了一段时间。过了一会儿,东方流明为摆脱尴尬般说道:"风擎子真是个不折不扣的怪人。"

"他确实是个怪人,但我更关心另一件事。"火寻零提高音量说道,"你一而再再而三地骗了我。"

"我从未骗过你,我一直都说自己对罗火洲没有恶意,我来这里是为了哈桑傀儡内的奇术。"东方流明赶忙解释道。

火寻零想了想说道:"好像确实是这样,那么你不是个骗子,而是一只'狐狸'。"

东方流明见火寻零又为自己倒了一杯酒,便说道:"小心一点儿,别再像上次那样喝醉了。"

东方流明好心提醒,火寻零的脸却红了,她放下酒杯,不再饮酒。

"第二次占卜的结果呢?"火寻零换了一个话题。

"我没有告诉你,不是因为我没有解读,而是我不知道该如何表述这个结果。这也是常有的事情,某种感悟只有本人能理解,而他不能通过语言传达给第二个人。"

"比如?"火寻零问道。

"比如我要描述你的美,这也是难以用言语形容的。"东方流明说道,"但我还是可以借用一些常见之物来向他人传达,像是眼睛如星星一般闪耀,牙齿似贝壳一般洁白,皮肤就像花瓣一样娇嫩,第一眼看到的时候你周身仿佛披着一层晨曦……那么其他人就能明白了。"

火寻零说道:"那你也通过比喻的方法将神启告诉我吧。"

"也许会有偏差。"东方流明说。

"一个人传达给另一个人的东西,只要是无形的就会有偏差,就好比我觉得我更加适合披着晚霞,而不是晨曦。"火寻零对东方流明说道,"没有关系。你告诉我吧,具体如何我自己会考虑。"

"情景是这样的,我不小心坠崖,挂在悬崖边的藤蔓上。而悬崖下面有一群狼,准备等我掉下去,便吃了我。上面则来了一只磨牙的老鼠,不断啃噬我的藤蔓。我已经被困了三天三夜,又饿又渴,尤其是渴,我的喉咙都已经冒烟了。就在这时,我发现崖边原来还隐藏着一道小小的水流,于是我用尽最后一点力气荡到了水流边上,那是一道很小很细的水流,不过已经足够我解渴了。"东方流明顿了一下,继续说道,"就当我想要喝水时,发现水的源头栖息了一条毒蛇,它可能将自己的毒液注入了泉水之中。这就是全部了。"

"好的,我知道了。"火寻零好像陷入了沉思,"谢谢你的解读,我想一个人待会儿。"

这个神启很有意思,神从不明说什么,所以它们也从不出错。出错的永远是负责解读的人。

东方流明起身告退，他袖子里还藏着一张条子，这是风擎子离开时趁握手塞给他的，上面用炭笔画了几个字。

风擎子约东方流明单独见面。

关于刚才的冲突，风擎子应该有话要说。正巧，东方流明也想和风擎子聊一聊。

东方流明进去时，风擎子正蹲坐在豆大的烛火前。

"你是在哭吗？"东方流明单看风擎子的背影，以为他在抽泣。

"谁哭了？"风擎子拿着一根细金棍蘸了点液体举在火上看。他的双眼因为久盯火焰而有些湿润。

"你这是在干什么？"东方流明好奇地问道。

"还记得我在阿鹿桓奇迹室里找到的陶罐吗？"风擎子说道，"我在解析它里面曾配置过的药水。"

"这能做到吗？"东方流明问道。

风擎子在陶罐里倒入纯净水，然后取溶液研究。他说道："光靠舌头肯定是不行的，阿鹿桓不喜欢以植物或动物为原料的药剂，他所用的多是矿物。"

矿物的味道没有动植物那么易分辨。

"我在东海之滨用五张羊皮向采矿者讨要来了这个法子。火焰烧灼下，药剂会改变火焰的颜色，能分辨出部分矿物。我命名为'焰色反应'或者'五羊检验法'。"

"这名字有点随便，'五羊'是因为五张羊皮吗，为什么要对羊皮念念不忘？"东方流明说道。

风擎子叹了口气："大概是因为那个时候，我比较贫困。"

"这是一个值得流传百世的检验法,不如把它叫作'风擎子检验法'什么的,不是更有趣吗?"东方流明建议道。

"我觉得冠自己的名很奇怪,你想想当你描述我刚才的行为时,要说'风擎子使用了"风擎子检验法",效果显著'。这难道不奇怪吗?"风擎子说道。

"被你这样一说,我也确实感到奇怪了。"东方流明说道,"那这样吧,你继续用'焰色反应'或者'五羊检验法',而我用这个方法时将它称之为'风擎子检验法'。"

"你用一个名字就偷走了我的五张羊皮啊。"风擎子道。

"不要在意这个了。"东方流明说道,"回到正题吧,你约我来有什么事情?"

"我以为你明早才会过来,什么准备也没有。"风擎子不知从哪儿掏出一个酒壶,"比火寻零那儿的酒要寡淡得多,他们不想让我喝太多的酒,怕会影响我的工作,但他们不知道人在美好的幻觉中会工作得更好。"

东方流明尝了尝风擎子的酒,尽管比不上火寻零的,但也没有他说得那么不堪。

"那么你找我来究竟是为了什么?"东方流明问道。

"你喝了我的酒,那我们就是朋友了。我需要谢谢你,你没有戳穿我的老底。"风擎子说道。

东方流明叹气道:"在他乡,人总是下意识会对同胞好一点,再说了,我没有害死你的必要。"

如果风擎子是非攻派,那他为什么还要留在这里研究阿鹿桓的奇术,而且还敢抨击东方流明?这是一件值得玩味的事情。

简单来说,风擎子露出了马脚,他许诺研究阿鹿桓的奇术,但可能不会将最后的结果交出来。毕竟那些领主想将其用于战争,这和风擎子所信奉的准则不同。

"道不同不相为谋。"东方流明说道,"但这并不意味着我就要对付你。"

"我没看错,你是一个有趣的人。那我就要说其他事了。你寻求的究竟是怎样的奇术?别说奇术师该沉默寡言,你我都是奇术师,没必要沉默,也不必撒谎,因为我能听出来。"

东方流明走近风擎子,耳语几句。

风擎子紧锁的眉头也舒展了:"可以,如果你要的是这个的话,那可以。世界已经准备接受它了。你的选择很正确。那么最后一件事,你选择的人可靠吗?"

东方流明对风擎子说道:"你觉得我会是'忠臣'吗?"

风擎子说道:"你是的,你为了自己的君主跋涉千万里追逐奇术。"

东方流明说道:"那你觉得'忠臣'是什么样子的,叫他低头就低头,叫他抬头就抬头,言听计从的就是忠臣吗?这有什么意思?国君有过错,加以劝谏;自己有好的见解,告诉国君,引导国君走入正道,这才是忠臣。

"撇开玄之又玄的命运不谈,一个人成为君主,我指的是世袭那种,其实只是概率的问题,他恰好出生在帝王家,恰好又是嫡长子,恰好弟弟们都没有什么野心,哪怕他是个废物,也会成为君主。

就像一棵开满花的树，有些花落入水沟，有些花被吹入酒盏。

"我早就是无国可归之人了，因此没有哪一国的君主是我必须要去侍奉的，与其说君主选择臣下，倒不如说是臣下选择君主。我的眼睛和心替我做出了选择。你要明白渔人弓着身子，不是对鱼恭敬；在捕鼠器上放食物，也不是因为喜爱老鼠。我也有必须要实现的抱负。"

"听起来你是一个明眼人。"风擎子摊了摊手，"我没有其他问题了。"

"我以为让你放弃还要再花一点时间。"东方流明说道。

"就像我之前才说过的。"风擎子说道，"我不是一个胡搅蛮缠的人，也许你现在会觉得我伪善，但我个人所能做的东西有限。更何况，我还要把大部分的生命花在其他地方，我尝试过，然后失败了，这就足够了。理念就像奇术，倘若时代不适宜，我们只需留下脚印即可。"

"你比我见过的很多人都要睿智，但我劝你还是小心一点，他们迟早会发现你的目的，那时你就不容易脱身了。"

"我这个人就是一阵风，谁都抓不住风。"风擎子说道。

"别再说什么风了，人变不成风，再说连光都被捕获了。"东方流明说道，"而捕获光的那个人也死了。"

风擎子瞬间就委顿了下去："这倒也是，我不喜欢这里。他们杀了阿鹿桓。"

第九章
有女同车，颜如舜华

绿洲又起了骚乱，这骚乱起于一场挖掘。

昨晚，火寻零睡得并不安稳，她借着星光看床上的帷幔，一边数着上面的花纹，一边想东方流明的神启。人很难同时做两件事情，所以她既没能数清楚花纹，也没想清楚神启……

等她起床时已经临近中午了，然后她听到了坏消息——那些求婚者准备掘开阿鹿桓的坟墓。

这是亵渎和不敬。

火寻零匆匆出发，但在出门前，她还不忘告诉她的女仆，替换掉她大床的帷幔，要浅色没有花纹的。

火寻零赶到时，他们正准备开棺。

阿鹿桓的鹿石躺在一边，不要打扰他长眠的纹饰还清晰可见，但他的棺木已经被挖了出来，放在一边。

人是一种很矛盾的生物，一方面祈求长生，一方面又害怕"长生"这一恩赐将自己变作非人之物。以至于每个民族都有关于永生的神话，但没有人真正得到过永生。

还有那些与永生相关的怪物，他们是亡者，唯有死过一次的人，才不会再被死神带走。那些亡者依靠生者的不幸和血液而活，是所有生者的敌人。

有人怀疑阿鹿桓因为不甘和巫术变成了那样的怪物，所以需要开馆毁尸。

"住手！"火寻零喊道，"你们太过分了。"她脸上带着怒容。

但他们没有停手，看来有人真的相信是阿鹿桓的恶灵作祟。这也印证了风擎子的话，他们心中自有棋盘，他们被谋杀困住了心灵。

众人看到更多火寻零的人马正往这里赶。

"快！快点开棺。"赤特催促道。

仆人们用撬棍刺入棺材的缝隙，他们筋肉鼓起，开始用劲，棺材板咔咔作响。终于，钉子被撬起了。他们用力扒开棺材，但棺材里面是空的，没有想象中的干尸或者恶臭。阿鹿桓的尸体不翼而飞。

这是怎么回事？

在场所有人都仿佛石化了一般，一动不动。不知是谁喊叫了一声："阿鹿桓要回来报仇了，他化作了魔鬼！"

棺椁还在，但阿鹿桓的尸体不见了。坟墓空着个大坑，不知道该埋葬谁。

这仿佛成了一个笑话，日头正猛，人的皮肤在热风中越来越硬。

火寻零也来到坟墓边上，她看到了空空荡荡的棺材，用愤怒的目光环视四周。

她目光所及，无人敢和她对视，仿佛她的目光有魔力一般，看到她眼睛的人，便会化作灰白石像。

乌凌和赤特像是演出失败的蹩脚戏子灰溜溜地逃离舞台。

火寻零没有阻止他们。

众人渐渐散去，火寻零却还在阳光下发呆。

"要回去了吗？"赶车的仆人擦着汗水说道。

火寻零没留意仆人说了些什么："你刚才说了什么？"

"我们要回去了吗？"他又问了一次。

火寻零看到东方流明还站在不远处："你先回去吧。"

"但谁来驾车呢？"仆人问道。

火寻零说道："不要问了，你可以走了。"

听了这句话，仆人也只能离开。

东方流明见火寻零的仆人都离开了，便走过来想问问是出了什么事情。

"东方先生，请为我驾车吧。"火寻零边向车走去，边对东方流明说道。

"如果我说我不会驾车怎么办？"

"那你只能撒开脚丫把我的仆人追回来了。"火寻零笑着说道，"但风擎子对我说过，你们东方人都要学习六艺，驾车也就是'御'，便是其一。"

东方流明爬上车夫的位子："那我也是第一次驾驭骆驼拉的车。"

沙漠中，最常见的驮兽就是骆驼，车也不是牛马拉的，而是骆驼。沙地松软，这里的车的车轮都很宽，而且只在绿洲内使用。东方流明试了一会儿，觉得骆驼和马拉车有共通之处，很快就上手了。

"准备去哪儿？"东方流明转过头问火寻零。

火寻零支着头说道："随便逛逛吧，我现在不想回去。"

于是，东方流明也就不再约束拉车的两匹骆驼，让它们慢慢走回去。

"没想到还会发生这样的事情。"火寻零突然说道，"他们已经疯了。很难想象，我居然要在这群人中选择一个做我的丈夫。"

"毕竟生死攸关，这里发生了可怕的谋杀案。"

"算了，不要再继续这个话题了。"火寻零打断东方流明，"说些东方的事情吧，我很羡慕你们这些旅人。"

"风餐露宿又有什么好羡慕的呢？"

世上的事大多如此，流浪的想要安稳下来，而安稳的却想要去流浪。

"我一直被困在城里，从一座城到另一座城。我小时候站在高处眺望绿洲，以为世界就那么大。我处在世界中心，四周都是荒芜的沙漠。后来，我才发现了一件事情。绿洲之中的人，我永远也认不全，总有熟悉的面容消失，又有陌生的面容不断出现。那个时候，我才觉得世界是沙漠，零星分布着大量的绿洲。我的故乡蒲车洲只是其中之一。"火寻零说道，"尽管我昨天说远方太远，与我无关，但我还是想去远方。"

东方流明对火寻零说道："我只能告诉你人和人不同，有些人是风中的沙，注定会流浪，而有些人是扎根大地的树。"

"你还是讲讲东方的事情吧。"

"已经讲过很多了,我来吟一首故乡的诗。"

　　有女同车,颜如舜华。将翱将翔,佩玉琼琚。彼美孟姜,洵美且都。
　　有女同行,颜如舜英。将翱将翔,佩玉将将。彼美孟姜,德音不忘。

　　火寻零说道:"听不懂,但觉得很美。"火寻零不懂东方的语言,但冥冥之中觉得这首诗很有意思,"这种有韵律的东西,听着就不错,尽管我听不懂,就算你在嘲笑我,我也不知道。"
　　于是,东方流明稍作调整地翻译给她听。
　　"有位姑娘与我同乘车,她容貌美好似木槿花,她体态轻盈有如飞鸟,她腰间佩玉温润有光。美丽的姜家姑娘,行为举止端庄大方。
　　"有位姑娘与我同路行,她容貌美好似木槿花,她体态轻盈有如飞鸟,她腰间佩玉清脆作响。美丽的姜家姑娘,品德高尚令我难忘。"
　　"木槿花长什么样子?"火寻零问道。
　　东方流明回忆了一下说道:"花很大,能盖住我的手掌,重瓣,有粉红或者紫红色的,它的颜色就在晚霞和天空交界之处。"
　　"这首诗是情诗吧,对我吟唱是否合适呢?"火寻零笑着问道。
　　东方流明的手一抖,拉车的骆驼吃痛,乱了步子。
　　"我也不是木槿花。"火寻零收起了笑容,幽幽地说道,"东方先生,你以后可以把这诗念给中意的姑娘听。"

东方流明闭口不言。

火寻零接着说道:"我可能不是花,而是一层又一层半腐的落叶下蛰伏的毒蛇。你们应该已经知道罗火洲是块怎么样的地方,也知道阿鹿桓是个怎么样的人了。你大概会鄙视我吧,因为我是踩着无数人的尸骨走到这一步的。"

"有些时候是人选路,有些时候是路选人。"东方流明说道,"命运不由人。"

火寻零又笑了:"'命运不由人',这真是一句狡猾、微妙的话,简直就像作弊一样。"

火寻零在东方流明背后说道:"东方先生,你想不想知道这一切究竟是怎么发生的,看清我究竟是个怎么样的人?"

东方流明的声音有些发涩:"愿闻其详。"

沙漠之中主要的九座绿洲,一直处于一种同盟的关系,每隔两年九位领主都会聚会,共商要事。会议地点在九座绿洲中轮换。

去年恰好轮到罗火洲。仿佛是要打阿鹿桓一个措手不及,领主们早来了十天。

不同的旗帜,不同的纹章,表示着来者的身份。

古柯贞,卑陆洲的领主,长须者。

安斯艾尔,胡落西绿洲的领主,白银之主。

奥格斯格,秋池洲的领主,草药与汗蒸的王。

卑鹿明,乌弋洲的领主,万驼主。

罗伊,狐胡洲的领主,举刀者。

希尔保特，西夜洲的领主，多子者。

铁恩，蒲车洲的领主，驯兽者。

门罗，山劫洲的领主，七王冠。

街上所有人都被赶到两边，让八支长长的队伍经过。

所幸，聚会的大部分东西都已经备下，领主们提前到来，虽然让人有些手忙脚乱，但也没出什么问题。

阿鹿桓也从奇迹室出来，暂时离开真理的世界，回到世俗生活中。他来到卧室，任由女佣替他宽衣清理身体，换上华服，戴上黄金、宝石制成的华丽首饰。

宴会中，奇术师哈桑姗姗来迟，倒不是奇术师有意压轴，而是他真的迟到了。

幸好，三个机巧傀儡的表现不俗，赢得贵客阵阵赞叹，奇术师哈桑也没惹到什么麻烦。

在罗火洲后世的记载中，奇术师哈桑的存在感并不高，仅仅在提到傀儡时才会顺带提到他。哈桑这个人并不讨人喜欢，他拥有致命的缺点，而这个缺点也招致了他的毁灭。

经火寻零调查，那天哈桑迟到仅仅是因为去找了乐子。

对哈桑来说，奇术师是项很累的工作。因为比起他掌握的技艺，他的境界要低得多。这里的境界并不是玄之又玄的状态，人基础的欲望可以分生存欲望和享乐欲望，饿了进食，渴了喝水，困了睡觉，这就是前者，可饿了不单单要填饱，还要追求更高级别的享受，比如要吃孔雀舌、骆驼峰，渴了饮美酒、果汁，床也不单单是睡觉的地方，他总想要搂着两个美姬纵情享乐。

沉溺于这些的就可以说境界不高。

作为奇术师最重要的就是神秘，需要克制自己的欲望，向他人展示自己的境界。

奇术师不得公布自己奇术的秘密。

奇术师必须保持流浪。

奇术师尽量不露喜怒。

一个低境界的人伪装成高境界是一件极累的事情。

因此，他会不时脱下自己的伪装，换上另一套装扮，他的另一面就活过来了。奇术师粘上胡子，戴上一颗假痣，穿着和普通的商人没有分别，这时，他就是普通人"哈桑"。

白天，哈桑在罗火洲的大街上散心，空气中是香料和美酒的香气。

没人注意到他，绿洲的旅者和商人太多，几副新面孔并不出奇。

哈桑混在人群中，被娼妓诱惑，往华美的棚子走去。

作为一名奇术师、阿鹿桓的客人，他吃着可口的美食听着悦耳的音乐，却并不开心。当有来客时，他只需要展示三个机巧傀儡，而无人来访时，他和助手的工作只是保养傀儡，当然奇术师不需要自己动手，他都交给助手去做，他的生活像一钵清水。而在娼妓这儿，他找到了颜色和味道。乐师们演奏着蹩脚而催情的音乐，实际上，没人在意音乐，客人们耳中是隔壁帐子里传出的呻吟声，眼中是娼妓们撩人的动作。

哈桑相当欣赏这里，在中心圆形的舞台上有七位美人，她们由七色代称。哈桑看中了"红"，看看她圆润的大腿和纤细的脚踝，还有褐色的长发，眼里含着一汪春水……哈桑在自己桌上放了一块红布，将财物放到了红布上。

如果娼妓对财物满意，她就会从台上下来，与客人共赴极乐。如果有数位客人看中同一位娼妓，那娼妓往往会选择出价更高者。

哈桑遇到的正是这种情况，他一点也不恼怒，因为这证明他眼光不错。他的竞争对手有两位，一位拿出了一个金杯，一位拿出了两件首饰，看起来后者更讨那位美人的芳心。而哈桑毫不在意地丢上了两枚宝石。

于是那美人眼都直了，向哈桑抛了个媚眼，软着身子倒在了哈桑怀里。哈桑没有性急地将她带到隔壁，而是怀抱着她，一边饮酒一边对她上下其手。

这也是一种享受，在失败者的目光中，品尝胜利果实。

终于，哈桑调够了情，而"红"也没有奔放到在大庭广众之下和他云雨，她抓着哈桑的手，将他带到了隔壁。

就因为这件事哈桑迟到了。

傀儡表演成了最后的节目，然后就是领主们的时间了。

阿鹿桓一点也不想应酬，可这是他工作的一部分。

"罗火洲的主人，亲爱的阿鹿桓啊，又是两年不见。"

"是的，我最尊贵的朋友们，祝你们万寿。"阿鹿桓回答道。

双方开始了礼节性的寒暄，整个过程冗长乏味。好似一大碗乳酪，放满了干果，又加入了大把白糖和蜂蜜，逼着人一口气喝下去，无论是谁，无论他多么喜欢奉承，都会觉得腻得难受。

走过这些繁文缛节后，他们的会晤才正式开始。

九位领主微醺着,饮下一杯解酒汤,让酒气散发出去,红着脸开始谈事。

这是另一种形式的攻城略地,刀光剑影隐藏在酒气和熏香中,说错一句就可能导致亏损,八头老狐狸用他们才能明白的暗语交谈着。

等一天的会议过去,忙得脱力的阿鹿桓才回到奇迹室,弈棋者如同死物一般,依然坐在棋盘前。

可敏感的阿鹿桓觉得弈棋者好像挪动了位置。

"我告诉过他们很多次,哪怕是打扫也千万不要进到这里。"阿鹿桓有些不快。

他生了很大的气,不光是因为其他人进到奇迹室当中,更多的还是因为那些难缠的领主。

阿鹿桓想再向弈棋者的脑袋中投入些宝石,继续之前的讨论,但最后还是放弃了,他已没有兴致。

第二日,罗火洲的气氛依旧欢乐。他们白日在阿鹿桓的宫殿内举行宴会,美酒和鲜果不间断地送到客人的面前,而夜晚,则围在一起商量着绿洲的未来——各地的产物该售卖到哪里,又该走哪一条路,物价又该如何控制,彼此之间物产交换的价值又是几何……

连日的深夜会议到了尾声,最后一个议题是阿鹿桓的宝石。

罗火洲有一处秘密的宝石矿,那里产出的宝石硬度和可加工性一般,但胜在色泽漂亮、晶莹剔透。

罗火洲的商队走得不够远,无法将宝石售出最高价,因此,罗火洲会将部分宝石交由其他势力售卖。

一番争夺后，阿鹿桓又将销售权交给了铁恩。铁恩就是火寻零的父亲，也是阿鹿桓的长辈。

就此，两年一聚的会议也可以落下帷幕了。

几日后，铁恩和阿鹿桓在泉水边散步，两人的关系比较密切。铁恩在某种程度上扮演了"叔叔"的角色，姑且算是个和善的长辈。

"你为什么不能像其他领主一样？"铁恩对阿鹿桓说道。阿鹿桓和其他人格格不入，将来受苦的一定会是阿鹿桓。

阿鹿桓反驳道："我和其他领主有什么不同？你们喜欢的或是金子，或是美姬，或是音乐，整日享乐，不知节制地挥霍财富。我能问问你花园里已经养了多少种野兽吗？"

"我没有敌意，不要将刀尖对准我。"铁恩捋了捋自己的胡子，"我是你的朋友，这是他们对你的埋怨。"

"我喜欢的东西和你们的都不一样，你们无法理解我，就把我当作异端吗？"阿鹿桓的怒气一直没有消去。

"不然什么才叫异端？"铁恩无奈地看了阿鹿桓一眼，反问道。

这个问题很难解释，阿鹿桓不想同他争辩，只能保持沉默。

"你需要找个知心人。"铁恩打量着阿鹿桓说道，"你还没有成家吧？"

此言一出，阿鹿桓就想到铁恩的队伍中有一顶神秘的轿子，想来是为女眷准备的。

"是你的意思，还是你们的意思？"阿鹿桓问道。

其他人在他这个年纪已经成家，有了孩子，阿鹿桓已经算晚婚了。

"都一样。"铁恩看着阿鹿桓关切地说道,"那是我最美的一个女儿,她绝对配得上你。怎么,你不愿意吗?"

"这是你们的决定吗?"

铁恩有些无奈地点了点头。

阿鹿桓明白这不是商量,而是告知。他只能同意。

回到奇迹室,阿鹿桓在弈棋者面前大发雷霆。

"他们连我的婚姻都要插手。就因为我的血缘,在他们看来我的血并不纯净。"

沙漠中的领主都来自一个家族。千百年来,他们相互联姻,领主的子嗣中可能有混血儿,但继任者绝对是家族中人。唯独阿鹿桓是一个异类。

"我一半的血液来历不明。"阿鹿桓捂着脸低声说道。

弈棋者写道:"为什么?"

"因为我的母亲就是一个来历不明的女子。关于我身世的传说,也仅仅是传说罢了。哪有什么鸟能带来孩子?"阿鹿桓苦笑道。

阿鹿桓的双亲在沙漠深处邂逅,父亲带领着他的旅团,遇到了落难的母亲。据说母亲一袭长袍,半个身子都埋在了沙子里。

"在沙漠中救助旅人是不需要什么理由的。只要条件允许,贵族遇到最卑贱的奴隶,也必须施以援手。母亲从生死线上回来后,到父亲跟前,向他表示了感谢。那时起,父亲的眼就落到了母亲身上,再未离开过。有一种东西,它会在某个夏天的夜晚像风一样突然袭来，让你猝不及防，与你形影相随，挥之不去。我不知道那是什么，只能称它为爱情。"

阿鹿桓的母亲是一个传奇，她也是一位奇术师。

"奇术师为了守住自己的秘密，常割去自己奴隶助手的舌头。我的母亲原先就是奇术师的奴隶，她没有舌头，可她有着会说话的眼睛和聪明的大脑。"

没有人教她读书写字，她就偷站在主人的背后听他诵读，靠自学将一个个字音字形对应起来。她的奇术师主人不知道她已经识字，让她得以偷看到了不少典籍。在长久的奴隶生活中，她渐渐掌握了奇术。

在掌握那项奇术后，她就杀了她的主人，重获自由，逃到了沙漠中，直到被阿鹿桓的父亲救起。

"您母亲的奇术是？"弈棋者问。

"我的傀儡啊，奇术师的秘密可不能告诉他人。"阿鹿桓说道，"但我可以告诉你，它和转化有关。就像炼金术师吹嘘的一样，万物在满足一定条件后都能转化，只是在自然的进程中，转化速度相当慢，我们能用一些特殊的方法来催化这个过程。那项奇术正是转化之术。"

阿鹿桓的父亲爱上了他的母亲，力排众议，将绿洲交给了阿鹿桓。

可阿鹿桓并不快乐。

"他们看不透我，又怕我的后代更加难以捉摸。"阿鹿桓道，"倘若我再找一个来历不明的女孩，那么在下一代身上只余下四分之一的血脉了。"

"血脉真的那么重要吗？"弈棋者毕竟只是个傀儡。

"这正是他们愚蠢的地方。"阿鹿桓说，"血脉什么也不是，哪怕一根细丝都比虚渺的血缘有力。"他又低下了头，"但为了让他们安心，为了避免更多的麻烦，我只能同意。"

有时候，妥协是解决问题最好的方法。

沙漠中的婚礼相对来说比较简单。只要双方同意，没有其他人反对，在一场宴饮后，男女就可以结为夫妇。

为防止两人抵触，铁恩安排他们见上一面，培养下感情。

昔班尼在前面为阿鹿桓引路。

"你看看她的模样，那眉眼，那暗红色的长发……"

昔班尼聒噪得像一只老鸦，阿鹿桓第一次看到昔班尼时，还以为他只是铁恩的奴隶。后来，阿鹿桓才知道他是铁恩的儿子，火寻零的哥哥。

昔班尼头发枯黄，身材痴肥，嗓音尖锐，而且他形容自己妹妹火寻零时，竟像是在夸赞一头上好的牲畜。

这很难让阿鹿桓对他产生好感。

"最妙的是那一对椒乳，恰好一手可握……"昔班尼喋喋不休地说道。

"不要再说了。"阿鹿桓尽力隐藏住自己的厌恶之情，"我已经看到火寻零有多出色了，我也希望她的内心同外表一样出色。"

"你会满意的。"昔班尼说完这句话，便跳出去和自己的妹妹火寻零打招呼，"这里的风景如何？我的妹妹。"

"非常美，看得出这里的主人拥有不错的品味。"火寻零的声音就像清风吹过绿叶,很是清新动听。

昔班尼笑道:"这个品味不错的人现在就在我身后,这是罗火洲的领主阿鹿桓。这是我的妹妹火寻零。"

火寻零向阿鹿桓施了礼,阿鹿桓也回了礼。

两人相对无言,有些尴尬。

这是这对夫妻的第一次见面,在这之前,他们互不相识,而且都对这桩联姻有些抵触。

没错,火寻零也不想留在罗火洲。此次,她和父兄出来只想着散心,没想到她父亲竟要将她嫁给阿鹿桓。

这是女性的悲哀,她早就知道自己的婚姻只是博弈的筹码,但这一天实在来得太快,而且阿鹿桓名声并不好,父亲也不同她商量一下,直接替她做了主,她心中有些不快。

他们相互之间倒是没生出厌恶,但各怀心思,谁都没再开口。

昔班尼见两人像木桩子一样,杵在庭院中,便开口提议道:"夕阳也快落下了,四周也凉爽了起来,我们骑着骆驼四处逛逛吧。"

"好啊,整日待在城里,我也想去外面散散心。"火寻零赞同道。

火寻零早想出去了,但碍于自己的身份只能老实待在城堡里。

阿鹿桓看着火寻零这副天真无邪的样子,心道:无论如何,她也只是个少女,将来的相处中,不能将自己对其他领主的反感施加到她身上。

于是,阿鹿桓带着两人去挑选坐骑。

骆驼是沙漠之舟,阿鹿桓的城中有很多骆驼,昔班尼对这种牲畜没有什么兴趣,随便选了一头温驯的,火寻零却看中了一匹高大的白骆驼。

见此,阿鹿桓立刻制止她,好心地提醒道:"这匹骆驼看上去威风凛凛,但性子太烈,没人能驯服。我本想将它作为坐骑,但试了几次都以失败告终。"

仿佛为了证明阿鹿桓所说的话,白骆驼盯着想要靠近它的火寻零威胁似的晃动着身子。

昔班尼都吓得往后退一步,随后笑道:"这不是骆驼,是披着骆驼皮的虎狼吧。"

一般骆驼都很温顺,这匹大概是特例。但它确实又威风又好看,火寻零一眼就看中了它。

火寻零却不怕这匹白骆驼:"驯服一匹骆驼有什么难的,让我试试吧。"说完便作势要骑。

昔班尼急忙拦住她:"我的好妹妹啊,这是在别人的地界,你可不能任性,万一受伤了,父亲怪罪到阿鹿桓身上怎么办?"

无奈之下,火寻零只能放弃白骆驼,选了一头普通的。

她惋惜地说道:"以后有机会,我一定要驯服那头骆驼。"

阿鹿桓看了火寻零一眼,见她自信满满的样子,便好奇地问道:"你有什么好办法吗?"

"没有什么好办法。"火寻零回答道,"甚至只是个蠢办法,需要三样东西。"

"是什么?"阿鹿桓问道。

阿鹿桓越来越好奇了。

"鞭子,锤子,匕首。"火寻零望着阿鹿桓回答道。

阿鹿桓很疑惑："这三样东西都不是驯兽用具，你要它们做什么？"

火寻零笑道："驯兽其实是一件很简单的事情。让它畏惧你，了解你的意图就可以了。如果它不乖，我就先用鞭子抽打它；如果还不行，那就改用锤子敲它的脑袋；这样依旧不行的话，就只能动用匕首将它杀了。"

阿鹿桓看着火寻零，有点蒙了，半天没反应过来："那我的骆驼不也死了吗？"

"不能骑的骆驼还有什么用，死了也不可惜。"火寻零说道，"当然，如果真的喜欢这匹骆驼的模样，也不是没有办法。找一匹性情温顺的母骆驼同它配种，生下小骆驼，从中选出模样好的、性情温顺的从小开始驯养，虽说要花点时间，但结果总是好的。"

"不愧是铁恩的女儿，深谙驯兽之道。"阿鹿桓道。

"好了，我们赶紧出发吧。"昔班尼催促道。他对妹妹所说的东西并不感兴趣。

于是，火寻零和阿鹿桓没再深聊这个话题，而是骑上骆驼，去看罗火洲的美景。

这一次约会，算是成功的。

十日后，两人举行了婚礼，领主们都留下来观礼，并送上了丰厚的礼物，光是礼单就堆满了阿鹿桓的桌子。

火寻零，蒲车洲驯兽者铁恩之女；阿鹿桓，罗火洲之主，两人结合了。

用几日的时光定下两个人的未来，看起来有些儿戏，但爱又如何，婚姻又如何，所谓的爱情只存在于游吟诗人的口中，不过是怀春少男少女缥缈的想象，说到底不过是情欲。喝多了酒，吹灭了灯，不都一样吗？阿鹿桓发出长长的叹息，他唯一见过的爱情，便来自自己的父母。其余那么多人没有爱情，还不是照样活着？

盛大的晚宴过后，酒精在阿鹿桓的血液里流淌。阿鹿桓打发走宾客，洗了一把脸，在仆人的搀扶下踏入新房。

阿鹿桓的灵魂就像一只飞鸟，从头颅之中跃出，踏着风不断往上，遇到冰冷的星光，再如落叶一般盘旋着下坠。

当他摇摇晃晃站稳身子，想抓住妻子的手时，从阴影处突然跑出一个老妇人，张牙舞爪，高举着一个坛子。

阿鹿桓也被吓到了，这个老妇人实在太老了，干巴巴的皮肤不知有多少皱纹，双目浑浊。

惊吓过后，阿鹿桓才想起铁恩在婚礼前对他说过，这是蒲车洲特有的习俗，在新房中，男女交合前要先饮合欢酒，而且必须由老妇调制。

老妇人用剪子剪下他们两人的头发，将两缕头发编在一起，投入火中，并取一些灰烬，撒进酒里。直到两人分享了这杯酒，老妇人才退了下去。

真是无聊的习俗。阿鹿桓在心里抱怨。

焚烧头发的怪味充盈着卧室，头发灰在嘴里残留的味道也让人不安。火寻零起身打开了窗，让清新的夜风带走异味，随后她又一脸羞涩地坐回到了床上。

诚然，阿鹿桓的新婚妻子给他带来了困扰。

日后，他们的孩子，将不单单是阿鹿桓的孩子，还是一个盗贼，会偷走阿鹿桓的祖业。天知道铁恩会不会借此插手更多罗火洲的事情。

但那些都是将来的事了。今夜，火寻零不过是朵娇嫩的鲜花，等着阿鹿桓采下。

合欢酒里下了催情的秘药，药效正在他体内燃烧，在他小腹之中燃起一团火球。他望向火寻零，透过火寻零贴身的嫁衣，看到她优美的曲线。阿鹿桓脱下她的衣服，妻子光洁的脊背像上好的丝绸，阿鹿桓用指腹和嘴唇欣赏着她的皮肤。

火寻零因为恐惧和寒冷，皮肤上立起一颗颗疙瘩。

阿鹿桓低头吻她，手在她身上游走。火寻零发抖得更加厉害，阿鹿桓的动作正在唤起她以前从没有过的感情，有什么东西要来了。不一会儿，火寻零被脱得一干二净，如被去了壳的蚌，露出雪白的肉，等阿鹿桓品尝。

在恐惧和兴奋的主导下，她交出了自己，迎上阿鹿桓的撞击，他们在痛楚包裹的眩晕中盘旋而上，完成了生命的大和谐。

今夜的月色真美，尤其是激情之后，苍蓝的月光打到美人肌肤之上。

阿鹿桓和火寻零有了一段蜜月期，在这期间，他暂时放下了弈棋者和研究。

见新婚夫妇如此甜蜜，八位领主也陆续离开了。罗火洲重归平静，至少是表面上的平静。

第十章
火寻零的故事

谁也不知道,火寻零背负着秘密的任务。她踮着脚尖,在城堡内悄悄地游走。

她是这里的女主人,刚刚下了一道命令。她命令所有仆人和她玩捉迷藏,若是谁被她找到,那少不了一顿鞭子。

对于火寻零来说,成婚前后的生活并无不同。她成了阿鹿桓的妻子,新婚那夜,比起疼痛,快感更让火寻零印象深刻。

如此想来,火寻零应该很满意才对,但实际上,她并不满意。对她而言,不过是一只鸟从一个笼子到了另一个笼子里而已。

由于婚礼上的神圣誓言,火寻零拥有阿鹿桓的一半财富,而阿鹿桓拥有火寻零。

但火寻零也记得阿鹿桓对她说过的一段话。

"我同你共享这片绿洲。"阿鹿桓曾郑重其事地对火寻零说道,"这里只有两处地方你不可随意进入,一处是地下室,那里栖息着祖先的魂灵,你不能去打扰他们,另一处就是我的奇迹室,我不希望里面奇奇怪怪的东西吓到你,或者被你失手毁掉我的珍品。"

那时,火寻零也郑重其事地点了点头,从阿鹿桓手里接过一串钥匙。靠那一串钥匙,火寻零几乎能到罗火洲的所有地方。

但她还是对那两个地方有着强烈的好奇。

城堡的地下室落了一把大锁,门两边各雕刻着二十一只异兽,它们张牙舞爪地守护着这里。外人闯入就会遭到诅咒,闯入者的灵魂会永堕地狱。

而在阿鹿桓的奇迹室里,据说塞满了离经叛道的东西,甚至还有邪神的造物,只消一眼,心智不坚定的人就会陷入疯狂。

出乎种种考量,火寻零先选择了奇迹室。

奇迹室里面没有火寻零想象的恐怖,虽然有很多奇怪的东西,但根本没有邪神的造物。

方桌上是一个个方盒子,用金属线相互连接着。火寻零试着触摸那些金属线,结果指尖感受到了刺痛感,像是被不知名的小虫咬了,却没有留下任何伤口。

火寻零含住自己受伤的手指,继续往前走,便在窗前看到了弈棋者——丈夫心爱的机巧傀儡。

它可有够丑的。

火寻零听说过它。它和余下三具傀儡都是鬼故事的主角。

对于城堡的下人来说,城堡内多了几个会动的机巧傀儡绝不是什么好事。深夜里,一想到有一群会动的非人之物,便会令人瑟瑟发抖。一些明明该在原处的东西,隔天却到了另一边,也许仅仅是下人记错了，但和机巧傀儡扯上关系后，这类故事总是更容易传播。

得益于此，火寻零对这些傀儡并不陌生，她将宝石投入傀儡。

"神奇的傀儡啊，告诉我谁是这片沙漠中最美的人？"

咔咔咔……傀儡动了。

"我不知道沙漠中还有谁比您更美。"

火寻零抿嘴笑了。她对这个回答很满意，没有再继续发问。她丢开弈棋者，翻看阿鹿桓的羊皮卷，却见上面鬼画符一般，写着、画着可能只有阿鹿桓能看懂的文字、符号。

真是无聊啊。

火寻零这样想着，也就这样错过了最伟大的奇术。

火寻零逛遍奇迹室后，便清理掉自己留下的足迹，退出了奇迹室。

她要的东西不在这里。

那段时间，阿鹿桓正忙着领军消灭附近一伙盗贼，回来后没有发现奇迹室中有什么异常。他休息了几日，和火寻零温存了会儿，就又一头栽到了奇迹室当中。火寻零则抓住机会，继续在阿鹿桓的城堡里探险，想要刺探出更多的秘密。

但世上从没有不透风的墙，火寻零的行为还是被阿鹿桓发觉了。他心痛地发现自己的枕边人，是铁恩派来的间谍，为他刺探罗火洲宝石的秘密。

可火寻零已经成功了，她潜入地下室，发现那里不是阿鹿桓祖先的埋骨地，而是他母亲的工坊，地下室藏着他母亲奇术的秘密。

那项奇术说简单也简单，说复杂也复杂，大致就是用纯净的沙子为原料,凝出类似宝石的东西,添加不同的药物,让它染上不同的颜色。

是的,罗火洲根本没有秘密的宝石矿,红宝石、蓝宝石、水晶石,所有的宝石都是人造的。

这片绿洲的富足,很大程度上归功于阿鹿桓的母亲,是他母亲用沙子换回了黄金。

为了守住这个秘密,只有阿鹿桓会进入地下室,偷偷炼制宝石。

阿鹿桓还在门轴里塞了一个干果壳,只要有人开门,那么干果壳就会被碾碎,正是因为这个措施,他才发觉有人偷入过地下室。

他再稍作调查,立刻锁定了火寻零。

阿鹿桓并不是一个蠢人,他很快反应过来——这一切都是铁恩的阴谋。

当年,阿鹿桓的父亲靠着宝石支撑起了罗火洲,挡住了包括铁恩在内的其他领主吞并罗火洲的阴谋。但铁恩一直没有死心,在阿鹿桓继承罗火洲后,铁恩就扮演起和蔼的长辈,骗取阿鹿桓的信任,再把火寻零送到了罗火洲……

阿鹿桓当然可以偷偷杀了火寻零,再对外宣称火寻零病逝。但火寻零被捕后告诉阿鹿桓,她已经怀了阿鹿桓的孩子。

这样一来,如何处理火寻零就成了一个难题。

压下怒火之后,阿鹿桓让火寻零给铁恩写了一封信,让铁恩来罗火洲和他谈判。

但铁恩会为了一个女儿而涉险吗?

当然会。

沙漠另一边的蒲车洲，铁恩收到火寻零的信，立马动身了。

为什么不？那是我的女儿，铁恩想。

每个父亲都应该爱他们的女儿，和粗鄙的儿子不同，女儿是珍珠，是用来宠爱的存在。

哪怕铁恩让他的珍珠去做了一个小偷，可珍珠的珍贵和美丽也不会受损，如果有机会取回那枚珍珠，为什么不呢？而且铁恩也不认为阿鹿桓还有力量继续囚禁他的女儿。

于是，铁恩率领着使团再次造访了罗火洲。

"可以看看我的女儿吗？"铁恩来不及休息一下，就向阿鹿桓提出了要求。

"这也太过于直接了。"阿鹿桓苦笑一声道。

铁恩直截了当地说道："毕竟我是为她而来的。"

铁恩的举动让阿鹿桓有些尴尬，思索片刻后，他无奈之下唤来佣人，让他们将火寻零从监牢里放出来。

"您的女儿还在梳洗打扮，请稍候片刻。"阿鹿桓如此说道。

日头在天空走过了十分之一的路程，阿鹿桓这才带着铁恩去看望火寻零。

在华美的卧室里，火寻零穿着宽大、华美的裙子，坐在窗边，像一弯银色、忧郁的下弦月。她不像一个囚犯，依旧像一个公主。

"我的女儿，你的脸色好像不太好，是病了吗？"铁恩关切地问道，他来回打量着自己心爱的女儿。

火寻零的脸色有些苍白，下巴处还发了一颗豆子大小的痘。若是从前，火寻零一定会戴上面纱来遮掩，但现在她没了这份心情。

"没事，我很平安，父亲。"火寻零没有起身，显得有些无礼。对此，她只能尴尬地笑了笑。

"好好休息吧，我的女儿。"铁恩已经明白了火寻零的处境，火寻零宽大的裙下八成藏着脚镣吧。

铁恩和阿鹿桓出了房间。

铁恩的脸黑得像化不开的夜色。他从腰间解下一个小袋子，交给了阿鹿桓，说是礼物，用来答谢阿鹿桓照料女儿之恩。

阿鹿桓将袋子打开，露出了里面的人造宝石。宝石的色泽有些不对，想来铁恩手下的匠人还在摸索，距离他们制造出完美的宝石只是时间问题。

这一袋宝石就是铁恩的威胁。这下阿鹿桓的脸也黑了下去，黑得就像炉底的黑炭。

告别铁恩后，阿鹿桓在弈棋者面前大发雷霆，砸了不少东西。阿鹿桓很少有这样失态的时候，甚至连在外打扫的佣人都听到了他愤怒的咆哮。

可对铁恩，阿鹿桓也没有什么办法，双方的筹码并不对等，一个是足以供养一座绿洲的秘密，一个是出嫁的女儿。

别看铁恩这么疼爱火寻零，为了罗火洲，他甚至会牺牲掉自己的女儿。

而阿鹿桓呢，他可能都不忍心对自己的妻子和未出世的孩子下手，况且真的处理了火寻零，他手上可就一个筹码都不剩了。

接下来的四天里，一条条不平等的条约被提出，每年人造宝石的量被严格控制，铁恩负责六成，阿鹿桓只能得到四成，而他的四成中大部分又要交给铁恩销售。

为了减轻阿鹿桓的反抗，铁恩并没有抢走所有的份额，可他留给阿鹿桓的也不多。当然，阿鹿桓可以公开秘方，铁恩就会一无所获，但阿鹿桓也会永远失去这份财富以及信誉。

除了答应外，阿鹿桓没有选择。

正因为没有选择，阿鹿桓只能在私下里加倍咒骂铁恩。

他甚至想杀了铁恩。

咒骂和诅咒没有丝毫作用，除非它们被别有用心的人听到。

死神听到了阿鹿桓对铁恩的诅咒。

在沙漠的神话传说中，死神是一条五彩斑斓的蛇，它盘在产床上，等待女人分娩，待婴儿出世，就会在婴儿的脚脖子上咬上一口，注入毒素。因此每个人必有一死，蛇毒发作之时就是那人的死期。当蛇吞下死者的灵魂，借由蛇腹消化完他一生的罪孽后，死者才能转生。

也有人想逃过死神的追杀，所以沙漠中的住民会关闭房门，试图将蛇拦在屋外，把产妇关在房里生产。孩子成了老人，在病危之际，也会想办法阻挡死神的来临，尽可能找地方躲藏起来。

但这世界不存在蛇到不了的地方。它能通过各种缝隙进到屋内，带走生命。

这一天，死神吐着信子，拜访了铁恩。

铁恩同他儿子昔班尼住在同一间房内，靠走道一侧的门窗都关着，屋里点上熏香，用于驱赶蚊虫，帮助睡眠。

"死神"悄悄溜进了屋内，借着淡淡的月光，他蹑手蹑脚绕过昔班尼,到了铁恩的面前。他用多毛的手捂住铁恩的口鼻,没等铁恩苏醒过来,另一只手就拿刀迅速割开了铁恩的喉咙,就像用热刀划开油脂块那样果断、快速。

铁恩挣扎了几下,幅度不是很大。他才刚睁开眼睛,根本来不及,也不能呼叫,他的生命便和喷洒的鲜血一道流出了他的身体。

昔班尼翻了个身,继续睡。他根本没有发现父亲的异状。

于是,凶手趁着月光,又溜了出去。

这一切才不过几十个呼吸的时间。

过了许久,昔班尼耸动鼻翼,才察觉到了不对劲。

血腥味在熏香中格外刺鼻,空气中出现了黏稠的潮湿。昔班尼终于醒了过来,他轻声呼唤父亲,但父亲没有任何反应。于是他起身往父亲的床铺走去,看到了父亲可怖的死状,发出一声凄惨的尖叫。

铁恩躺在血泊中,身体还在毯子上微微抽搐。

仆人们听到尖叫后纷纷赶来,想进入屋内,可门锁着。等昔班尼拖着被吓软的双腿去开门,又过了几十个呼吸的时间,铁恩最后的抽搐也停止了。

阿鹿桓的城堡乱了套,一位领主被人谋杀了。

如此恶劣的事情还是第一次发生。

作为唯一的证人,昔班尼却像是被吓傻了,他什么也不知道。他只知道当时卧室内门窗紧闭,只有对外一侧的窗户开着。

夜风是夜神的恩赐,没人会拒绝,但是能透过那些窗户的只有月光和夜风,也许还有夜枭,唯有这长翅膀的精灵才能到达离地数丈高的窗台上。

"不对!"昔班尼突然抬起了头,"人能进来,顶上吊一根绳子的话,就能从窗户偷偷进来……"

那么凶手只可能是城堡里面的人。

"你吓糊涂了,窗口那么小,哪有人能够进来?"阿鹿桓说道。

出于安全的考虑,城堡高处的房间对外窗户都偏小,人不可能通过窗口进出。

看来短时间内,他们不可能找到凶手了。同时,铁恩的死讯正飞速向外传播,甚至囚室中的火寻零都得到了消息,当即要求面见阿鹿桓。

阿鹿桓略一迟疑,他不想在这个时候见妻子,两人的关系注定破裂了。

但他又想,长痛不如短痛,既然是注定的,那又何必挣扎,便硬着头皮去见了火寻零。

"你杀了他?"火寻零诘问道。

火寻零更加憔悴了,她的眼眶红红的,脸上还挂着泪痕,但眼里却闪着仇恨和愤怒的光,话语中已经带上了审问的语气。

阿鹿桓摇了摇头,否认道:"不管你相不相信,我不会做这样的事。"

火寻零怀疑地看着阿鹿桓,眼中的恨意越来越深。

"放我出去!"她的情绪突然崩溃,"如果你没有杀他,那就放我出去。一个人死后,他的儿女应当在他身边为他祈福,你难道连这个机会都不给我吗?"

铁恩的死，阿鹿桓应该算是过失的一方，加之沙漠中的习俗确实如此，在这里，铁恩的儿女只剩下昔班尼和火寻零。

"好吧。"阿鹿桓叹了一口气，打开了火寻零的枷锁，"不要怪我，我会替你们找到凶手的。"

火寻零没有再说什么，她冲出囚笼，赶往父亲铁恩的身边。

阿鹿桓命人整理过铁恩的遗体，做完细致的检查后，才送还给昔班尼。

从检查结果来看，铁恩绝对是被谋杀的。他全身上下只有那一个致命伤。

昔班尼失魂落魄地坐在铁恩的尸体前。

火寻零轻蔑地看了哥哥一眼，将目光放到了父亲身上，他脖子上的伤口已经被缝合了，神情安宁，仿佛只是睡着了。火寻零的眼神软了下来，眼眶湿润了，悲伤像狂风一样笼罩着她的心灵。

火寻零跪在铁恩面前替他祈福，昔班尼见妹妹这副样子，也挪着身子跪到火寻零身边。两人开始祷告，再没有离开过。

但到了黄昏，蒲车洲使团中有六人以回家报信的名义，想要离开罗火洲。昔班尼和火寻零就藏在队伍中，并强闯了关卡。

跪在铁恩尸体前的只是两个替身，他们趁下人不注意早就完成了替换。

出了罗火洲，他们飞速赶路。阿鹿桓的人没能追上他们。

三天后，昔班尼终于受不了了。

"休息一下吧。"他发出一声呻吟，"我们已经走了整整三天了，夜也深了，休息一下吧，我腿上的皮都快磨没了。"

火寻零自己也疲惫不堪，她看了看其他人，示意大家停下来。众人下了骆驼，裹上毯子，不一会儿就发出阵阵鼾声。

但安静没多久，又起了骚乱。引起骚乱的正是火寻零和昔班尼。

"走廊上有护卫，门窗都关着，屋里只有你和父亲。"火寻零说道。

"你这是什么意思？"昔班尼不满道。他本来想早点休息，结果却遭到了妹妹的诘问，心头生出一股怒火，恶狠狠地瞪着火寻零。

"哥哥，你是父亲唯一的儿子，可他却不怎么喜欢你。"火寻零冷冷地说道。

昔班尼道："父亲一直将我带在身边，我宁可死的是我，也不想父亲出事。"昔班尼反问道，"那你呢？你的丈夫才最可能是凶手。"

"他偏偏最不可能。"火寻零直截了当地说道。

昔班尼发出冷笑："为什么，你宁可相信一个外人而不相信与你血脉相连的亲人？"

火寻零轻蔑地扫了昔班尼一眼，说道："很简单，父亲的死对他来说是一个意外，他心存内疚才会释放我。如果他真的是凶手，那他大可以堂而皇之地将我们杀害，以绝后患。可他没有那么做，所以他是凶手的可能性很低。"

"这也不能说明我杀了父亲。"昔班尼怒道。

"第一，只有你有机会；第二，你也有动机。父亲不喜欢你，他死了，若无其他意外，你就能继承绿洲，同时还能独占宝石的秘密。"火寻零说道，"正因为这点，我丈夫便不会杀死父亲，他选择妥协只是失去了一部分，而现在则是要失去全部，并等着迎接我们的怒火。不要再狡辩了……"火寻零咄咄逼人。

"我没有!"昔班尼涨红了眼睛,猛地起身,想要拔刀。软弱的他想用沉甸甸的兵器为自己的无辜加几分底气。

月色下,火寻零面色一寒,她抽出了细剑,剑身如一道流光。

昔班尼还不及拔刀,便眼见火寻零将细剑直直刺入了自己的胸口。他睁大了眼睛,不敢相信火寻零居然真的下了杀手。

火寻零擦干剑上的血,收剑回鞘,没有再多看自己的哥哥一眼。

昔班尼的尸体直挺挺地倒了下去,血染红了黄沙。

出逃时,火寻零带上的随从,都是她可以信任的。所以火寻零大声宣布道:"我的哥哥昔班尼,死在了逃亡路上,杀他的是阿鹿桓派出的追兵。继续休息,我们明早上路。"

真相就此彻底淹没在黄沙之中。火寻零带着父亲和哥哥的死讯顺利回到家乡,以雷霆手段控制了蒲车洲,成为女领主。

站稳脚跟后,火寻零发布了战书,说她的丈夫沉迷于巫术,与恶魔做了交易,先是囚禁了她,杀害了她的父亲,又在逃亡路上,用巫术害死了昔班尼。

由于阿鹿桓古怪的爱好,他在领主中风评不佳。火寻零靠外交手段和利益成功组织起一支联军,战胜了阿鹿桓。

"这就是我的故事了。"火寻零说道,"全部的真相。"

东方流明从震惊中回过神来。他早就意识到火寻零的崛起之路不简单,但没想到其中会有如此波折。

"为什么要告诉我这些?"东方流明说道,"难道你就不怕我将这些事都说出去吗？"

火寻零轻轻地笑道："反正不会有人相信你，而且……"她的声音突然低了下去，"我在某些人口中可更加卑鄙无耻。"

"可那些不是真相。"东方流明转念一想，"不过你说得对，真相也许并不重要。但你为什么要告诉我这些？"

"也许是因为我想让你了解我。"

火寻零也不知道自己为什么要对东方流明说这些，她只能随意找了个借口。

东方流明抬头看了一眼日头，时间已经不早了："我送你回去吧。"

所有人都在毁灭边缘求生，奋力捕捉快乐的泡沫。

第十一章
所谓伊人

赤特走在集市内，与人群擦肩而过，他腰间的弯刀就像独狼的尾巴垂在一边。

只要没有战争，集市就一直那么热闹，商人兜售着自己的商品，娼妓们露出洁白的胸脯和大腿招揽生意，街道上弥漫着烤肉和美酒的香气，悦耳的歌声阵阵传来。

正是这些嘈杂，提醒每个人，自己还活着，正身处活色生香的人间。

"你们一定要跟着我吗？"赤特转过身对两个部下说道。以往他出来找乐子，只带一个护卫，现在跟了两个，而且还全副武装，在人群中格外醒目，以至于行人都刻意避开了他们。

"现在局势紧张，我们还是跟着您比较好，大人。"赤特的护卫担心地劝说道。

"你们见过妖魔正大光明地出来害人吗？"赤特一挑眉，满不在乎地说道,"再说了,我也不是手无缚鸡之力的人。"他指着其中一个护卫,"你可以回去了,剩下那个换一身不显眼的衣服跟着我。"

换了衣服,减了人数,赤特二人混入了人群,逛起街来。

由于宝石贸易的关系,罗火洲算得上一个热闹的绿洲。战火的影响也在一天天消去,这地方似乎又恢复了繁荣。

赤特买了一包水果,七拐八拐地走进一条小巷的最深处——虽处于阴影之中,却散发着昂贵香料的芬芳,住在里面的人非富即贵。

赤特把水果交给护卫:"你就吃着水果守在外面,我一个人进去。"

赤特一推开门进去,一个人影就扑到了他怀里。

这是赤特的情人,他心底一直念着的人儿。

赤特搂住情人的细腰,低下头,把脸埋入她的胸脯,深深地呼吸,嗅她的体香,仿佛这就是上好的香料,能够让他的心安定下来。他就像猛禽蹿入天空,感觉是回到了家。

"你终于来了。"情人咬着赤特的耳垂。

声音酥酥麻麻地缠绕住赤特的心。

赤特笑道:"没见到你的每一天对我来说都无比漫长。"

他的一双大手在情人曼妙的身体上游走。

情人的手也滑到了赤特的小腹,她的挑逗在赤特体内点起了烈火。赤特喘着粗气,迫不及待地抱起情人,往床铺走去。

经过一个漫长而甜美的吻,当他们分开时,两人的脸已经变得通红。情人挣扎着推开赤特。"让我来。"她说道。

赤特仰面躺在床上,趁这个时间,他喝了半杯酒,为自己的身体降温。

情人坐在他身上，扭动着腰肢，慢慢褪去身上的衣服。

赤特看到了两轮满月，而他全身的血液又沸腾了起来，仿佛要涌向满月。如果他生活在海边的话，他就会明白这是本能的"潮汐"。

赤特的一双大手再度握住她的腰身，灼热的气息喷涌而出，将他们淹没……

温存过后，情人枕在赤特的手臂上，任赤特用指尖玩弄她的发丝。

"你什么时候离开这里？"情人问道。

"不要诅咒我，你应该要我一直留在这里才对。"赤特说道，"你不用担心，我都把你从狐胡洲带到这里了，就会一直照顾你的。"

"可你对她比对我上心多了。"情人有些嫉妒地说道。

"你是说我送她礼物的事情吗？我学乌凌的。"赤特说道，"而且我父亲从来不吝啬于送礼，他征服每一块领地前，总会赠送大量财物以收买或麻痹对方，从不心疼。他对我们说，这些东西终究会回来的。事实上，它们确实很快便作为战利品回到了我们手中。所以，这其实是最不上心、最廉价的投入。"赤特继续说道，"同样，等我成为火寻零的丈夫、罗火洲的主人，那一切就都是我的。你想要什么，我都给你找来。"

情人又问道："你真的不在乎火寻零吗？她可是沙漠之花，听说她美极了。"

赤特听了这话，哈哈笑道："那是个毒蛇一般的女人，她的父亲、兄长、丈夫，所有和她关系密切的人都死了，而且她还大着肚子。哈哈，一朵大着肚子的花，如果她不是拥有两个绿洲，我怎么会对她感兴趣，她又怎么比得上你？说起来，我要感谢我那个蠢哥哥，要不是他放弃了这桩好事，我也不会成为求婚者。这是上天赐给我们的机会，为了我们的未来，我当然要努力，我是为了我们！"

"那么多人都在追求她。"情人还是有些吃醋。

情人的思维总是很奇怪。她们认为，求而不得的才更有吸引力，而一旦被人得到，很快就会产生厌倦。因此，她们心中常怀恐惧。

"那不是追求，而是追逐。一群狼在追逐它们的猎物，一旦追上，就会把她吞噬，没有爱可言。但无论如何，我一定要成为胜利者。现在就只剩下两个求婚者了，我们的人马也都安排妥当了。"赤特眯起眼睛，开始展望未来，"这不会是一场公平的对决，但要诈本就是战争的一部分。"

"战争？"情人问道。

"争夺女人也是战争。等战争结束，我要把你安置到我的宫殿里去，火寻零是我白天的女王，是我的王冠，而你是我夜晚的女王，是我心尖上的肉……等时机成熟，我会把那个杂种推到火里，我们的儿子会成为这里的主人。"赤特如此说道。

他嘴上说着可怕的事情，脸上却浮现出无限柔情。

情人问道："你好像很有自信？"

赤特点了点头，一把抱住情人："我当然有自信，因为我已经准备好解开鸠摩罗被害的谜团了。"

在赤特的要求下，火寻零召集了剩下的求婚者和两位奇术师。但在赤特发言之前，火寻零提到了掘尸的事情。

"前几日发生了一件恶劣的事。"火寻零冷眼扫视着赤特和乌凌,她举起酒杯浅浅饮了一口,"我还以为没有人会去打扰死者的安宁。"

乌凌轻声说道:"如果这个死者不打扰生者,那生者也不会故意寻他的麻烦。"

赤特站了起来,他突然开口道:"这件事,我确实欠考虑了。"

一旁的乌凌惊得张大了嘴,他想不到赤特会突然改变态度。

赤特继续说道:"希望在以后的日子,我能作出弥补。"

"等一等,你一个外人怎么弥补?"乌凌察觉到了不对劲。

赤特得意地笑了笑:"因为我很快就不是外人了。"他又向火寻零说道,"请准许我揭开鸠摩罗被害之谜。"

"可以,开始吧。"火寻零领首。

赤特说道:"那我就开始了。首先在这么短短的时间内,以我浅薄的智慧无法解开所有谜底。"

乌凌发出一声冷笑:"你还算有些自知之明。"

"但是……"赤特没有把乌凌的嘲讽放在眼里,他继续说道,"但要解决一件事并不需要做到那么完美。我的父亲喜欢和孩子玩一个游戏,他会把奖品放进盒子里,然后给盒子加上各种锁和扣,让我们想办法解开来。"

"我猜你是玩得最好的一个?"东方流明问道。

"不,我小时候手不是很灵活。玩得最好的是我哥哥图明。"赤特说道,"但我另一个兄弟对这种游戏也很擅长,他总是第二个完成。"

"想必他的双手也很灵活。"火寻零说道。

"不不,他的手比我还笨。后来我发现了他的秘密,那就是他从不费力去解开那些东西。"赤特说道,"他只解开包着盒子的几个锁扣,然后直接把盒子的底卸下来。他怕自己完成得太快被人怀疑,所以才总当第二个。从此,我就明白,解开谜题有很多种方法,作弊也是其中之一。"

"好了,我们懂你的意思了,快开始吧。"乌凌催促道,他不想听赤特说这些童年趣事。

"那就从鸠摩罗的死开始——他在自己的房间消失,然后出现在密室当中。"赤特说道,"我解开了密室。"

"是不是和傀儡有关?"风擎子突然问道。

"对,傀儡是关键元素之一。"赤特说道,"第一个密室其实不难。鸠摩罗的房间在四层,他的尸体被发现在三层,中间隔了很长一段距离,但不是无法逾越的。因为两个房间恰好在楼层的两个角上。"

罗火洲的宫殿原来是"凵"形的,由于战火坍塌了一部分,现在是"L"形的。而那两个房间刚好在两角。

"我们可以看到,两个地方都有窗户。鸠摩罗房间的窗户还没有被锁上,因此算不上真正的密室。我们从头讲起。凶手先是埋伏在鸠摩罗屋内,一直等鸠摩罗一个人独处的时候才出手。凶手迷晕或者打晕了鸠摩罗,然后将鸠摩罗运到了三层的房间里。"

乌凌说道:"但凶手怎么运呢?你还是没说到重点。"

火寻零略一思索,意识到了关键,她试探地说道:"是高低差。"

赤特对火寻零点了点头:"没错,靠的就是窗户和高低差。凶手事先系好了绳索，一端在鸠摩罗房间，一端在三层的房间。不过，鸠摩罗房间内的固定点不好找。"

"那把凳子。"东方流明说道。

"没错，就是那把凳子——外室靠窗的凳子。"赤特说道。

"凳子比窗口大，刚好可以卡在窗户前。凶手将绳子一头绑在凳子上。"风擎子一拍脑袋，"对不起，我不小心说错了，考虑到油渍，凶手应该是将绳索一头绕过凳子，形成一个环。鸠摩罗就被绑在绳环上，一点点地被运到了三层。然后凶手本人再靠绳环爬到三层，最后将绳环割断，拉回绳子，油其实是一种润滑剂。"

乌凌有些怀疑地问道："这真的能实现吗？"

"应该可以，利用高低差能节省不少力气，普通人就能做到。"东方流明说道。

"所以说凶手是什么人？"火寻零问。

赤特微微摇了摇头："很可惜，光凭这点还不能确定凶手，请让我继续说下去。第二个密室就更简单了。在座不少人都看过琴师表演，琴师一共能演奏七首乐曲，但它从没有在一曲未完时转而演奏另一支曲子，所以我猜测它只能从头到尾演奏曲子。"

火寻零开口道："你的猜测是对的。"

"那就说明在我们闯入前，琴师已经弹过一部分曲子了。"赤特说道，"我记得风擎子和东方先生在沙地上发现了一些棍子，那可能是传动装置的一部分。凶手先把三层房间的窗户关上，布置好大部分的装置，然后启动琴师再离开。他利用琴师演奏时的动作，将最后的零件推到相应的位置。于是门就从里面被抵上了，而琴师的动作也被卡死了。直到我们前来，撞开大门，撞击让门后的装置散架，琴师也重新开始活动。于是我们一开门就刚好听到一曲的高潮。那可不是琴师为了欢迎我们而奏响的乐曲。"

"这么复杂的计划能成功吗？"乌凌问道。

赤特解释道："只要设计巧妙还是可能成功的，而且如果一次失败，门没有被抵住，那凶手还可以再尝试一次。他只要在我们发现之前完成这个布置就可以了。让我多尝试几次，我也可能做到。"

杀害鸠摩罗的依旧是人，而不是什么亡灵或者傀儡。

赤特接着说道："凶手善于利用一切工具，构造出看似不可能的事件。除开密室的琴师，凶手还用了另一种奇术，那就是冰。"

众人的目光都汇聚到了风擎子身上，毕竟他是第一个在沙漠中造冰的人。

风擎子今天似乎不在状态，他甚至没有发现大家都在看他。

赤特解释道："不，我当然不会认为风擎子是凶手。由于他的慷慨，罗火洲的很多人都知道了造冰法，这使凶手可以利用冰来犯罪。"赤特接着说道，"和沙漠里的绝大部分人一样，一开始我并不懂冰。但绿洲之中有不少旅人，我就向他们请教了有关冰的知识。世界真是广阔啊，离得越远，我越觉得我们仿佛不在同一个世界。沙漠中，我们要保存食物，往往需要风干或者用盐腌制。食物会变形，变得皱巴巴的，但从北方来的旅人告诉我，在他家乡每到冬天……嗯，'冬天'也是个新词语，沙漠之中就没有冬天。"

沙漠没有四季，这不得不说是个遗憾。

"他家乡每到冬天，河流就会结冰，天上就会飘雪。他们打来的猎物，不需要做任何处理，只要埋在雪地里或者冻在冰里，就不会腐烂，甚至连口感都不会有变化。所以我有个大胆的假设——低温能减缓尸体的变化，让我们判断失误。"赤特说。

"这真的有效吗，你尝试过吗？"火寻零问他。

"没有，但我还听他说过另一件事。他说有一年冬天，他的一位同乡进山之后再也没有回来，等到第二年开春，尸体才被发现。原来那个同乡失足落水，溺死后被冻在了冰里，等开春冰化了，尸体才漂出来。单看尸体的状况就像刚死了几天一样。在沙漠之中，我们判断死亡时间的依据是死者眼球的变化和尸斑，而这些正好能被低温影响。所以我们都被骗了，我们错估了鸠摩罗真实的死亡时间。早在十四时之前，凶手就杀害了鸠摩罗，并用某种方式把鸠摩罗运走，并用冰保存尸体。"赤特道。

"接下来呢？"火寻零问。

"低温减缓了尸体的变化，冰也会慢慢融化，消失得无影无踪。现场铺满黄沙不是没有理由的。黄沙有很多作用，它可以用于计时，用于打磨器皿，用于清洁。当然，它们还可以消灭一些痕迹，冰融化之后是水，凶手为了不在地上留下明显的水渍，就铺满了黄沙，利用黄沙吸收水分。待水分蒸发后，就不会留下任何痕迹了。"赤特道。

"冰封尸体，确实是个有趣的做法。"东方流明说道，"用冰来误导死亡时间也似乎是可行的。"

"这样的话，重新再看一些人的不在场证明就完全不同了，是不是，乌凌殿下？"赤特抬手指向乌凌，"上午，只有你没有不在场证明。"

"不对，我有证明。"乌凌的面色更加白了，他辩解道，"我的仆人能证明我在房内睡觉。"

"自己的仆人作证，这个可信度可不高。"赤特说道，"他们都是你的人，没有外人能证明你真的在睡觉。"

"怎么可能是我，我是无辜的，相信我。"乌凌辩解道。

赤特大声道："别说了，就是你。"

"你根本就没有证据……"乌凌仍旧不肯承认。

风擎子被他们的争论惊得回过神来。

火寻零问道："风擎子，你为什么不发表一下看法呢？"

风擎子一脸茫然："什么看法？我刚才走神了，没注意到你们在说什么。"

东方流明无奈之下只能复述了一遍赤特的推理。

"我觉得有点问题。"风擎子摇了摇头，"我不否认在沙漠中用冰是个好点子，但可行性并不高。你制过冰吗？"

"没有，我没有实际制造过冰，只知道做法。"赤特如实说道。

风擎子叹了一口气："所以你们只是普通人，而不是奇术师。就算我把秘密告诉你们，你们也无法领会它的一丝一毫。你只知道硝石溶于水吸热能够制造冰，但不知道制造的过程有多艰难。懂得理论和实际操作是两件事，好比一顿美餐，你知道需要用火烹调，但给你原料和火种，你能做出来吗？在沙漠之中造一块冰，具体的步骤，你们有研究过吗？"

"这、这……"赤特脸有些发红。

大漠奇闻录 165

"如果没有大量的硝石是不可能制造出足量的冰的。"风擎子说道，"此前，我已经把罗火洲的硝石都收集过来了。凶手想制造出把鸠摩罗尸体冻住的冰，几乎是不可能的。"

"那么凶手不能用碎冰吗？"东方流明提出他的看法，"这样难度会低一点。"

风擎子白了东方流明一眼："在沙漠这种环境中，冰很容易融化，碎冰更是如此，无法长时间保存。而且制冰也需要一间制冰室，需要隔绝外界的热气。乌凌作为客人，无力在这里布置制冰室，而制成冰再运进来，又要考虑隔热、保存的问题。鸠摩罗出事那天，城堡的守卫可曾看到有人带着包裹多次进出，或者多人拿着东西短时间内进出的情况吗？据我所知，没有这样的事情。"

"所以说，我错了？"赤特道。

"在我看来，你的推理是错误的。"风擎子说道。

乌凌立即说道："他的推理当然是错的！"

赤特指出乌凌是凶手，乌凌当然不会认同他的推理。

"你可能真的错了。"

随后是火寻零，跟着是东方流明。他们都没认同赤特最后的推理。

看到全员否定，赤特也不再挣扎了，他低下了头，承认了自己的失败。

调查只能继续。

赤特和乌凌想尽了一切办法，但案件还是没有一点进展。

罗火洲中的其他事务倒是和之前一样，乌凌还是在夜间为火寻零演奏乐曲，只是他来来回回都是那几首曲子，让人倍感乏味。

火寻零也还会在晚上悄悄溜出来，听东方的来客谈起远方的事情。

不过今晚，东方流明带了些东西过来。他在月色下提着篮子，坐到了火寻零身边。

东方流明说道："我从风擎子那里拿来了一些冰，不得不承认，比起奇术师，他更加适合做一个厨师。光凭这个，他就可以名留青史。"

东方流明从篮子里拿出一个容器，看起来是个木匣，打开木匣，里面还有一个小匣子，冒着寒气。小匣子里是两个小碗，还有两个汤匙，碗内是白色的云状物。

"这是什么？"火寻零好奇地问道。她第一次见到这种东西。

"风擎子用牛奶、果汁和蜜糖做的，又冰又凉。"东方流明说道。

"它有些像白云。"火寻零点评道。

"你可以尝尝。"东方流明一边说着，一边拿起其中一个碗，吃了起来。他闭着眼睛像是在享受。

"如果靠美食就能让人名留青史，那史书上最多的应该是厨师。"火寻零反驳道。

可当火寻零拿起碗，用汤匙舀了一点送进嘴里时，她惊讶地说道："天啊，怎么这么好吃！你说得对，这东西绝对可以让他名留青史，这比面还出乎我的意料。这叫什么？"

"比起云，它更像是雪，而且是一种糕点，我觉得可以叫作'雪糕'。"东方流明说道。

大漠奇闻录 167

火寻零不断地往嘴里送雪糕。"不行,我有点头晕。"她睁大了眼睛,吃惊道,"你该不是下了什么药吧!"

东方流明笑了起来,说道:"是你吃得太快了。"

"哈哈,它太好吃了,我忍不住就吃快了点。"火寻零发出一串银铃般的笑声。

"我还以为你会排斥这个。"东方流明说道。

"为什么?"火寻零歪着头问道。

东方流明说道:"因为赤特不是提到用冰来保存尸体吗?尸体总是会让人反胃。"

"这又有什么关系,有些人用冰来构思杀人法,有些人用它做美食。冰只是冰而已。"火寻零说道,"不过你们东方人的确对美食有着丰富的想象力。你以前吃过这个吗?"

"我吃过类似的。"东方流明回答道。

"是什么?"火寻零好奇地问道。

"你不会想知道的。"

火寻零笑着道:"说说吧,我想知道。难道这是你的秘密吗,我可把我的秘密都告诉你了。"

很奇怪,黑色的秘密并没有拉开两个人之间的距离。

"其实真的没什么。"东方流明露出一个苦笑,"在冬天最冷的那几天,白色的雪就会从天而降,覆盖大地,到处都是。当我还是孩子时,我的日子并不好过。我至今还记得饥饿的滋味,像是无数的蚂蚁在你骨头上爬,空虚难挨,让你把能找到的东西都塞进嘴里。饥饿的孩童当然不会放过新雪,我们会把新雪捏成饭团的样子,再撒上盐。"

火寻零问道："但雪和冰一样都是水，会饱吗？"

"不能啊，只是用咸味和寒冷欺骗自己的肠胃，让自己好受点罢了。"东方流明说道，"有一次，我不小心吃多了'雪饭团'，它们吸干了我体内的热量，我整个人冷得就像块冰，那滋味太可怕了。"

"风擎子曾提到过你的姓氏，你难道不是贵族吗？"

"出身高贵和生活困苦并不相悖。在战争中，什么都可能发生。前一日，你还住在大宅之中，起居都有人服侍；后一日，爱你的人便可能死在兵刃下，你的人头也成了明码标价的东西，只能东躲西藏……"东方流明说道。

"对不起，我不该提这个。"火寻零试着转移话题，"谈谈你的姓名吧，风擎子说过，你是伏羲氏的子孙。"

"嗯，伏羲是上古的贤者，传下东方这个姓氏。而我的名，我并不知道它的含义。在我家乡只要是有名者，他的名字必有意义，这里面藏着双亲对他的期望和祝愿。但我的双亲过世得早，我无法确认自己名字的含义。过了很多年，在一场大战后，我趁着君主与他的将军在帐内庆功的机会，偷偷溜了出来看星星。你猜我看到了什么？"

"什么？"火寻零问道。

"深邃空明的夜空中，划过了一颗流星。它像火花点燃了我的眼睛，我在想，如果多几颗会不会更美。"东方流明摇了摇头，"这根本就不用想，漫天流火，一定会更美，就像春日的花田。我一边

大漠奇闻录　169

这样想着,一边取来了两个火把。"

在此时此地,东方流明也站了起来,手里拿了两个火把。

"你想干什么?"火寻零好奇地问。

东方流明用行动回答了火寻零的提问,他让两个火把相互摩擦,火星纷纷下落,就像一场火焰的"雨"。

"我想这就是'流明',这就是我,流动着的光。"他的眼睛映射出火光。

火星落下,还未来得及着地,就消失不见,却留下了美丽的身影。

火寻零感叹道:"真美啊,我很喜欢这个解释。你刚才提到的君主,就是让你来这儿的人吗?"

"不是他的命令,是我自愿来此的。"

"之前,我曾问你,你的目的是什么。"火寻零说,"现在你能告诉我更多的事情吗?我只是对你好奇而已。"

东方流明迎着火寻零的目光,眼睛发亮:"我记得那时候风擎子说了他的目的,还有如梦一般的理想,他想要太阳永不下落。而我的理想,"东方流明低沉但坚定地说道,"则是将破碎的大地连起来,消除你我之分。并在大地四方筑起城墙,将猛兽隔绝在外,所有人都住在城墙后面,不用惧怕野兽的袭击,城内房子像鱼鳞一样排列,人人有家,孩子们不再流浪……到了那时候,我们会疏通河道,让洪水不再泛滥,再挖出干净的水井,供所有人饮用。我们还会铺设四通八达的道路,驾着马,哪儿都能去。世界紧密地连接在一起,人们不会再相互憎恨。我们会把更多人纳入'我们'当中。"

"听起来这是一场艰苦的战争。"火寻零说道。

据她所知，所有的融合都需要战争。

东方流明说道："会有不少痛苦和鲜血，但变革就是这样的，牺牲总是在所难免。"

"对，牺牲总是难免的。"火寻零并不讨厌这样的话题，"至少你的梦是美的，只是路途太险恶了。"

东方流明感慨道："路都是靠人走出来的。"

东方的战争和沙漠的几乎是两回事，它们有着截然不同的特点。在深夜谈论太多有关杀戮的话题会影响睡眠，现在夜也深了，火寻零从地面草叶上蘸取了一滴夜露，看着它像颗宝石般落在自己的手上。她说道："来吧，再念些什么，就像此前你在车上给我念的，作为今夜的终点。"

东方流明沉思片刻，从脑海中找出了一首长诗。

蒹葭苍苍，白露为霜。所谓伊人，在水一方。
溯洄从之，道阻且长。溯游从之，宛在水中央。
蒹葭萋萋，白露未晞。所谓伊人，在水之湄。
溯洄从之，道阻且跻。溯游从之，宛在水中坻。
蒹葭采采，白露未已。所谓伊人，在水之涘。
溯洄从之，道阻且右。溯游从之，宛在水中沚。

"我能感受到韵律之美，但还是需要你的翻译。"火寻零说道。

"这首比之前的要复杂一点，它讲了一名男子对一位女子一见钟情，却无法靠近，女子在河的另一侧，让他不知该如何是好。"

"河的另一侧,听起来并不远。"火寻零评价道,"如果真想靠近,总有办法能做到的吧。"

东方流明对火寻零的评论,没有提出反驳。

这一夜就此终了。

东方流明最后也没有说出口,有些距离是永远也不可能越过的。

第十二章
于黑暗中寻找光明

关于死亡,赤特想过很多,他小时候不得父亲喜爱,只有一位老妪照顾他。那时,躺在坚硬床板上的小赤特,曾无数次幻想过自己的死亡。

也许是一次风寒,他由于缺医少药,死在角落;也许是一次不大不小的过错,没人知道他高贵的身份,或知道他不受宠爱,而肆意欺凌他,导致他惨死;也许他在野外被毒蛇咬伤,来不及救治就在毒素的折磨下死去;也许他登高时不小心失足重重摔下,成了一摊烂泥……

在他那么多想象中,困在火中化作灰烬,是最不堪最苦痛的死法之一。

可他偏偏躺在火焰之中离开了世界。

上午,赤特的房间起火了,浓烟从大门的间隙冒出来,在外面的仆人察觉之后,立刻叫来了巡逻的护卫。门没闩上,他们很容易就闯了进去。

赤特的床燃起熊熊大火，出于舒适的考虑，床上铺了大量的织物。狰狞的火舌包裹着赤特的身体，而愈发高涨的火焰开始舔舐天花板。

沙漠中空气干燥，城堡虽是石质的，但还有不少易燃的东西。如果救火不及时，火焰会吞没周边的一切。

仆人们用水和沙子及时扑灭了大火，遭难的只有赤特的大床和旁边的一些柜子、凳子。

但也已是一片狼藉。尸体被烧得面目全非，还被倒上了沙子。

赤特的床上有两具尸体。由于最近的案子，赤特不敢一个人睡在城堡中，所以屋内常伴有一个奴仆。凶手也许是为了方便，将他们两人的尸体堆到了一起焚烧。

火灾的消息就像长了翅膀一样飞速传播。

很快，该到的人都赶来了。

不对，风擎子没来，只来了季拓。

据季拓所说，风擎子是真的忙于奇术无法出席。

东方流明代替风擎子验了尸，尽管两具尸体都经过焚烧，但尸体上还是留下了一些线索。

"刀口和安叱奴的案子一样，都是从下往上刺入的。"

东方流明撬开尸体的嘴巴说道："气管内没有烟灰、炭末附着。应该是死后焚尸。"

如果死者是在死前遭遇大火，由于呼吸的作用，在尸体的口、鼻、咽喉、气管内应该可以见到烟灰、炭末。但赤特和他的仆人都没有。

"但是尸体呈斗拳状。"一旁的宫廷医生提醒道。

"这确实是烧死的一大征象,但无论是生前被烧死还是死后焚尸,都可能出现斗拳状姿势。你多烤些野味就明白了。"东方流明说道。

"能判断出死亡时间吗?"火寻零问道。

东方流明摇了摇头。

死亡时间是最难确定的,尸体被火烧过,而他们判断死亡时间的方式是看尸斑和尸僵,高温把它们都毁掉了。

判断一块焦煳的肉是否新鲜确实有些强人所难。

现在,他们只知道赤特是昨晚二十一时睡觉的,平时他会在八时左右起床洗漱。

由于他有贴身仆人伺候,所以其他仆人也没有前去服侍,哪知道竟发生了火灾。

最重要的一点是,火灾发生前的一段时间内,没有任何人接近过赤特的房间。

乌凌说道:"所以凶手可能是在深夜犯案的,那时赤特已经睡了,他的奴仆也在打瞌睡,凶手趁机杀了他们。"

"那为什么上午才起火?这又是一个密室。"东方流明打开窗户,检查了一下,发现内窗上了锁。

沙漠内的建筑几乎没有防水的要求,一般会设计成两面窗,以兼顾防风和遮阳:关上外窗,能隔绝热气,但多少还能透进一些阳光;关上内窗,才会将光线完全阻隔。

赤特的房间恰好是有内外窗的。

"门窗上锁,然后没人靠近吗?"火寻零苦思。

看来这又是一个棘手的案子。

东方流明问道:"现在能确定真的没有人接近吗?"

火寻零说道:"能。"

起火是由守在门外的仆人发现的,赤特有起床气,如果仆人稍有过错,他就会借机大发雷霆,所以仆人们都会提早半个小时,准备好东西等在门口。

"半个小时内没有人进出,然后突然起火,这确实又是一个密室。之前有蓝色、黄色密室,这回的密室又是什么颜色呢?"东方流明皱起了眉头,"四周都被熏黑了,门窗紧闭,那姑且称之为黑色密室吧。凶手一向喜欢故弄玄虚。"

"对,这个凶手很喜欢故弄玄虚,不单是设置密室,你们看看墙上和地面上。"乌凌指着墙说道。

房间的地上和墙上零星散布着一些宝石,其中粘在墙上的宝石和黄金吸引了众人的目光。把它们连在一起,便会成为一行文字:

复仇是我唯一的动力。

"这是之前安叱奴房间里消失的宝石,还有一些是赤特的。"火寻零转头问道,"起火会不会和什么装置有关?"

"有可能,但我没看到什么装置的痕迹,也许是被大火烧了。"东方流明在火场内查看各种灰烬,"没有发现可疑的地方。"

火寻零好像想到了什么,让人将门关上。

屋内变得一片黑暗。

"果然一点亮光都没有。"火寻零叹息道,"看来和阳光也没有关系了。"

众人继续勘查现场,赤特的房间在二层,他的窗户上也装有栏杆,没有人能钻进来。大概是木材质量的关系,加之热风吹拂,内窗上有些开裂。从这些孔洞向外望去,只能看到一片漆黑。内窗的皲裂和外窗的缝隙并不对应,阻拦了外面的光线,也就是说,这确实是一个黑色的密室。

凶手又将黑夜截取了一段存放在这里,再次制造出一个不可思议的谋杀现场。

突然,乌凌提出了一个问题:"我在想,这真的就是赤特的尸体吗?这两具尸体已经被烧得面容模糊了。以前也发生过类似的事情,比如仆人偷了主家的东西,找具身形差不多的尸体,放一把火就潜逃了。"

"从尸体的体型和佩戴的什物上看,两具尸体分别是赤特和他的贴身仆人,当然你说的情况也有可能。但城堡内没有其他人失踪,并且将一具尸体悄无声息地运进城堡也不容易。"火寻零说道。

"若是赤特自己做的呢?可能他自己提前准备了替身……"乌凌道。

"那么赤特的动机是什么?他此前一直想娶火寻零,假死的话,不就等同于自动弃权?"东方流明说道。

"那么你们认为赤特真的死了?"乌凌道。

众人点了点头。

乌凌苍白的脸上露出一丝欣喜的红晕，他终于放心了，因为现在他是唯一的求婚者，将注定是火寻零的丈夫。

他没想到自己会通过这样的方式获得胜利。

"那真是太遗憾了，赤特殿下其实是一位不错的对手。我要向他送上我的哀悼。"乌凌转过身，惺惺作态地对火寻零说道，"那么筛选求婚者的事情都结束了吧？"

火寻零摇了摇头。

"什么，我不是已经赢了吗？我是胜利者！"乌凌注意到自己的语气不妥，立刻道歉，"对不起，我有些激动了。"

"就现在这个状况来说，你还只是幸存者，那四个挑战还未结束，等它们结束，你才是胜利者。"火寻零说道。

乌凌道："这是不是有些浪费时间了？不过是个过场，我们完全可以省略。"

"这不是浪费时间。你应该明白，还有两具机巧傀儡没有出现。还记得棋盘上的棋子吗？四具傀儡可能正对应着你们四位求婚者，就算弈棋者作为坐偶没有行动能力，无法杀人，三个现场也该留有三具傀儡，舞姬和琴师已经出现了。那杀伤力最大的武士呢？"

乌凌瞪大了眼睛，他终于记起了这件重要的事情："现场没有发现武士吗？"

"没有。"火寻零说道，"它没出现，代表行凶还会继续。你是希望我先嫁给你，然后再次成为寡妇吗？"

乌凌的脸色转阴了。

"我们需要时间调查，最好能消除这个隐患。而且你是最后的得益者，在没有证实你与这些谋杀无关前，恐怕你还得不到自己想要的。"火寻零说道。

"我问心无愧，我不是凶手。"乌凌道，"按你说的来吧。"

过了几日，火寻零发布了她给求婚者的第四个，也就是最后一个挑战——在一个月内，找出杀害赤特的凶手。

但乌凌已经不再调查了。也许是惧怕傀儡的复仇，他整天窝在房间里，也再没有充当夜莺在火寻零窗下弹琴。

也许真相并不重要，结果才是最重要的。几十年后，史书上只会记载乌凌在四个求婚者中脱颖而出，成为火寻零的丈夫，并带领罗火洲走向繁荣。其余一切都会灰飞烟灭。

在前几个案件中活跃的风擎子也安静了下来。随着研究的深入，风擎子更在意奇术背后的真相。

风擎子挠了挠自己的脑袋，他杂草似的头发比以往更加凌乱。

"季拓，你就不能告诉我更多的东西吗？"风擎子哀求道。

"不能了。"季拓冷冷道。

"我给了你这么多好吃的！"风擎子痛心地说道，"我还偷偷打开了你的镣铐，让你能在我这儿自由行动！"

季拓还是摇头。

"说吧，你还要什么？"风擎子苦苦哀求道，"我甚至可以去杀求婚者。"

季拓再次解释道："我都说了'不能'，不是'不愿'。我只是一个管家,又不是奇术师,实在不明白那些东西,也没记住什么东西。"

风擎子的老毛病又犯了,他的双眼开始流血。

季拓赶紧翻出一条干净的毛巾,让他擦干脸上的血痕。

风擎子一边哭一边认命,他已经收集到了足够多的线索,比如奇怪的药水、扭曲的金属丝、死光的目击证词……

阿鹿桓的羊皮卷上甚至还留有他的研究方法:

一、永远不接受任何自己不清楚的真理,只要没有经过自己切身体会的问题,不管有什么权威的结论,都可以怀疑;

二、可以将要研究的复杂问题,尽量分解为多个比较简单的小问题,一个一个地分开解决;

三、将这些小问题从简单到复杂排列,先从容易解决的问题着手;

四、将所有问题解决后,再综合起来检验,看是否完全,是否将问题彻底解决。

有了这些,理论上风擎子可以继续深入研究了。但风擎子的研究满是枯燥的实验,不时的狂笑和叹息,还有无数的呓语……

与其讲述这些,倒不如再回到阿鹿桓身上。

这是阿鹿桓的世界,也是阿鹿桓的故事。

第十三章
阿鹿桓与弈棋者

"真想拆开你的脑子看看。"阿鹿桓对弈棋者说道。

"如果你想杀我的话,尽可如此。"弈棋者写道。

阿鹿桓也只是随口一说,他才不愿冒险毁掉弈棋者。破坏一个出色的大脑,无论在什么时候都是一种罪行,哪怕这颗脑袋不是神造,而是人造的。

奇术师和傀儡的故事有很多,其中一些讲述的就是有人出于好奇打开机巧傀儡,在打开的一瞬间,傀儡所有零件都掉了出来。无数的齿轮和管线,除了它的创造者,没人能理解它们的作用。不,或许连创造者也忘记了它们的作用,就像神造人,也只用最简单的元素,在这里摆上心,在这里塞上胃,又在这里挂一个肾,最后吹了一口气。神也没有想到这些小小的造物能做出那么多事。制造傀儡也是一样的,当一个机巧傀儡完成,它已获得自己的独特性,倘若它有心,那它可以解析自己,但倘若它没有心,那就没人能理解它了。

但是，也有人说这不过是奇术师的阴谋，只有用特殊的手段才能打开机巧傀儡，不然它就会自毁，以此保护奇术师的秘密。

鉴于奇术师喜欢割去助手的舌头，这一说法也有一定可能。

阿鹿桓往弈棋者的头脑里投了几枚宝石，又开始问它问题，测试它的智慧。

"比水重的就浮不起来吗？"

人们认为只有比水轻的才能漂浮在水面上，比如木材，比如羽毛……但阿鹿桓明白这是错误的。

弈棋者反问道："什么是重？"

这个时代中，轻重还未被准确地定义。

阿鹿桓想了想："同样体积下，比水轻的为轻，比水重的为重。"

"回答之前的问题，可以。"

阿鹿桓饶有兴趣地问道："为什么？"

"铜碗。"弈棋者回答。

弈棋者说得没错，铜比水重，但铜碗确实能漂浮在水面上。可见浮还是沉，并不取决于重量，而是由其他因素主导。远方的贤者在不久前提出了一则定律。一月前，阿鹿桓阅读珍贵的羊皮卷时才看到，并赞叹不已。

一个机巧傀儡从哪儿得到的这些知识呢？

"你能理解铜碗和浮力？"阿鹿桓问道。

"我能。"弈棋者写下了有关浮力的公式。

阿鹿桓终于有了一个可以交流的对象，尽管它只是个傀儡，不，或许是傀儡才好，不像那些有求于他，但又无法理解他，或是害怕他的人。

弈棋者看着眼前这个有些兴奋的男人，心中也泛起了点点涟漪。

弈棋者的名字就是弈棋者，他知道自己是活着的，只不过是以机巧傀儡的方式活着。

比起其他傀儡，弈棋者简直太简陋了，他没有华丽的外表，成不了装饰物，也没有炫目的才艺可以在宴会上展现。

他只会下棋，只会写几个字而已，而且每次最多仅区区十四个字，写不出一首诗或者一个笑话。

阿鹿桓是特殊的，他承认智慧是最昂贵的。

这让弈棋者心动，是啊，弈棋者在其他方面都很糟糕，唯独智慧是举世无双的，再没有第二个机巧傀儡能拥有这个。

在对弈时，阿鹿桓喜欢与弈棋者交谈，并非玩弄玩具一样，让弈棋者单纯地写字，而是真的在与弈棋者交谈，询问一些看法，有关人与神，有关智慧，有关万事万物于冥冥之中遵循的规律。

阿鹿桓脑袋里装了形形色色的东西，像他这样的人，不是天赋异禀，就是精神异常。

近几年，他一心想着解开光的奥秘。

"那时我在总结水的运动，做了很多的实验。"阿鹿桓说道，"起因是我看到水槽中的水波，圆形的水波一圈圈向外扩散，会越来越大，而它在遇到不大的障碍时，会绕过障碍继续传播。"

阿鹿桓又道："出于好奇，我想知道水波越过障碍的能力有多强，于是进行了另一个实验：在水槽中放入了一个有孔的障碍屏，水波通过孔产生了新的水波，而且和原来的水波一样。我将其称之为'水波衍射'。"

"然后呢？"弈棋者问道。

阿鹿桓说道："我又在不改变波源的情况下，将障碍屏的孔从大逐渐调小，可以看到衍射现象越来越明显。那段时间，我可真是做了不少有趣的实验。因此，我又发现了一个现象。我在障碍屏上开多个孔，相当于有数个一模一样的波源，而改变孔之间的距离，能导致两种不同的情况：波与波之间相互干涉，它们相合，水波高度会增加；它们相反，波会抵消。"

"这与光有什么关系？"弈棋者问道。

阿鹿桓走到一边，倒了杯淡酒，喝了下去。回想起当时的情景，阿鹿桓还是不能平静。

"那是个夜晚，我百无聊赖，不知为何，我就想着用光源代替波源试试，于是，我在一顶帐篷中进行了类似的实验，你觉得我看到了什么？"

"有些光斑变强了，有些光斑消失了。"弈棋者写下了自己的答案。

"没错，光是什么啊？"阿鹿桓开始在房间里转圈，像在舞蹈，像在发表最动人的演说，"光是一种'波'。光波和水波类似，鱼在水里可能无法察觉到一些水的奥妙，人在光中，也不了解光的奥秘，而我揭开了一角。"

他继续说道："想想我会获得多大的成就，多少人会铭记我的名字，你觉得我现在已经做到了吗？"

"罗火洲的主人，最贤明、慷慨的领主。"弈棋者写道。

"但换了一位领主，你也会这样回答他。"阿鹿桓皱眉道，"我的曾祖父曾是沙漠中最富有的人，他用的所有器皿都由赤金打造，甚至连他的居所都被贴上了金箔，可现在谁还记得他？最富有的人常有，而财富不是永恒的，知识才是。"他指着书架上的一份羊皮卷说道，"我确信发现浮力定律的阿基米德，他的名字将永远闪耀，直到人类文明的终结。因此，追逐真相才是真的、善的、美的。"

"我想知道光。"阿鹿桓道。

"水到处都是。光，有黑暗。"弈棋者写道。

"水不是到处都是，这不对。"阿鹿桓道，"不过我明白你的意思，水会流动，会漫得到处都是。但我的傀儡啊，你没看到光的流动性。你发现没有，从来也不存在绝对的黑暗，只要是和外界有接触的地方，我还没见过绝对黑暗的存在。就像现在，屋内没有点灯，阳光透过窗户照射进来，没有被阳光照到的地方也并不是完全的黑暗。"阿鹿桓继续说道，"如同水从高处流到低处，光也遵守一定规则。如无意外，光应该是呈直线的，会衍射绕过障碍，而且中途也还会散射。"

"散射？"弈棋者问。

"就像你抓起一把沙子朝某个方向丢去，少量沙子会落到他处。"阿鹿桓说道。

阿鹿桓的思维又跳到了别处："光蕴含了巨大的力量，仔细想来，神最先创造的就是光，倘若没有光，一切都将凋敝。少时我曾跟随商队，去过东方，那里的气候与沙漠完全不同。这里数年才会有一

大漠奇闻录　185

场大雨，更多时候，我们靠地下水来灌溉。而那里有一个雨季，会接连下雨。如果雨季过长，那么阳光不足，那年就会歉收。植物生长需要足够的光，食草动物以草为食，肉食动物以食草动物为食。由此可知，光是哺育万物的基础，光不足，植物无法正常生长，光过多，就像沙漠，植物也无法生长。生物体内都存在光能，世界是通过光能驱动的。你的造物主是个天才，他说过'能量不会凭空产生'。"

弈棋者写出了自己的猜测："您想利用光能？"

"现在我们对于光能的利用，都过于原始，最简单的当然就是燃烧，通过燃烧将光和热再度释放。不同的物质储存能量的能力不同，所以你会发现有些木材燃烧的效果好，而有些很糟糕。如果我能找到一个更加直接有效的方法来储存、使用光能，那将多么有趣。就在前不久，我得到了一种神秘的药剂……你见过闪电吗，见过它落到地上摧毁一切的样子吗？我搞不明白云层之上到底发生了什么，但闪电确实是我见过的最强的光，云层遮蔽天空，白云渐渐变黑，雨水形成，云层吸收的光在挤压间汇聚，变成高亮的光蛇。雷电，多么可怕的东西。它就是浓缩的光。如果有容器能存储光能，用闪电来传输，再温和地释放出来，那该多么美啊。"

倘若不温和地释放，那就是闪电，是举世无双的利器。

先前已经提到世界上大部分的物质都拥有光能，但如何提取和传输，让阿鹿桓伤透了脑筋，他甚至翻阅记载巫术的典籍，希望能找到一个方法。

然后，那份药方就出现了。

阿鹿桓喜欢一些神神秘秘的东西。他从这些东西里翻出了一卷手记。

手记的主人是名叫伏打的炼金术师，据他所说，在盐水中放入两块不同金属，用金属线连接，就可以得到有趣的现象，最简单的就是发热，如果用手直接触摸金属线，有时还会有刺痛感。

"我试着重复伏打的实验，替换各种金属和溶液。"阿鹿桓道，"我尝试着做多组实验，结果金属线与金属线相触，冒出了极小的闪电，闪电落到我的羊皮卷上引起了一场小火。"

"量变达到质变。"弈棋者写道。

"是的，现在我已经知道从这些普通的物质中可以提取闪电，只要增加伏打组的数量，闪电的力量就会增加，但伏打药水本身能产生的光能很有限，就算数十组在一起……"

"优化配方？"

"没错。"阿鹿桓说道，"这正是我在做的。"

利用光能是一项巨大的工程，阿鹿桓将其分成数个问题来处理，诸如光的保持、传输、压缩、转换……他从药水中找到了唯一一个突破口，自然只能走下去。

阿鹿桓和弈棋者尝试了上百种搭配，终于得到一种比伏打更加有效的配方，将铅和铅合金放入硫酸中，用橡胶分隔两边。

刺啦，刺啦……电光在阿鹿桓手上流转。

二十组铅酸液也就只能达到这种效果。

光能能靠铜传播，酸液和金属能释放出能量，然后呢？

阿鹿桓盯着弈棋者，弈棋者空荡荡的眼睛盯着酸液。

他们都不知道接下来该怎么办。

阿鹿桓发出一声叹息:"算了,你也不过是个傀儡,再来和我下一局棋吧。"

下棋……等等,阿鹿桓恍然大悟:"果然只有你能解决我的问题。"

弈棋者写道:"我只是一个机巧傀儡。"

"你可以告诉我,你们的动力源究竟是什么吗?"阿鹿桓意识到,他想要的能源不就在机巧傀儡之中吗?奇术师将宝石化作了傀儡的驱动力。

"你知道你如何消化食物吗?"

阿鹿桓一愣,他确实不知道自己如何消化食物,又如何从食物中获得能量。阿鹿桓打量着弈棋者,奇术师给了其他机巧傀儡力量和技艺,只有弈棋者得到了智慧。阿鹿桓不打算拆开它,但他还有其他选择。

"我劝你不要想着拆开傀儡。"弈棋者猜到了阿鹿桓的意图。

"为什么?"

"你什么也得不到。"弈棋者答道。

但阿鹿桓不是那么容易放弃的人,舞姬是靠人力驱动的,那就只有琴师和武士可供选择了。阿鹿桓唤来仆人,让他把琴师带来。

"我劝你不要。"弈棋者再次写道。

"你是在同情它吗?它是你的同类,也许你们会在深夜用傀儡的方式交谈。"

"我没有同类。"弈棋者道。

弈棋者是孤独的。

阿鹿桓没再理会弈棋者，琴师已经被送来了。阿鹿桓挑出趁手的工具，蹲到琴师面前。他握着工具，小心翼翼。

阿鹿桓只需要一点灵感，他不会完全拆开琴师，只是窥探下它的动力源罢了。

只是无论阿鹿桓怎么小心，他都注定无功而返，他仅仅撬开了一条缝，便触发了奇术师预设的机关，里面的东西弹射出来，落了一地。和传说一样，是无数的齿轮、铁片……

"这下惨了，我该怎么向奇术师解释呢？"阿鹿桓挠着头说道。

"劝你不要拆第二具。"弈棋者奉劝道。

"我应该听你的，我的朋友。"阿鹿桓叹了一口气，"再说，动能和光能还差着一段路呢。"

阿鹿桓苦恼了很久。

他只能继续尝试，用各种各样奇怪的方法。然后，他无意中发现了一个现象。

因为实验使用了大量的金属线，整理是件很麻烦的事，阿鹿桓又不愿意让其他人进来，久而久之，这些金属线——尤其是铜丝，都绕在了一起，就算解开，也不直了。正是这一圈圈绕在一起的铜丝在实验中吸引了铁粒。

一开始，阿鹿桓还以为是脏物让铁粒沾到了铜丝上，但当他试着拿走铁粒时，却发现它们被一种无形的力量抓住了。

阿鹿桓将这个现象告诉了弈棋者。弈棋者提醒阿鹿桓，那股力量是磁力。

对磁力,阿鹿桓并不陌生,在奇迹室内就有几块磁石。磁石外形上和普通石头差不多,但拥有吸引金属的能力,不过只限于黑铁。

"那么这是怎么一回事?"阿鹿桓重复了多次实验,他发现只有弯曲的铜丝才能做到。

弈棋者只能这样解释:"光在铜丝当中产生了磁力。"

一种能量可以有多种表现,而不同的力量在特定条件下也能转化。

"那为什么铜丝必须是弯曲的?"

"冥冥中有规律。"但弈棋者还没找出这个规律。

"我在想能否逆转这个过程,磁力可比药水持久。"阿鹿桓说道。

药水里的能量很快就会被用尽,但是磁石……据说一块磁石能保持百年的磁力。通过磁力获取光能,比药剂有效得多。

弈棋者和阿鹿桓陷入了思考。

他们的思考还未产生任何结果,绿洲就发生了一件大事——火寻零被抓了。

阿鹿桓的命运之轮飞速转动,铁恩身死,火寻零逃脱,然后携大军准备攻打罗火洲。

就在此时,阿鹿桓的奇迹室里一件无与伦比的造物终于露出了雏形。

阿鹿桓和弈棋者终于发现,铜丝经过磁铁附近做规则运动时,铜丝内就会产生能量,那种能量就是阿鹿桓一直在寻找的东西。而将大量的铜线放在一起,一起运动,那么获得的能量会成倍增加。

虽然阿鹿桓没能看出它的意义,但至少磁力和光能是可以相互转化的，光能难以采集和存储，但磁力几乎是无限的。如果有足够多的磁石，让多余的人力去移动铜丝，那么光能便会源源不绝。

阿鹿桓制作了简单的机械，让他能在磁石附近一次移动四百五十根铜丝，这将近五百根的铜丝已经能稳定地制造出小小的火花了。

不同于火焰的火花，它是洁白的，正如同浓缩的光，到达上千根之后，这股力量已相当可观，足够杀死一些小动物。

那个时候，阿鹿桓还没意识到这个发现对战争会起到多大的作用。

他离开奇迹室，试图用传统的方法解决战争。

第十四章
跨越时代的奔雷

军事是每位领主的必修课，阿鹿桓在这件事上的反应有些迟钝，可在火寻零逃离后，他也明白将发生什么。从那天起，他开始了战争的准备。

阿鹿桓知道只要成功抵御一次，获得一次胜利，那和平自会到来。毕竟沙漠中不适合进行大规模、频繁的战争。

火寻零的军队是联军的核心，所以重点就在于击溃火寻零。

一场偷袭无疑是最好的选择。赶在联军尚未汇合之前，阿鹿桓的一支劲旅将被安排在火寻零军队的必经之路上，以逸待劳，突然发动攻击。

出发日期、行军路线、埋伏地点、带队将领……一桩桩事情都被敲定了。

阿鹿桓在城堡内举行了誓师大会，他与每位士兵交谈，许下了很多关于荣耀和财富的承诺。

然而最后等到的，却是失利的噩耗，仅有五十人逃回了绿洲。

据幸存者所说，他们的偷袭失败了，火寻零的军队早就做好了准备。

阿鹿桓一日仿佛老了三十岁，一下子从中年步入了老年，他的脊梁被打掉了。阿鹿桓回顾这次失败，推测自己身边出现了叛徒，立刻开始了调查。

结果，他查到了奇术师哈桑。

奇术师哈桑背叛了阿鹿桓，他不认为阿鹿桓能抵御联军，于是出卖了阿鹿桓。

受身份制约，哈桑不可能接触到机密，可他住在城堡中，或多或少知道阿鹿桓见了什么人，花了多少时间在会议上。哈桑就将这些信息通过信鸦送到了联军方。对方通过这些信息揣摩阿鹿桓的意图，再综合其他消息，洞悉了阿鹿桓的战略。

哈桑出卖阿鹿桓，只获得了一袋宝石。

阿鹿桓藏在哈桑房内，看着哈桑提着宝石进房，轻轻哼着小调，数着宝石。

"对你来说，这些钱不算什么吧？"阿鹿桓瞧着哈桑的丑态，忍不住说道。

"是谁，谁在那里！"哈桑紧张地问。

阿鹿桓从里屋走出来："你为什么要这样做？"

哈桑被抓个正着，可他还想再狡辩："我刚卖出了一些杂物，收获不错。"

"是吗？我觉得你卖出的不是杂物。"

大漠奇闻录

"怎么会呢？"奇术师道，"尊贵的领主大人。"

"这么多士兵的生命，我觉得一袋宝石实在太吝啬了。如果是我，我会给你四袋宝石，一条人命至少值一颗宝石。"

"我不知道您在说什么。"哈桑努力保持镇静。

"哈桑啊，哈桑，我全都知道了。"阿鹿桓说道，"你应该明白，像我这样的家族内有多少种折磨人的方法。我劝你说实话，这样你还有些许机会从我的怒火下逃生。"阿鹿桓再次发问，"你为什么要这么做？你该得的，我都给你了。"

"因为你什么也不懂。你不懂人心。你毁了我的琴师。"

"我已经向你道歉了，而且我不是已经给你赔偿了吗？"阿鹿桓道，"你也欣然接受了。"

"所以说你什么也不懂。"奇术师哈桑说道，"你在窥探我奇术的奥秘，哪个奇术师能忍受这个？再说，看看你的领地吧，你已经被包围了，而我只是一个旅人，难道因为你喜欢我的作品，就要把我留在这里？我还不想死。"

"你觉得我会输。"阿鹿桓问道。

"至少在我的出卖下，你已经输了，我尊贵的领主。"

"你说的有几分道理，想偷盗你的奇术是我的错，而且你确实不是我的子民，没必要陪葬。我会给你一个特别的审判。"阿鹿桓命人搬来奇术师的机巧武士。

"它的箭术令人惊叹，就由它来决定你的生死吧。"阿鹿桓说道。

机巧武士在阿鹿桓这儿很久了，下人们也知道了机巧武士的操作方法。

阿鹿桓说道："我会让它射一箭，如果它射偏了，你就逃过一劫。"

奇术师额头上沁出了汗珠，他开始后悔，为什么他将武士的命中率设置得那么高。

"等等，我还有一个问题。"哈桑道。

"问吧。"阿鹿桓觉得对临死之人应该仁慈一些。

"是谁出卖了我？"

"这很重要吗？"阿鹿桓问。

哈桑恶狠狠地说道："重要，如果我没死，就可以找他报仇；如果我死了，我也可以在地狱里诅咒他。"

"恐怕要让你失望了，我接到的是匿名信。"阿鹿桓转身离开了。

机巧武士的机关运行起来，发出令人绝望的"咔咔"声。

当箭没入胸口的一刹那，奇术师突然明白是谁举报了他。阿鹿桓精锐尽灭，他能做出的反抗已经有限。联军不再需要一个探子，奇术师失去了意义，这导致接头人可以解决一些私怨了。

什么私怨？

哈桑曾用宝石与他人抢夺过娼妓，那个家伙就是当时的失败者之一……怪不得哈桑在交易时觉得那人有些眼熟。

多么令人感慨，因为一次恶趣味的炫耀，哈桑羞辱了失败者，最后竟致自己失去了性命。

哈桑后悔的还不止这些，他应该悄悄离去，不该出卖阿鹿桓，甚至以他的性格，他根本不该成为一位奇术师。他不该去东方学艺，偷学机巧傀儡的技术，也许这样，他就能平安地度过一生。

大漠奇闻录

奇术师哈桑的尸体被拖走了,但阿鹿桓的心情并没有变好。因为毁灭无法带来解脱,只有解决问题才行。

阿鹿桓回到了奇迹室。

阿鹿桓问弈棋者道:"我的朋友,我用一个你的傀儡兄弟,杀了你的父亲。对此,你有什么想法?"

"没有,不是兄弟,不是父亲。"弈棋者写道。

阿鹿桓摸了摸弈棋者的脑袋。

奇术师没有为弈棋者造出精致的五官,在阿鹿桓看来,这绝对是一个失误。他很想看看弈棋者这时的表情。

阿鹿桓待在自己的城堡当中,垂着头,又叹了会儿气。他说不出自己对这里有多少留念,可自己的东西被强硬地夺走,总不是什么令人愉快的事。

他将失败告知了子民,除了没有根的商旅,绝大多数人还是选择留下来。罗火洲战败后,他们会受到残酷的待遇,却不是绝境。火寻零也会为自己和孩子将来的统治作打算,她不会赶尽杀绝。

唯一被清理的只有阿鹿桓和他的属下。

阿鹿桓正在走向死亡,倘若他再没有其他办法抵御大军的话,他会变成滋养这片土地的"养料"。

他必须尽快完成自己的武器。

阿鹿桓又问弈棋者道:"能告诉我奇术师哈桑的秘密吗?"

"只要不涉及我自身,我可以告诉你。"弈棋者写道,"这花不了多少时间。奇术师哈桑对你说了不止一个谎,比如在书写方面,我没有任何限制。"

"好的，你慢慢写。"阿鹿桓道。

弈棋者不再伪装，他写下一大段解释："舞姬没有什么秘密，动力就是人力，靠着精妙的传动装置起舞。哈桑在琴师和武士上说了谎，它们根本不需要宝石，那只是奇术师敛财的手段。所以你要失望了，你想要的能源或者转换能量的装置从一开始就不存在。你拆开了琴师，掉落的零件就是全部。奇术师用东方锻造的神秘钢条蓄能，他将其称之为发条。某种程度上，这和弓箭是一个原理，人力让弓臂弯曲，然后弓臂一次性将力量释放出来，将箭射向远处。而发条则在逐渐松开的过程中，缓慢、有规律地产生动力，使得里面的齿轮转动，这样机巧傀儡就会依照设计行动了。"

"发条吗？这确实是项跨时代的发明，可以称得上一项奇术。"

阿鹿桓让人搬来了机巧武士，他打开傀儡，这次和上次一样，零件散落了一地，阿鹿桓找到了被称作发条的神奇道具。

他继续问道："那么你？"

"我说过，我不会透露有关我的一切。"弈棋者写道。

"那么我不用再往你的脑袋里丢宝石了吧？"阿鹿桓问道。

"不用丢。"

"让我们继续此前的讨论吧。"阿鹿桓拿出一张羊皮卷，上面画着他对一种机械的构思。

"这是我的'死光'，用人力造出雷电，惩罚入侵者。我需要你的帮助，需要你同我一起完善设计。"

弈棋者看着草图，不由得被上面的奇思妙想所震惊。

"我愿献上绵薄之力。"

大漠奇闻录 197

两颗大脑碰撞在一起产生的效果超越人的想象。他们很快就完成了设计图。在几次简单的实验后，阿鹿桓放弃了外围守备，收拢自己最后的军队，命令他们参与开矿和锻造。

他准备把一切都押在自己的设计上。

大量的磁石和金属被运入罗火洲，成为阿鹿桓伟大构思中的零件。先是在城堡，每个人都拿到一对磁石，被教导如何运用机械在磁石间移动十多根金属丝，而这些金属丝最后都将通往阿鹿桓的大殿。

第一次试验失败了，尽管终端上产生了闪电，但规模只是计算中的若干分之一，阿鹿桓再三检查也没发现故障。

弈棋者提出了他的假设。

"就像水波一样，不同的水波叠加在一起，有些增强，有些抵消。城堡中的仆人只知道努力移动金属丝，彼此的频率不一致，导致大量的能量被抵消了。"

阿鹿桓苦恼道："这样不行，如果连城堡内的人都无法统一行动，那我该怎么让全绿洲的人加入进来？"

"可以商定一个信号。"弈棋者写道。

经弈棋者提醒，阿鹿桓立马想到了一个好主意："我会在城堡高处设置一口大钟，每隔一段时间便敲响一次，他们可以通过钟声来调整自己的速度，让所有人的步调一致。"

随着工程的进行，罗火洲彻底变了一个模样，阿鹿桓的城堡就像一个巨大的脑袋，无数的头发延伸到绿洲各处。

阿鹿桓和弈棋者又进行了几次大规模的实验，效果都不错。

这时，火寻零召集的联军也赶到了，作为一个孕妇，她坐镇后方，准备目睹自己最后、也是最彻底的胜利。

暮色之中，步兵和骑兵方队围住了阿鹿桓的绿洲，远远望去黑蒙蒙的一片，随风飘荡的旗帜下，树立着无数闪着寒光的利刃。

绿洲的城墙虽已做了加固，仍挡不住这些训练有素的士兵。

晚霞在渐渐消失，联军中响起了嘹亮的号声，旗下的士兵如潮水般冲击过来。

阿鹿桓挥舞令旗，守军的弓弩手向外倾泻箭雨。

对方在损失一些士兵后，举起巨盾，在巨盾的掩护下来到城墙边。

守军开始投掷巨木、石块，泼洒滚油，惨叫声响彻夜空。

死神吐着信子，为自己的丰收而欢呼。

阿鹿桓有限的兵力终归守不住城墙，在付出一定伤亡后，联军登上了城墙。

前进者踢开面前的尸体，向前冲去，双眼赤红，发出怒吼。这就是战争，挑起战争的人心中只有自己的欲望，却看不见这些痛苦。

阿鹿桓在高处俯视着战场，己方的抵御越来越弱。阿鹿桓在心中倒数，让敌军再靠近一点，再集中一点。

终于，阿鹿桓觉得时机成熟了。

"打开我的机械！"阿鹿桓下令道。

城堡上方的大钟发出巨响，空气中"嗤嗤"作响，城堡中央像是出现了一个小太阳，向外辐射着不规则的光晕，如同一朵发光、盛开着的花朵。

大漠奇闻录 199

它越来越大,直径从几米变成几十米,于空中不停旋转。

联军还未反应过来,光球中便分出一道闪电,像一把利剑,划破天空,紧接着,闪电发出天崩地裂般的声响,直直打入联军之中。落雷附近的士兵瞬间化作飞灰,空气里弥漫着刺鼻的焦煳味。突如其来的神力打蒙了联军,他们溃散开来,哇哇大叫。如果阿鹿桓的那支军队还在,他就可以下令追击,取得更大的战果。但现在,阿鹿桓只能尝试着在对方脑海中刻下永恒的恐惧。由于不熟悉操作,阿鹿桓前几个落雷基本上都偏离了方向。

幸好,阿鹿桓渐渐掌握了诀窍,落雷的位置也越来越准确。现在只有少部分联军还在继续攻城,他们无疑是精锐中的精锐,视荣耀重于生命。

他们也明白,攻入城堡,杀死阿鹿桓才是最好的方法。但很快,联军的将领下达了撤退的命令,他们躲避着狂轰滥炸的落雷,撤离了战场。

阿鹿桓想要乘胜追击,多削弱一些联军的力量。可光球不稳地闪烁了几下,机械装置忽地着了火,金属丝发出红光,然后一根根断裂开来,"死光"失去了能量源,再也不能激发出闪电。

"这是怎么回事?"阿鹿桓红着眼睛问道。

弈棋者猜测:"应该是铜丝无法长时间承受那么强的力量。"

"尽可能缩短铜丝的长度,加粗直径吧,一定要在对方下一次进攻前,修复'死光'。"阿鹿桓望着撤退的大军说道。

除数百人死于落雷外,联军的伤亡并不大,他们后退了几里,驻扎了下来,没有放弃。

火寻零大概正在稳定军心。阿鹿桓的所作所为已经坐实了火寻零之前对他的指责。讨伐之战彻底向神圣之战转变。在接下来的九天里，火寻零派出的小股军队不时骚扰着罗火洲，在城墙下撒播着领主是恶魔的传言。

阿鹿桓听闻后，露出了苦笑："为什么我会变成恶魔？因为我掌握了超越常人的力量，而他们在我身上看不到神性，于是就认为我投向了黑暗世界。"

多么苍白的推论啊。

"奇术中蕴藏着最绝对、最神圣的自然哲学。大部分奇术师都是渊博而刻苦的探索家，对奇术的效果了然于胸，对一般人来说，这就是巫术。可巫术实为虚无，奇术却是立足于现实。奇术与巫术泾渭分明。"弈棋者又写道，"您是最伟大的奇术师，您将天上的闪电摘了下来。闪电在您手中，好比舞蛇人手里的蛇，举世间，仅有您能做到。"

"可就因为这个，他们将我看作恶魔的化身。"阿鹿桓又安慰自己，"不过，好在胜利者拥有书写历史的权力。"

九日之后，联军再次来袭。

依旧是夜袭，战场上只有零零散散的火把，他们借着夜色隐藏着自己，忽而攻击这里，忽而攻击那里，阿鹿桓只能通过告急声，降下落雷。

当阿鹿桓关注他们时，他们又放弃进攻回到黑暗中，有时佯攻几下，有时又多处一起发动致命的攻击。

阿鹿桓上次的失误让联军意识到，"死光"并不持久，于是他们试图拖延下去，让阿鹿桓最强大的武器失效。

而另一方面，阿鹿桓也做出了应对。联军这个行为意味要派出更多的人手，来发动足够多的进攻，与阿鹿桓的"死光"周旋。但火寻零一直躲在远处，阿鹿桓再次大胆地抽出一支军队，在战局胶着时，向火寻零发动袭击。于是，这就成了一场一对一的赌局，看哪一方先落败，是火寻零所在的营地，还是阿鹿桓的城池。

战斗进行了大半夜，人力有穷，子民们操控机械的手臂已经酸疼无比，阿鹿桓所能调动的雷电，威力已大不如前。不一会儿，绿洲东侧就露出了败势。

阿鹿桓下令让手下弃守城门。

城门被打开了。联军试探几次之后，开始进入罗火洲。阿鹿桓仿佛听到了抽泣声，他的绿洲在哭泣。他启动了作战计划，打开城门，引诱敌军入城，城市的各个角落都射出利箭，刺出长矛，惨烈的巷战拖住了联军的脚步。而这时，城门也被阿鹿桓的手下故意推倒，坍塌的城门堵住了联军的退路。

联军被困在绿洲内。阿鹿桓最后的王牌将突袭火寻零营地，他们冲向目标，试图在最短的时间内攻陷营地。

打倒一个巨人最有效的方法就是捣毁他的脑髓。只要军队的中枢被摧毁，联军也会瓦解。但火寻零的近卫们也超乎寻常的顽强。

两队人马混战在了一起，双方都到了拼死一搏的境地，他们身上背负的远比想象的更多。作为近卫，倘若火寻零出事，他们的家人都将沦为殉葬品，难逃一死。而阿鹿桓的士兵背负的则是故乡的命运，城门已毁，这次出击已经是最后的机会了。

一位年轻的罗火洲士兵身中数箭，却依然向前，最后时刻甚至冲到队友面前，替他们挡住飞箭。每个人眼中的世界都是猩红的，弯刀砍入血肉的触感在手上挥之不去。

身边战友的头颅飞上了夜空，鲜血如喷泉般涌出，身边的人来不及抹去脸上的血污，就投入了下一次的死斗中……

被困在罗火洲中的联军也察觉到了不对劲，越发疯狂地进攻。他们开始在罗火洲内四处放火，让狰狞的大火扫清黑暗中的危险。

阿鹿桓俯视着绿洲，看着它变成地狱。

负责为"死光"供能的平民看到绿洲的陷落，爆发一阵又一阵的骚动。他们只是普通的居民，就算取得了战争的胜利，家园也已被毁。不少人脱离队伍，想赶去救火，结果遭到了血腥的镇压，负责管理平民的士兵砍下几颗人头后，他们才稳定下来，继续为"死光"供能。

火势蔓延开来，大半个罗火洲都陷入了火海。

到最后，双方停止了缠斗，开始往火场外逃生。

灼热的气浪打在阿鹿桓脸上，他抑制不住内心的悲怆，扶着墙慢慢坐了下来。

完了，一切都完了。

这时，弈棋者扯了扯阿鹿桓的衣角，指向远处。

那里的战斗也落下了帷幕，火寻零的营地依旧存在，阿鹿桓的士兵却已经损失殆尽，他们奋战到了最后一刻。

阿鹿桓远眺，隔着火光和夜色，他仿佛看到火寻零摸着微微鼓起的小腹，与他对望。

真的都结束了。

巨大的"死光"在阿鹿桓身后悠悠转动着。它虽然强大，却灭不了这场大火，阿鹿桓只能寄希望于神明。弈棋者一直侍奉在他身后，祈求阿鹿桓的愿望能实现。

奇迹发生了，神灵好似回应了阿鹿桓的祈求。

空气在大火中升温，从而产生上升的气流，还带着绿洲中的水汽。而这个时节正是沙漠中最有可能下雨的时候，加之又是夜晚，水汽正欲凝结。

受到"死光"中逃逸的闪电影响，水汽在放电的条件下，凝结成为水滴与冰晶。一些看似干燥不含水汽的空气突变为云团，量变达成了质变。

空中盘旋着的云层突然下降，低而厚的云渐渐转黑，遮蔽天空，星月无光。

乌云中仿佛困着一群雷兽，它们发狂般地相互角力，如金如玉的犄角猛烈地撞击在一起，在云面上形成一片闪光，部分落下来的就变成了闪电。与阿鹿桓的"死光"相互辉映。

阿鹿桓的城堡最上方被云层和闪电围绕，他和弈棋者虽不明白到底发生了什么，但能意识到这大概与自己有关。原来，他们将真正的闪电引来了。

"真美啊，美是毁灭！"

在这时，阿鹿桓也只能发出由衷的感叹。他并不知道这场火和雷电的盛宴，就像漆黑夜空中的一颗星星，会让各种各样的人如飞蛾扑火一般向此地聚集。

伴随着轰隆一声巨响,倾盆大雨从天际倾泻而下。

云层中,神的雷电越发耀眼,阿鹿桓的雷电却消失了。在实验时,他们就知道"死光"绝不能沾水,大致与水的特性有关。透过水,铜线内的能量被泄得一干二净。

暴雨中,大火渐渐熄灭。

到处是断壁残垣,到处是尸骸,废墟上弥漫着刺鼻的烟火味。幸存者哀号着,等待日出。

没错,旭日将升。

阿鹿桓回过神来,抹掉脸上的污垢。

"我们失败了,走吧,我们该踏上逃亡路了。"阿鹿桓对弈棋者说道。

"逃得了吗?"弈棋者问。

联军一定在外面设下了天罗地网。

"逃得了,我将往北,过两刻之后,你一路向南。"

阿鹿桓要以自己为诱饵,为弈棋者留下一条生路。

"不,我不会逃跑,而且我也不会跑。"弈棋者的双腿是假的,所以他说自己不会跑。

阿鹿桓露出一个苦笑,他敲了敲弈棋者硬邦邦的外壳:"走吧。"

"我将与你一同死去。"弈棋者固执地道。

阿鹿桓道:"他们不会放过我,但他们根本不知道你是谁、你是什么。走吧,不要试图复仇。

"我要你活下来,带着我的秘密去远方。

"去展示我的奇术吧,不要让它失落在风里。

"去传播我的故事吧,不要让我的名字湮灭。

"不要让我作为魔鬼死去。等时间流逝,让后人给我一个公正的评价!"

阿鹿桓低头凝视着弈棋者,仿佛要通过凝视,将他所有的荣耀和力量都灌注到弈棋者小小的身体里。

第十五章
血色真相

　　一个月的时间转瞬即逝，没有查出凶手的乌凌还是成了胜利者。他下令让仆人开始布置订婚仪式。

　　由于火寻零还怀着身孕，即将临产，乌凌将先和她订婚，等孩子断奶后，再与火寻零正式成婚。对此，火寻零也没明确地表示什么，她像是默许了这件事。

　　一个月后，依旧没有人找出真相。

　　火寻零再没有什么理由拒绝乌凌。很快，他们将在乌凌布置的会场举行订婚仪式。罗火洲内所有的贵族都会到场见证这一切。

　　大厅经乌凌的布置已经完全不同了，大厅有九层台阶，台阶上摆满鲜花，四处放有香炉，香料的气味馥郁得令人迷醉，侍女模样的灯架托着数百盏灯火，将每个角落照亮，

　　大厅铺着巨幅地毯，地毯上绘制有各种天体，不同的星星有不同的寓意，有的表示长寿，有的表示多子。

缔结婚约的仪式并不复杂，简单来说，就是两人走到高台上，在亲友和神明的注视下，交换礼物。礼物往往是珠宝或者黄金，因为它们亘古不变，用于立誓最合适不过。

若无人反对，仪式便圆满结束，宴会开始。

乌凌穿着礼服，台下坐满了人，他感觉并不坏。

他看了看外面，一轮银盘似的圆月挂在天上，一点云也没有。这是一个好兆头，交错的光影，香料和酒的气味，月亮和星星的光，乌凌走到台上时，觉得每一步都踏在云上，他即将得偿所愿。

他是山劫洲七王冠的弟弟，他们家族的人都有权力癖，但他出生得太晚，没分到多少权势，他得为自己挣下一份。

他走得不快，因为要照顾行动不便的火寻零。终于，两人到了台上。

仪式中司仪所说的话，乌凌几乎没听进去。他沉醉着走完了流程。乌凌赠给火寻零一个黄金冠，火寻零回赠了一枚蓝宝石。

接下来就是乌凌致辞了，他刚端起酒杯，上方的装饰突然脱落，机巧武士从高空跃下，就像一只猫一样稳稳落到了地上。

人群因受惊而四散开来，乌凌看到武士，仿佛看到了他自己宿命的终结。他没想到对方居然会在众人面前，正大光明地杀他。

乌凌想要呼救，身体却不听使唤，僵在了原地，成了一块现成的靶子。他的脸色终于和死人一样苍白了。

看过了这么多的死亡，乌凌以为自己已经了解死亡，但当死亡真的降临到他身上时，他才明白究竟什么是死亡。

武士引弓射箭，速度快得就像闪电，正如它表演过的一样，它的箭矢有惊人的准确度。

羽箭没入乌凌的胸膛,就像死神的毒牙嵌入他的身体。明明没有伤在要害,乌凌还是死了,箭头上一定喂了毒,他甚至没有机会留下遗言。

他感到后悔,他为什么要来这里,他为什么要竞争。人只有在失去时才明白自己要什么。

这些凝结在乌凌的脸上,成了一个怪诞的表情——日后,入殓师需要用力揉搓他的双颊,才能让他的表情恢复正常,再入棺下葬。

"扑通"一声,乌凌倒了下去,滚下了九层台阶。

翻滚的尸体压坏了鲜花,打翻了香炉,推倒了灯架,弄污了地毯。

众人冲向乌凌,急于查看乌凌的情况。

两位奇术师则扑向了机巧傀儡武士。

有人举起刀,想要劈了武士。

东方流明却拦住了他:"这只是一件工具,有人把它放在这里,时机成熟时,它就会从上面落下来,根据预先的设定射出致命的一箭。"

"我们手上就只有这个傀儡是完好的,还是留着它吧。"风擎子也说道。

火寻零下令:"既然两位奇术师都这样说,而我的厨房还不缺柴火,就放过这个傀儡吧。请两位继续说说,刚才那是怎么回事。"

风擎子说:"东方流明已经说得很明白了。"他抬头望向武士掉落的地方,"这里有个简单的机关。乌凌走下来致辞时,武士就会从天而降。为避免摔坏武士,它身上还系了不少绳子,能减缓下落的速度和着地的冲击。凶手对时间的把握很精准，应该熟悉订婚流程，甚至看过了彩排。"

这个凶手一直藏在他们身边。

主角死了，宴席也只能取消，客人被送出城堡，仆人留下来处理残局。火寻零回去休息了，东方流明守着傀儡，将它送入火寻零的宝库。

乌凌遇刺身亡的消息已经发了出去。很快，这片沙漠中所有人都会知道火寻零身边没有求婚者了。

此时，平静的绿洲透着一股不平静。

风擎子偷偷找到了火寻零。

风擎子问火寻零："我听闻在这一系列的求婚者被杀前，还发生过一桩案子。"

"是的，被害者就是我的父亲铁恩。"火寻零回答。

"对不起。"风擎子低头道。

"没关系，杀他的又不是你。"火寻零说道。

"这案子解决了吗？"风擎子问道。

火寻零摇了摇头："我们没有找到凶手，最后归结为阿鹿桓的巫术了。"

她没有告诉风擎子，她曾以杀害铁恩的罪名处死了自己的哥哥，然后回到故乡说，他哥哥死于阿鹿桓的追杀。

"能和我说说具体的情况吗？"风擎子问。

火寻零当时被囚禁着。她知道的很多信息也是二手的情报，但她还是将那些切实可信的东西都告诉了风擎子。

风擎子揉着太阳穴，思索着这些案子之间的关系。

火寻零也问风擎子："风擎子，你终于肯从房间里出来了。阿鹿桓的奇术，你研究得怎么样了？"

风擎子挠了挠头："还没有什么成果，可能要让你失望了。"

火寻零追问道："那大概还要多长时间？"

风擎子低声道："无论如何也要数年时间吧。"

"数年时间啊，罗火洲恐怕等不了这么久了。"火寻零道，"不能再快一点吗？"

"对不起。"风擎子道。

他躬身退下。

火寻零的判断没有错，战争不可避免，而且近在咫尺。四位求婚者虽然已经死去，他们留下的军队却还在。

随着局势的紧张，各方势力蠢蠢欲动，终于，动乱在乌凌被杀的第十日爆发了。鸠摩罗的军队突然发难，开始攻击城内的士兵，并向火寻零的城堡进军。

战火染红了天空一角，号角声混在夜风里，叫人无法入眠。火寻零一边安抚民众，一边派人去镇压鸠摩罗的军队。她还监视着其他势力，果不其然，赤特的军队也动了。

火寻零早有准备，她部署的士兵照计划而动，罗火洲虽然混乱，但还在她的掌控之中。

但很快，乌凌的军队也动了起来。

这是一场有计划的偷袭，鸠摩罗的军队吸引火寻零的注意力；赤特的军队负责佯攻，引走火寻零的士兵；乌凌的军队负责攻打城

大漠奇闻录 211

堡。一环扣着一环，但他们并没有成功，火寻零没有被他们牵着鼻子走。

花了一些功夫，火寻零的军队还是控制住了罗火洲，并且击败了四支军队，不到中午，这场叛乱就草草结束了。火寻零将俘虏的脑袋砍了下来，士兵们的头颅堆在地上，就像腐烂的果实。

火寻零没有将目光停留在眼前的战果上，而是望向了沙漠另一边，这场战争只是一个开始。

几乎就在同时，她的密探也传回了消息，狐胡洲、西夜洲和山劫洲已经派出了使团。

而使团背后还跟着军队。

阿鹿桓身上发生的事情仿佛在火寻零身上重演了一遍。

之前，火寻零以阿鹿桓使用巫术杀害铁恩的名义，召集起军队，讨伐阿鹿桓。现在四个绿洲以她杀害求婚者的罪名，结成联军讨伐她。

也许天罚真的存在……又或许没有什么天罚，但火寻零觉得很不舒服，她有一种被命运绑缚的感觉。

"我还以为你已经走了。"火寻零踏进东方流明的房间。

东方流明被吓了一跳，差一点打翻手里的杯子。

"前几日才发生战乱，城门关闭了，就算我想走也走不成。"东方流明说道，"再说，我也不会不告而别。"

火寻零见东方流明说得斩钉截铁，但还是指着东方流明整理好的包裹："我见你连行装都理好了。"

"包裹一直都在,这只是我的习惯,我们奇术师必须做到随时可以启程。你找我有什么事情吗?"东方流明走到火寻零面前说道。

"是风擎子找我们。"火寻零向东方流明伸出手,"你扶我过去吧,风擎子应该已经在等着我们了。"

东方流明握住了火寻零的手,小心翼翼地将她扶到了风擎子的房间。当他们进去时,发现风擎子正系着围裙,将一些佳肴放到桌上。

中间的大桌子上已经摆满了盘子,有各色的水果、点心及各种肉制品。

季拓还在不时往桌子上放一碟碟食物。

对于他们几个人来说,也太过丰盛了。

"你们来得正好。"风擎子说道,"我刚炸了小点心,现在正脆着,尝几个吧。"

风擎子的点心有大拇指大小,外壳脆脆的,里面填充了糖汁。

火寻零连着吃了几个,才问道:"有什么事情吗?"

"是这样的,我准备走了。"风擎子解开围裙,露出一个苦笑,"在这个时候离开罗火洲显得有些无耻。"

火寻零宽容地说道:"求生是人的本能,我能谅解。"

风擎子又说道:"而且我花了这么多资源,却没能重现阿鹿桓的奇术,有些过意不去,所以我想到了一个办法,报答女王。"

火寻零转向风擎子,好奇地问道:"是什么?"

"我解开了这一系列的谜。"

火寻零叹了一口气,摇了摇头:"解密对我而言已经没什么意义了,四位求婚者也都死了。"

风擎子露出一个意味深长的微笑:"这可不一定。"

"那么开始你的推理吧。"

风擎子开口道:"我还是说案子吧,这四个案子都与阿鹿桓有脱不开的干系。这不单单是动机上,也是手法上。"风擎子继续道,"阿鹿桓已经死了,但他还是影响着罗火洲。从第一个案子开始,我就相信案件和奇术有关,事实证明,我的思路并没有错。经过调查,我终于在阿鹿桓的笔记中找到了真相。现在我要推翻先前的一些结论,从头开始。首先,我们从简单的开始。我最想弄明白的是赤特的死,尽管那时我没有亲自到现场,但也找出了凶手设置的点火装置,你们没有发现,只是因为没认出来而已。"

"是什么?"火寻零问道。

"阿鹿桓早年做过一个研究。"风擎子解释道。他向火寻零和东方流明讲解了阿鹿桓的水波衍射实验。

阿鹿桓的实验并不复杂,他在水槽中放入一个有孔的障碍屏,水波通过孔会产生新的水波,而且和原来的水波一样。阿鹿桓将其称之为水波衍射。阿鹿桓又在不改变波源的条件下,让障碍屏的孔逐渐变小,可以看到衍射现象越来越明显。接着,在不改变障碍孔的条件下,阿鹿桓又让水波的波长逐渐变大或逐渐变小。波长越小,波的衍射现象越明显。

接着,阿鹿桓又发现了一个现象。他在障碍屏上开多个孔,相当于有数个一模一样的波源,改变孔之间的距离,能导致两种不同的情况:波与波之间相互干涉,它们相合,水波高度会增加;它们相反,波会抵消。他将这个实验移植到光学上,用光源代替波源,得到了一连串相似的结果。

"我们只知道光是直线传播的,因此你们检查窗户时,发现内外窗的缝隙没有重合,也就没有多想。"风擎子笑了笑。

"不要再卖弄你的学识了,快说重点吧。"东方流明催促道。

"重点就是,当时赤特屋内是有光的,起火时,外面的阳光以特定角度射入,经过衍射和叠加后进到了屋内。"

东方流明说道:"就算屋内有光又怎么了?"

"光还有折射和反射,宝石有干净利落的切面可以用于反射光线。"风擎子道,"就像我曾说过的,现场不会有多余的东西。凶手在安叱奴的案子中收集宝石,就是为了用到赤特的案子中。星星点点的光射进屋内,其中部分光点通过精心布置的宝石汇聚到一个点上。时间一久,那个点的温度就会蹿升到燃点,于是里面就起火了。"

火寻零点了点头:"很有意思的解答。"

风擎子说道:"剩下三个案子的解答会更加有意思。鸠摩罗是第二个受害者,相比之前安叱奴的案子,鸠摩罗的死实在有太多的线索了,以至于让我相信这个案子不是一个人完成的。我认为,鸠摩罗是自己爬到三层,而不是凶手用绳索将他运过来的。而且,鸠摩罗很有可能为了偷懒,留了一个漏洞。"

火寻零追问:"是什么?"

风擎子说道:"是油渍。油渍实在太明显,除非凶手是个傻子,不然不会留下这样的痕迹。但如果鸠摩罗是自己爬下来的,那一切就都说得通了,因为对鸠摩罗来说,这不是什么漏洞。他靠绳环下来,等他再回去，自然会清理掉那些油渍。但凶手是不可能再爬回鸠摩罗房间的，所以他也不知道椅子上会有油渍。这就是我说的漏洞。"

"所以鸠摩罗手上的擦痕……"火寻零道。

"没错，这也是佐证之一。那不是他挣扎留下的，而是爬绳时留下的，包括汗臭，尽管利用了绳索，从那么高的地方下来，还是会出不少汗。"风擎子说道。

"那他离开房间的目的是什么呢？你说是凶手指使的，什么意思？"火寻零问道。

"这至少说明凶手是鸠摩罗的熟人，至于其他内容,稍后再讲。"风擎子说道，"现在跳到乌凌的案子。"

"乌凌的案子又有什么好说的？所有人都看到他被机巧武士射杀了啊。"东方流明说道。

"不不不。"风擎子摇了摇头，"那只是表象。乌凌的案子迷惑了我很长时间。武士从上方落下，这个计划其实只是理论上可行。彩排和正式仪式肯定会有区别，使用定时装置真的可以抓准时机吗？而且落下时虽然有绳索固定，但武士的位置不可能百分百准确。像这种傀儡其实不会瞄准，需要我们把傀儡和靶子都放在特定的地方，距离和朝向都有一定要求。除非……"

火寻零追问道："除非什么？"

风擎子为自己倒了一杯酒，开始卖起了关子："人的想象力是无限的，但技术是有边界的。哪怕是走在世界前沿的奇术师，也不得不承认有些事是不可能的。我能想象人坐着巨大的机械飞上天，但无法想象用些小东西，比如帽子头饰，戴在身上就能飞天。哈桑的三个傀儡，论精巧可能还比不上一只蚂蚁、一只雀鸟。但做工粗糙的弈棋者却有灵智，它能书写，能对弈，灵智才是最难以用技术制造的。我无法想象这是如何运作的。我无法想象的就是不存在的！"

东方流明皱了皱眉头，喝了口酒。

风擎子继续说道："再结合铁恩的案子，答案已经呼之欲出了。而且啊，我还从季拓那儿了解到一件事，在奇术师哈桑死后，阿鹿桓把机巧武士打开了。没有了哈桑，光靠奇术师的几个助手，阿鹿桓应该无法复原武士，那么之前出现的武士是什么？我只能认为是弈棋者的'灵魂'跑到武士的躯体里面去了。"

火寻零问道："你是什么意思？"

"简单地说，我认为杀人的不是傀儡，而是人。这样一切都说得通了，武士其实是真人，有个'小人'躲在武士外壳下，下落的时机、瞄准都是人做的。这个人就是弈棋者。"风擎子说出自己的结论。

"弈棋者是人？"火寻零吃惊道。

"是的，只有人才能做到这些。"风擎子斩钉截铁地说道，"能藏在傀儡中不被发现，就说明这个人很小，是个侏儒，所以他也能透过小窗进入卧室杀害铁恩。"

火寻零点了点头："很有可能。所以你知道弈棋者在哪儿了吗？"

风擎子摇了摇头。

"所以说这些都是你的猜测，你没有丝毫证据？"东方流明皱着眉头问道。

风擎子挠了挠头:"有证据,武士傀儡不就在库房里吗,我们可以去查看下。"

"就算武士真的是坏的,也成不了决定性的证据。"东方流明说道,"傀儡都是很精巧的东西,它从高处掉落过,坏了很正常。"

火寻零也说道:"风擎子,你还有其他推理吗?光凭这些恐怕不够。"

"弈棋者还有一个同伙。光靠弈棋者一个人很难杀这么多人。之前我也说过鸠摩罗案中,凶手一定是他的熟人。那个人就是你。"风擎子指着东方流明,"你才是弈棋者的帮凶!"

"怎么会是我?"东方流明否认道。

"就是你蛊惑了鸠摩罗。"风擎子说道,"鸠摩罗是最容易被蛊惑的人,他是多子者的儿子。正如'多子'这个称号一般,荒淫的希尔保特有大量的儿子,做他的儿子不是一件容易的事情。鸠摩罗比其他人更加渴望胜利。而我的冰块让其他人意识到,奇术师有左右求婚结果的能力,所以鸠摩罗选择相信你,东方流明。

"我想你应该定制了一个计划,让鸠摩罗获胜。那个时候,只剩下三个求婚者,你让鸠摩罗再杀掉一个求婚者,然后诬陷另一个为凶手,这样鸠摩罗就会胜出。你教他如何伪造自己的不在场证明——通过把自己关在房间里再用绳子爬出去的方法,他就能摆脱嫌疑。当然,他自作主张地涂了一点油。这也是为什么安叱奴已经被害后,鸠摩罗还要执意一个人待着的原因,他还没有傻到这种程度。但当他顺着绳子到三层的时候,等待他的只有死神。你欺骗了他。弈棋者杀了他,所以你有充足的不在场证明!"

"光凭这一点吗？"东方流明问道。

风擎子说道："在这一系列案件中，你都很活跃，而且可疑。"

"你也很活跃，也很可疑啊。"东方流明忍不住说道。

"哈哈，这样说也对，但是我无欲无求，与你不一样。每发生一桩案子就出现一个傀儡，离你的目标也更近一步，这难道不是凶手给你的报酬吗？他既能装神弄鬼，又能与你交易。这个设置实在很妙。"风擎子又说道，"再者说，我下手的机会和可疑点比你少。据我所知，赤特的案子中，你做了一件很奇怪的事情——开窗。赤特的房间在低层，窗户装有护栏，没有人能从那里进出，你为什么还要特意开窗检查呢？你是为了避免别人看出端倪。"

东方流明说道："我是想看看凶手是否设置了什么装置。"

"还有乌凌的案子，你带走了傀儡武士。"

事件发生时，大部分人的注意力都放到乌凌身上，只有小部分人可能会对傀儡武士不利。而且现场还有两位奇术师在，风擎子和东方流明都会出手保护傀儡，也不会引人怀疑。这就使得弈棋者不会被人发现。

风擎子说道："你可以在半路将傀儡调包。"

"可惜这还是你的猜测，你没有任何证据。"东方流明说道。

风擎子没有理会东方流明的辩解，转而对火寻零说道："这就是我的报答——知晓阿鹿桓奇术的弈棋者、来自东方的神秘奇术师东方流明。我相信他们能帮上你不少忙。"

火寻零盯了风擎子好一会儿，突然轻笑道："为了能离开这里，你就这么轻易出卖了他们吗？"

大漠奇闻录 219

"不不不，我只是说出了实情。"风擎子连连摆手，"而且你还用得上他们，想来不会对他们不利。"

"你所说的都是猜测，我不会因为猜测就盲目采取行动……"

"但我的猜测都有理有据。"风擎子急忙说道。

"放心，我有办法能验证这些猜测。"火寻零说道。

"什么办法？"

"三位随我来吧。"

火寻零不光邀请了两位奇术师，还叫上了季拓。

他们放下争执，紧紧跟在火寻零身后。她走出房间，走入城堡的深处，脚步声在长长的走廊中回响。

他们越走越深，就像走进了夜里。

第十六章
生死相逢

　　终于，火寻零推开了一扇破旧的大门，里面坐着一个男人，他穿着破旧的大袍子，顶着比风擎子还乱的乱发。他的面容被胡须和长发遮着，从毛发间能看到一些病态的苍白皮肤。

　　季拓当即愣住了，久久无法开口。

　　火寻零向那个男人简单复述了风擎子的推理。

　　"我的朋友，你的智慧令我赞叹不已。"男人对风擎子说道。

　　"你是？"风擎子问道。他大致猜到了这个男人的身份，心跳在不断加快。

　　男人笑着说："我就是你口中常提到的人。"

　　"果然是你！"风擎子发出一声欢呼。刹那间，他眼里冒出精光，飞奔过去，牢牢握住了阿鹿桓的双手："我就知道你不会那么容易死去，他们掘开你的坟墓，没找到你的尸体，我就怀疑你还活着。你去哪里了，火寻零不是你的敌人，你们一直在合伙演戏吗？"

"不不。"阿鹿桓苦笑一声,解释道,"我一直被囚禁着。"

一开始挂在城门上、被放入棺材的便不是阿鹿桓。

那只是一个替身,火寻零害怕别人通过一具假尸体发现阿鹿桓还活着,干脆就将其丢弃了。而众人没有找到阿鹿桓的下落,还以为是他的鬼魂在作祟。

"是我囚禁了阿鹿桓。在那场大战中,有人将他送到了我的手上,并附了一封信,说如果我想得到阿鹿桓的奇术,最好留下他的性命。"

当时垂涎阿鹿桓奇术的不止火寻零,为节外生枝,火寻零就让阿鹿桓"死"了。

"所以你为了奇术,偷偷留下了阿鹿桓。"风擎子问道,"那你为何还让我研究奇术?这只是你的缓兵之计吗?"

火寻零说道:"对,聘请你的很大一部分原因是为了稳住其他领主,让他们相信我会和他们共享奇术。另一个原因是,我确实对你有过期望,希望你能破解奇术。"

阿鹿桓的嘴很严,他不会贸然透露自己的秘密。但现在,火寻零需要奇术来对敌,当她知道风擎子失败后,只能回过头来找阿鹿桓。

火寻零开出了足够的代价,代价之一就是还阿鹿桓自由。而阿鹿桓权衡之后同意了火寻零的请求。

只因为火寻零会善待罗火洲的人民,让他们保持自由之身。但其他人占领罗火洲后,阿鹿桓的人民将会被打上奴隶的烙印,系上绳子运到其他地方,一生为奴。

而且火寻零还有他的子嗣。她发誓自己会一直保持独身，阿鹿桓和她的孩子会是她唯一的孩子，这个孩子会继承阿鹿桓的一切。

这样一来，罗火洲依旧属于阿鹿桓家族，火寻零只掌控数十年，只是岁月长河中一个小小的过客。至于阿鹿桓，他也能得到自由，去做自己想做的事情。某种程度上，这已经是最好的结果了。

风擎子听了火寻零的话，讪讪道："那还真对不起了。"

"风擎子是位了不起的奇术师。"阿鹿桓说道，"我在囹圄之中已经听过你的事情了，又听了你刚才的推理。风擎子阁下，你是一位出色的奇术师……"阿鹿桓再次强调道。

"不，在你面前，我远远谈不上出色。如果说你是太阳，那我只是颗星星；如果说你是星星，那我就是萤火。"风擎子由衷地对阿鹿桓说道。

"不不，你过谦了，那个在沙漠造冰的手段，我一辈子也想不到，简直是天才之作。"阿鹿桓对风擎子说道。

两人旁若无人般相互夸奖起来。

"过誉了。"阿鹿桓说。

"一点都不过。"风擎子转过头说道，"东方流明，你有没有想过奇术该如何分类？"

东方流明突然被问到，没有回过神来，下意识摇了摇头。

风擎子说道："我认为，大致可以分成两类，现象奇术和本质奇术，世上大部分奇术都是现象奇术，奇术师观察到某种现象然后重现这种现象，形成奇术。本质奇术，顾名思义，奇术师在探求真理的过程中得到的副产物，就是本质奇术。后者当然比前者更加难得,但在世俗者眼里两者并无区别。包括我自己在内都是前者,而阿鹿桓无疑是直指本质的奇术师。因此,我称你是世界的至宝,绝不是夸张。"

两人又争执了一阵。

直到火寻零打断他们才作罢。

"好了好了,我们该回归正题了。"火寻零说道,"只要阿鹿桓出去走一圈,弈棋者就会乖乖出来吧。"

阿鹿桓叹了一口气,起身:"好吧,也只有这种方法能找到他了,他可是一个天生的藏匿者。"

当阿鹿桓走到季拓身边时,轻轻拥抱了季拓。

仿佛已经化作石像的季拓又活了过来,他低下头,泪流满面:"领主,你还活着,这真是太好了。"

"放心。"阿鹿桓又拍了拍这个老人,"一切都会好起来的。"

阿鹿桓戴上面罩,在城堡中轻轻呼唤弈棋者。

快到风擎子房间时,一个瘦小、丑陋的侏儒钻了出来,很自然地站到了阿鹿桓身边。

"这是弈棋者,一位奇术师,我同他一起研究光的奥秘,他的智慧不下于你们。"阿鹿桓向其他人介绍道。

弈棋者的小眼睛不带感情地扫视他们,他对他们没有多少善意。

"就是他杀了我的父亲?"火寻零看着弈棋者冷冷地道。

阿鹿桓淡淡说道:"你也差点杀死我们,你不用想着找他报仇,他做的一切都是为了我,而你我之间早就扯不清了。"

"好吧，我不会再追究这件事了。"火寻零妥协道。

"他就藏在我房间边上？"风擎子很惊讶，"我一点感觉都没有。"

换言之，弈棋者其实有无数次机会杀害风擎子。

阿鹿桓说道："这就是弈棋者的厉害之处。哈桑训练他，让他成为傀儡弈棋者。他通过机关在内部控制傀儡写字下棋。每日一维护，不过是奇术师让他能出来饮食、排泄的说辞。他不能让其他人发现自己的存在。我敢打赌，他是这片绿洲中最明白如何潜伏、藏身的人。他靠他独特的体型和技术在城堡内穿行。"

风擎子点了点头："没错，一个傀儡大小的人的确会是个不错的杀手。他来去无踪，可以藏身在诸多我们想象不到的地方。现在，阿鹿桓你可以让弈棋者指认他的同伙了。"

"不用了。"东方流明硬着头皮说道，"那些案子确实和我有关。"

正如风擎子推理的，东方流明想要傀儡，弈棋者想要复仇，两人是天生的盟友。

"所以那些诡计都是弈棋者想出来的？"风擎子看着阿鹿桓问道。

阿鹿桓摇了摇头："那些事与我无关，我一直被囚禁着，就算想插手也束手无策。不用怀疑，弈棋者也是一名真正的奇术师，他利用我和他研究的奇术来复仇，如果对方不熟悉奇术，根本解不开这些谜。毕竟只有奇术能对抗奇术。"

"对，弈棋者确实是个出色的奇术师，他构思了诡计，实施了计划。"东方流明也说道。

"但他的计划好像有些失败，某些手段也太故弄玄虚了。"风擎子说道。

其实，要替阿鹿桓复仇，弈棋者就不该选择谋杀。

罗火洲即将再一次遭到攻击，他们没了退路。

阿鹿桓替弈棋者说话："我的这位朋友对权谋没有什么概念，奇术和棋盘是展现他智慧的最佳舞台。除此之外，他就像一个孩子一样。"

弈棋者的想法很简单：铁恩对阿鹿桓不利，他就杀了铁恩；求婚者们想侵占阿鹿桓的东西，他就除掉他们。他也想过求婚者的死亡会引发战争，但战争指向的是火寻零，阿鹿桓也许还能借此机会复辟。

但实际上，那些人也是阿鹿桓的仇敌，阿鹿桓毫无机会。

阿鹿桓继续说道："那些手段倒也不能算故弄玄虚，你这样不信玄虚的人，大概看什么都觉得是故弄玄虚。采取各种密室就是为了制造出灵异的假象，结合那个棋盘可以吓退求婚者。没有人喜欢杀人和被杀，如果他们因为害怕我的鬼魂而退却，这当然是最好的。不过你掀了棋盘，确实让人始料不及。"

风擎子努了努嘴："一般来说都会掀了吧，一直留着这种东西刺激自己的神经，怕是受虐狂。"

东方流明说道："这也不一定，有些人可能会把这当作杀人预告之类的突破口，不过每个人的想法都不同，没有必要细究。至于其他的布置，比如安吡奴的案子中，弈棋者将房间弄成了蓝色，如果只有一个房间是蓝色的，那也太奇怪了。于是在鸠摩罗的案子中，他又在地面撒了沙子，弄成黄色。赤特的案子里就不需要特意做些什么，直接用火熏黑即可。这样几个现场都有不同的颜色，你们也不会盯着蓝色不放了。"

"好吧，现在回想起来，那些东西的确还挺有趣的。"风擎子老老实实承认道。

很久没有说话的火寻零开口了："说起蓝色密室，现在还没有人揭示其中的手法呢。"

弈棋者不会说话，光靠书写，速度又太慢，于是解答的重任落到了东方流明身上。

东方流明偷偷看了一眼火寻零，他心中充斥着内疚，但还是为大家解释了起来。

"蓝色房间是一系列案件的起点，也是最复杂的密室。风擎子曾经试图解决这个密室，但失败在最后一步。其实那根本不是如何搬运尸体的问题，思路从一开始就错了。首先，我们要搞明白那一大片蓝色的本质。"

世界色彩缤纷，但人要留下这些颜色太难了。

颜料，尤其是绚烂的颜料并不好找。

紫色是骨螺紫，需要用腐烂的颜料骨螺与木灰一起浸泡在馊臭的尿液中才能提取；群青色颜料，需要将名贵的青金石捣碎研磨才能制作而成；黄褐色，需要研磨褐铁矿才能得到；红色来自辰砂矿；黑色则来自纯净的炭灰……

而蓝色，来自石青，与常做成绿色颜料的孔雀石一样，是铜矿的次生矿物，也是勘探者确认铜矿的依据之一。

东方流明说道："石青中含有另一种形态的金属铜，因此用石青做的蓝色颜料当中溶解有铜。"

"这又代表了什么？"火寻零问。

"门槛和门都包着铜边，就是利用了这一点，弈棋者构造出一个完美的密室。接下来的内容就完全是奇术的范围了。"东方流明说道，"弈棋者有种叫作伏打药水的东西。简单来说，就是在盐水中放入两块不同金属——用金属线连接能得到有趣的现象，最简单的就是发热，如果用手直接触摸金属线有时会产生刺痛感。"

风擎子插嘴道："我翻过阿鹿桓留下的资料，其中一块羊皮卷磨损得特别厉害，上面记载的就是伏打药水。"

阿鹿桓也说道："那不过是我的一次尝试。那个时候，我苦恼于光能的提取和传输，为此配置了不少药水。"

东方流明继续说道："药水、金属丝、石青溶液，这些东西加起来产生了奇妙的反应，铜会从石青溶液中析出，就像晒盐一样。安吡奴房间的门边上不是有一个陶瓶吗，弈棋者把药水藏在那里，再从陶瓶里伸出两根金属丝，一根为阳，一根为阴。阴极粘在铜门上，铜门就成了一个巨大的阴极，阳极放入蓝颜料中。门槛和门之间紧贴着，缝隙内充满了颜料，然后发生了不知道什么原理的反应，铜在药水的作用下于阴极析出。铜缓慢地生长，便将门槛和门'粘'到了一起。不过，由于门槛和铜门下端本该是平滑的，用过这个诡计后，安吡奴房间的门槛和铜门现在摸上去会有些毛糙，这算一个小瑕疵。"

靠撞击直接开门，"撕开"金属会留下痕迹。

东方流明怀疑风擎子其实已经看穿这个诡计了,毕竟他掌握着五羊检验法。只是他不想泄露他研究阿鹿桓奇术的进度。更有可能,风擎子已经完全破解阿鹿桓的奇术了。

"在安叱奴的案子中,是你抢先撞开了大门,也是你最先进去。"风擎子道,"因为你觉得安叱奴的门由你撞开会比较好。用门闩的话,固定点在中间,而用石青溶液的话,固定点在下面。在剧烈撞击时应该会感觉到不同,所以你就抢先撞门了。进去后,你又借着调查的机会,将门后两根金属丝藏进你宽大的袖子里。"

"没错。"东方流明点头道。

"那么舞姬的手臂呢?"火寻零问道。

东方流明顿了一下,接着解释说:"弈棋者只是拆下舞姬的手臂,把它折断放在了门闩的位置上,造成门被闩上了的假象。他只需在杀害安叱奴后,布置好这一切,从房间直接离开。"

"凶手布置的时候,蓝色颜料不会沾在脚上吗?"火寻零问道。

"他只需要把石青粉末放在地上就好了。所以他身上和脚上不会沾到蓝颜料。反正没有人一直守在安叱奴门口,凶手可以偷偷从门溜出去。之后利用管子透过窗户向屋内灌水,石青颜料溶解变成石青溶液,溶液和金属丝接触发生反应,把门'锁死'。"东方流明说道。

火寻零恍然大悟,点了点头:"原来如此。"不得不承认这是个不错的诡计。

"那么我还有最后一个问题,想要问东方流明。"火寻零道,"我能理解弈棋者的动机,那你呢?实不相瞒,在我眼中,你对奇术并不狂热，不像风擎子。为了奇术真的就可以杀人吗？"

或者说为了奇术就一而再再而三地欺骗她。

"因为弈棋者手上有东方流明想要的东西。"风擎子说道。

"傀儡？我已经知道傀儡与武器有关了。"火寻零说道，"但是从那些娱乐用的傀儡身上能得到什么厉害的武器？能让东方流明这么上心？"

弈棋者扯了扯阿鹿桓的衣角，在他手心写了一行字。

风擎子歪着头看着他们两个。

阿鹿桓向风擎子解释道："弈棋者告诉我，东方流明是为了冶炼术。"

"就只是为了冶炼术？"火寻零不解。

东方流明还没开口，风擎子就说道："冶炼术已经很重要了。和沙漠中小打小闹的战争不同，真正大规模的战争，一些细节往往就能决定成败。在连年战乱中，各国都将军力提升到极致，为加强武力也在各方面做到了极致，比如培育战马，定制军服、铠甲，规定各种军规……这重中之重当然就是武器。就像曾经的吴、越两国，频繁交战，对武器需求很大，因此培养了一批优秀的铸剑师。他们国境内又有上好的矿藏，所以冶炼术是诸国中最强的。据说吴越有五把传世的青铜剑：三把长剑，两把短剑，长的为湛卢、纯钧、胜邪，短的是鱼肠、巨阙。后来，阖闾想刺杀吴王僚，但吴王僚的盔甲很坚硬，只有鱼肠才能刺入。"

火寻零问道："阖闾和吴王是谁？"

"这不是重点，你只需要知道吴王是很重要的人，只有特定的剑才能杀死他，鱼肠就是这样的好剑。也就是说，欲成其事，必利其器，这就是武器的重要性。鱼肠剑是大师之剑，左右过天下大事。这是剑的魅力。东方流明的国家之所以能崛起，也和他们使用的武器有关。东方流明，给他们看看你的剑。"

东方流明拔出了他的佩剑，剑身光亮平滑，剑刃磨痕细腻。

风擎子道："柳叶状的剑身，又细又长又尖，远超诸国的宝剑。剑的首要功能是刺杀敌人、穿透对方的铠甲，劈砍、划拉只是辅助功能。因此，长剑更容易刺到对方，从而占据优势。东方流明，再让他们听听剑的声音。"

东方流明轻叩剑身，长剑发出清脆的鸣响。

"东方流明的剑当然不是单纯地加长。铸剑的关键是各种金属的比例。铜里配的锡少了，剑就会太软了，缺乏杀伤力；锡多了，剑就会变得太脆，易折。"风擎子道，"东方流明的剑，它的铜锡比使得硬度和韧性完美协调，虽比不上大师之剑，但也是匠人之剑的极点，两者只是侧重点不同，大师之剑独一无二，而匠人之剑能大量制造，装备到军队之中。但青铜作为一种材料有自己的局限。就像你可以用土垒起一堵墙，但不能垒出一座城堡。铁剑在吴越之地兴起了。在铁未能锻成之前，性能赶不上青铜，是'恶金'，但一旦掌握炼铁之术就不同了。"

关于炼铁之术，风擎子补充了一件东方的旧事。楚国临近吴、越。楚王得知吴、越有炼铁术后，他专门派出使者，用珍宝讨好两国国君，终于求得了两位铸剑师——干将和欧冶子。干将和欧冶子为楚王打造出了龙渊、泰阿、工布三把绝世的好剑。而楚王派给干将和欧冶子的助手也趁机偷学到了炼铁的技术。邻近的晋国也渴望得到铁剑，晋公先试图用珍宝交换铁剑，楚王不肯。晋公便联合郑国带兵攻打楚国，索要铁剑的技术，导致楚国都城被晋公围了三年。这三年间，楚王没有坐以待毙，他命令工匠打造铁剑，装备他的军队。最后关头，楚王分发库内剩下的粮食，让士兵饱食后拿着铁剑出战。那一战成了单方面的屠杀，晋军的甲胄和青铜剑在楚军的铁剑面前不堪一击。铁剑能轻易破开皮甲，斩断青铜，而且久战不毁。楚王由此大败晋公。[1]

东方流明说道："就算有了极致的青铜剑也难以对抗铁剑，但我国与铁剑之国相隔甚远，就算用人口、城池，还有牲口，也换不到铁剑的技术，尤其是铁剑威力显现后，各国已经将其视作机密。我国虽设立了专门负责炼铁的官员，但在进度上也已经远远落后诸国了。

"我以奇术师的身份在各国游走，终于找到了一些蛛丝马迹，有位无名的奇术师炼出的钢铁已经到了匪夷所思的程度，只可惜他病逝后，他的奇术也失传了。我经过细致的调查，发现在他死前曾接待过一个叫作哈桑的胡人。这个哈桑师承偃师，设计出了几个神奇的傀儡，但需要一些特殊的零件才能让它们动起来。炼钢的奇术师欣赏哈桑的设计，于是用最高超的技艺打造了一批零件，并存下了一些与他奇术有关的资料。看看那些零件，尤其是发条，那么长的一条金属，使劲扭曲它，也不会折断，还能恢复原状，这简直就是神迹。我为了获得那些技术，就随着哈桑的足迹，一路追到了罗

---

[1] 出自《越绝书·外传记宝剑》。

火洲。哪怕是杀人,我也要拿到炼钢锻铁的奇术。"

"对不起,我还是骗了你。"东方流明说完,向火寻零道歉。

火寻零露出苦笑:"我快要习惯被你们这些奇术师欺骗了。不用道歉。你可以补偿我。你们造成了罗火洲的困局,有责任收拾这个烂摊子。比如拿出类似'死光'的奇术,使我们赢得战争。"

"不可以。"风擎子说道,"不光不能拿出类似的奇术,'死光'也绝不能再出现。"

"为什么?"火寻零不解。

风擎子开口道:"我问你一个问题,你觉得奇术究竟是什么?"

"奇术是技术,前沿的技术。"火寻零回答道。

风擎子道:"不错,你已经很不错了。不过奇术不应该只到前沿,而是应该归到超前里。真正的奇术师不是活在这个时代的人,他们所掌握的奇术应该在百年或者千年后再出现。所以有些奇术是极其危险的。你能想象一个三岁的孩童拿着一柄利刃,上面还喂了'触之必死'的剧毒吗?你敢放任这样的孩童到处乱跑吗?奇术师的守则并不是空穴来风。"

奇术师不得公布自己奇术的秘密。

奇术师必须保持流浪。

奇术师尽量不露喜怒。

"它们存在的意义就是为了让奇术师能保住自己的奇术,不让它流落在外。"

"可是阿鹿桓不是用过'死光'吗?"火寻零问道。

"阿鹿桓是奇术师,总不可能不使用奇术吧。"风擎子说道,"不过阿鹿桓确实有做得不妥当的地方,他不该在战争中如此明显地使用威力强大的奇术。说到底,奇术这把喂毒的利刃不能交给孩童。但我们可以把它保留下来,日后交给能正确使用它的人,这才是奇术师的职责。我们保持着自己的神秘和高贵,让人仰望。我们展示奇术,在各地留下传说,与后世之人神交。当他们切实需要某个奇术时,会从历史的长河中翻出我们的记录,而我们的所作所为将会成为指路的灯塔。我们这些错位之人,现今只能等待。"

"可你允许东方流明带走奇术。"火寻零说道,"你曾经还提醒过我,叫我小心东方流明。"

"情况并不相同。"风擎子说道,"当时我不是不认可'带走冶炼术'这件事,而是不认可东方流明和他背后势力的理念。时代在不断前进,它以人口、财富、技术为食。每个时代都渴望技术更迭、换代,有些奇术就化作了技术。那位无名奇术师留下了传说和线索,东方流明追寻它们来到这里。现在东方的国度已经有了粗浅的炼铁技术,那么炼铁术就是顺应时代的召唤而产生的。因此东方流明可以带走这项技术。"

"你这话的意思,仿佛在说我不是一个奇术师。"东方流明道。

"就你现在的表现,你确实不是奇术师,而更像是技术师。"

火寻零说道:"好了,我不想理会你们奇术师的什么规则,现在罗火洲已经有四位奇术师了,至少也该引发什么奇迹,解决这里的问题吧。"

阿鹿桓也说道："实际上，寄希望于'死光'也是不现实的，它只是概念武器，威慑作用大于实战作用，不然我也不会失败。"

"可你已经和我做了交易。"

阿鹿桓对火寻零说道："我会想其他办法的。"

风擎子摊了摊手："那还是找东方流明吧，虽然东方流明是技术师，但他是这方面的专家，除了青铜剑，他们那儿的强弩也很有名。守城战的话，弩箭应该能起到很大的作用。"

"这……"东方流明面露难色。

强弩与青铜剑一样也属于军事机密，东方流明不便透露。

"诸国已经在仿制你们的强弩了，一些简单的弓弩技术应该已经不是秘密了。"风擎子说道，"而这里还是以弓为主，没有弩，弩的好处在于短时间内就能武装起一群人并形成战力。你可以保留核心技术，只用些皮毛。"

"那个弩真的那么有用吗？"火寻零问道。

风擎子指着东方流明缓缓说道："我曾见过他们作战时的样子。借着各种强弩，羽箭就像暴雨般倾泻到敌阵，又像愤怒的蜂群般发起了攻击。弩兵过处，只有尸骸。"

"你加入过我方？"东方流明问道。

如果风擎子曾是东方流明的同僚，那东方流明应该会有印象。

风擎子摇了摇头："不，那时我在对面。"

东方流明说道："光是弩恐怕还不够。"

火寻零说道："风擎子你推出东方流明和弈棋者，就是为了独善其身吧。你可不能这样。"

"在阿鹿桓出现前,我确实想独善其身,不过现在我会留下。"风擎子说道。

"为什么?"火寻零问道。

"因为我不能让这个世界的至宝——阿鹿桓再次死在战争里。"

第十七章
神的话语，人的意志

罗火洲立即开始了准备。在备战时，火寻零还遇到了一件"小事"。

火寻零的手下报告道："我们抓到了一个女间谍，一个手法相当拙劣的间谍。她买通了一个侍女，想借身份进入城堡，但那侍女前脚刚收了她的钱，后脚就把她出卖给了我们。我们原想顺藤摸瓜，揪出更多的间谍，但监视几天后发现，似乎只有她一个人，没有人和她联络。于是我们就趁她在您食物里下毒的时候，当场抓获了她。只用了一些小刑，就撬开了她的嘴巴。她没有受过间谍的训练，与您只有私怨。"

"你确定她没有说谎吗？"火寻零问道。

火寻零的手下说道："我们善于分辨谎言，尤其是对方受刑之后。"

"她说了些什么？"火寻零问。

"她是赤特的情人,因为赤特的死,想找您复仇。"

"找我?这么说来,她认定是我杀害了赤特?"火寻零问道。

"应该不是,以她的头脑和知识量来说,她根本就找不到杀害赤特的凶手。她只知道赤特是因为向您求婚才死的,因此只能找您复仇。对于她的说法,我们也核实过了。她几乎是和赤特同时来到罗火洲的,而且她的房子是赤特的一位仆人帮着置办的。"

火寻零支着头问道:"按照律法,我该拿她怎么办,绞死吗?"

"绞死太轻了,应该施晒刑。"

晒刑就是将一个人的衣服扒光,关入木笼,放置在室外,不给任何饮食。几日后,受刑者就会被晒死。死前,受刑者的皮肤会变得又黑又干,就像一只老蜥蜴。

"这样对一个女人也太残酷了。"火寻零问道,"除了死刑,还有什么适用的刑罚?"

"可以砍去她的手脚。"部下说道,"如果她用右手下毒那就砍去右手,左手下毒就砍去左手,两只手都用上了就把双手砍去。"

火寻零摇了摇头:"算了,既然她是一个蹩脚的间谍,那就放过她吧。给她一匹骆驼和一壶水,为她指明狐胡洲军队帐篷的方向就让她走吧。"

那位手下还想多说几句。

火寻零不耐烦地打断了他:"就这样吧。"

随着孕期的增加,火寻零的精神也越来越差,她又想睡了。

"等等,你过来,我有事吩咐你。"火寻零改了主意。

她让手下在放赤特情人离开时,装作无意间透露出一些军情。

如果敌军得到军情出来探察，倒可以打一场小小的伏击。

做完这件事，火寻零回到自己的卧室睡下了，她做了一个奇怪的梦，可醒来后，却把梦的内容忘记了。

这也是常有的事情，据说人会不断地做梦，你以为你睡得很好，实际上，你已经做了一夜的梦，但只有万分之一的梦会被人记住。

火寻零坐在床上发了一会儿呆，准备去见东方流明一面。

又是黄昏时分。黄昏是一天中最好的时光，白日的忙碌和烦心随着太阳暂时消失，但天地之间还残存着热量和一丝光明，似断未断、似绝未绝，是个红褐色的美梦。

"我以为你不会再见我。"东方流明来到火寻零的面前。

自那次见面后，这是他们第一次单独会面。

"人要习惯背叛。"火寻零说道，"况且我还有问题想问你。你是如何解读第二个神启的？"

人在迷茫时会寻求神的意见，但解读权却在人手上。神意只占三分之一，三分之二都属于人意。

在第一个挑战时，东方流明已经和弈棋者接上头了，第一个占卜其实是在为后续的案件造势。只可惜风擎子是个不信神的家伙，他对这种事情只有好奇，没有敬畏。他一直认为没有鬼怪，所有事情都是人为，导致东方流明的神启没达到预想的效果。

神启的意义在于解读。

"那你又是如何解读的？"东方流明反问火寻零。

"我觉得这是一个转机，一个地方有蛇有鼠意味着冲突，我的敌人间能爆发冲突，那就是我的机会,我只需要想办法让蛇鼠见面。"

大漠奇闻录

火寻零说道，"现在轮到你了，别说你无法解读，就算看到一块白石，不同的人也能看到不同。"

"实不相瞒，在我眼里，你会招致毁灭。我只看到你处在绝境当中，老鼠或者狼群会夺走你的生命，但在死前，你还可以喝水，也许……仅仅是也许，喝水不会让你死亡，你能一解干渴，继续和它们周旋。"东方流明转过身，去看沙漠边缘的红日。

等他再回头时，发现火寻零已经低下了头。

"怎么了？"东方流明问道。

火寻零的脸色有些发红："我想小解一下。"

"我替你叫人过来吧。"东方流明急忙说道。

"算了，来不及了，你扶我过去吧，反正就在不远处。"说完，火寻零的脸红得更厉害了。

怀孕后，胎儿会压迫腹部的脏器。这不是火寻零自己能控制的。东方流明再一次抓住了火寻零的手。

绿洲内的"方便"之处是最洁净的，东方流明一直很欣赏这个构造，一个陶制的大缸，里面装了半缸沙子。清洁则使用某种植物的叶子。这种叶子在新鲜时被揉皱，然后再阴干，干叶子不会发脆，反而会变得柔软，虽然不合适书写，但适合用来擦拭。一旁还放有另一桶沙子，以供方便者用沙子掩盖污物。

东方流明站在外面，试图不去听里面让人动摇的声音，可就算他脑海里塞进全沙漠所有的沙子，都无法阻止淅沥的声音传进他的耳朵，他像是回到了少年时期，一次触碰、一段声音就能让他浮想联翩。

东方流明等了一段时间，时间走得很慢，仿佛已经过了一个寒暑。

火寻零出来了，她满脸通红，想来这对她而言，也是件让人害羞的事情。由于身体不便，火寻零走出来时踉跄了一下，被东方流明及时接住了。

火寻零跌进东方流明的怀里，抬头时正对上东方流明的眼睛。

在短暂的对视后，火寻零开口说道："我在风擎子那里拿了点东西。"

"什么东西？"东方流明不清楚火寻零想说什么。

"风擎子那里什么都有，身上仿佛带了一个百宝囊。"火寻零突然露出一个璀璨的笑容，"我向他要了一小罐蛇毒，少得就像花蜜一样。在沙漠里，蛇就是死神，只要一小口就能毒死一个人。而且蛇毒通过伤口渗进血管一样有用。"

东方流明这才注意到火寻零的妆容，她的嘴唇娇嫩得像花瓣一样，透着水润和殷红。

"你现在就像是死神。"东方流明感叹道。

有时候，人会不可遏制地爱上那些能杀死自己的东西。

"是吗？"火寻零用指腹抚摸着自己的嘴唇，"风擎子教我，先用精油涂抹嘴唇，堵住自己肌肤上可能的口子，就能通过触碰悄无声息地杀人了。"

她在诱惑东方流明，她的嘴唇在东方流明眼里就像可口的樱桃……因为水土不服，东方流明的嘴唇有些皲裂，有时他舔舐自己的嘴唇，还能尝到血的味道。而且前不久，他已经交出了有关弩箭

大漠奇闻录 241

的技术。

他好像可以死了。

火寻零在靠近他，越来越近，就像一只想咬住他喉咙的狼。她的唇已经凑到东方流明嘴边了。

东方流明的脑海里，响起了一百个声音，叫他不要靠近。

可只听见"轰"的一声，东方流明脑海中所有东西都消失了，等他回过神来，他已经亲上了火寻零。先是肌肤之间的触碰。东方流明耳根发烫，心怦怦乱跳。他觉得自己双唇触碰的是一团柔软的棉花。欲望就像挡不住的洪水，东方流明不满足于以唇轻触对方的唇，如鸟啄式的轻吻，他开始用舌尖舔舐火寻零的上下唇，他没有死去，火寻零嘴唇上也没有毒药苦涩的滋味，只有精油的香甜。而火寻零随着他的舔舐，呼吸也沉重起来。

东方流明开始用牙齿轻咬火寻零的唇，咬得很轻。火寻零的心荡漾了起来，她被吻得有些失神，东方流明的舌头趁机撬开她的贝齿，渐渐深入。

火寻零轻轻地嘤咛。

过了许久，他们才松开彼此。

"因为你的解读，我原谅你了。"火寻零说道。

因为心会动摇，所以才会痛苦。

东方流明应该配合弈棋者杀死所有求婚者，将火寻零引到毁灭的境地。但他给出了另一个可能性，用不明确的神意来暗示火寻零解决之法——她可以先选择一位求婚者作为丈夫，借此联合一方绿洲，靠他们和受害者的势力斡旋，先保住自己。这之后，她可以再想办法协调她和丈夫的关系,或者再做一次弑夫者。

可是火寻零不愿妥协,哪怕是暂时的。

"和我走吧。"

东方流明说出了他本不该说的话。

"你终于说出这样的傻话了。"火寻零说道,"可惜我哪儿也不去。"

她有属于自己的骄傲。

十一日后,罗火洲刚做好准备,四个绿洲组成的联军便已经到位。夜里登高远眺,罗火洲的人就可以看到远处敌军的篝火,那边火焰密密麻麻,就像也有一座城一般。

战争一触即发,双方书面上和口头上已经针锋相对,都试图将对方描述成背信弃义的小人、面目可憎的妖魔,宣称自己才是正义的。

他们在嘴上打成了平手,但最终还是要靠武力说话。

联军开始向罗火洲进攻了。

战火真正燃起是在一个黎明,联军发动了攻击,他们骑着骆驼,浩浩荡荡而来。

最前面的战车上绑着一具尸体,好像是个血肉模糊的女人。

只有火寻零知道她是谁,那大概是赤特的情人。因为错误的情报,联军认为她是火寻零派来的奸细。

联军越来越近,罗火洲的反击也开始了。联军还未足够接近城墙就遭到了射击。

东方流明在城墙上搭建了床弩。两张弓被安装在床架上，这大大加强了弩的张力和强度，使用时需要用绳索把弩弦扣连在绞车上。七八位士兵摇转绞车，把弩弦张开，扣在机牙上，再安好弩箭。发射时，单纯的人力无法扣动扳机，要由专管发射的弩手高举起一柄大锤，以全身力气锤击扳机。扣下扳机后，巨大的弩箭就会呼啸着飞向敌方。东方流明的双弓弩床，射程约为一百二十至一百三十五步。

阿鹿桓还做了改造，他加了一段长筒，让床弩的射程增加了一倍，射程可到惊人的三百步，而且使用的弩箭更为巨大，拥有粗壮的箭杆和铁制的箭羽，前端装有巨大的三棱刃铜镞。阿鹿桓将其称作"光箭"。

之所以把它称为光箭，是因为长筒内使用了阿鹿桓在研究的光能，长筒内有复杂的线圈，将阿鹿桓输入的光能转化成磁力，令箭矢加速运动，在弓的张力之外，再附上一股力量，使得箭矢威力更大。

如同长枪一般的箭矢能一口气刺穿几个人，或者将目标钉入沙中。

"散开！散开！"联军的将领立刻下令。

床弩笨重不便瞄准，一旦联军散开，它就无计可施了。

于是罗火洲的第二队上场了，他们等着联军进入攻击范围。弩手都跪在地上，他们上弦时，伸直腿脚蹬弓干，脚夹弩臂，手臂借腿力腰力上弦，而后取箭咬弦瞄准射击。一排排的弩手不断分批地拉弦、上箭、射击，组成了漫天箭雨，每人都有上百支箭，这场"雨"可以下很久。

所有敢于靠近绿洲的人都会被箭矢射穿，这些箭头都在污物里浸泡过，毒素会随着伤口进入人体，导致伤口发红流脓，极难愈合。这意味着箭伤约等于死亡。

弩手们用箭雨制造出了一片禁区。

东方流明的弩由多个零件组成，请不同的匠人制作，一队匠人只需要完成一个简单的零件，最后组装起来即可。这大大加快了弩的制作速度，也提高了质量。

"撤退！撤退！"面对如暴雨一般的箭矢，联军第一次撤退了。

罗火洲的弩手们也能短暂休息一下。他们望向引领他们获胜的奇术师，却发现有个奇术师不见了。

"东方先生怎么不在？他是离开了吗？"有人问道。

东方流明确实消失了，从昨晚开始，他就没有出现过。

风擎子对他们说道："东方流明不属于这里，他有自己的使命和战场，他离开也情有可原。你们也有你们的使命，你们已经击退了敌人，现在只需要想着再一次击退他们。"

但东方流明还未离开。昨晚，他确实带着行李走出了火寻零的城堡。现在，他正待在一间秘密的小屋里。

东方流明拔出自己的佩剑，用布擦了擦，擦到锃亮，然后把刀刃放在火上烤，直到它微微发红。东方流明洗了洗自己的左手，又拿了一团布塞进自己嘴里。他咬紧牙关，将刀刃对准自己左手食指的根部，狠狠切了下去。

灼热的刀刃与皮肉接触，发出"刺啦"的响声，空气中冒出一股焦臭味。东方流明忍着剧痛把断指包了起来，放进一个圆筒。

他没有办法离开,便托人把自己身体的一部分带回去,也算是信守承诺,带着冶炼法回到故国了。

东方流明又洗了把脸,擦去汗水,简单包扎了下伤口。

时间正好,他披上衣服走出门去。

东方流明牵着骆驼到了街上,与约好的人见面。那是一个满是风尘气息的旅人,东方流明找上他,请他把自己的东西带回东方。

"就和之前说好的一样,路途大概要走三年,如果你能找到一个不错的向导,时间就能缩短一点。"东方流明把东西交给他。

对方玩弄着这个奇怪的圆筒。

"不要乱动。"东方流明提醒道,"它只能用特殊的手法开启,不然里面的药囊就会破裂,药水会毁掉里面的东西,你也就拿不到报酬了。"

"仅仅跑这么一趟,我真的能拿那么多吗?"对方问。

"是的,你可以带走你一个人所能背动的黄金。"东方流明说道,"不要怀疑我们东方人的慷慨。"

东方流明怀里躺着最后一枚龟甲,昨日他得到了最后一个神启。现在他摩挲着上面的纹路,仿佛有些不舍,但还是交给了信使:"你可以把它当作护身符。"

"这是什么?"对方拿着龟甲,有些好奇。

"不是什么。"东方流明说道,"如果觉得麻烦,丢了也没关系。"

听东方流明这么说,对方还是把龟甲放进了口袋。

"一路平安。"东方流明牵过骆驼,交到他手上,"无论这场战争谁胜谁负,你都一定要趁着混乱离开这里。"

"其实你可以和我一起离开,他们巴不得罗火洲的人越来越少。"

"我有我的归宿。"东方流明说道。他一直关注着远处的战况。

他用掉了最后一次机会,向上天询问他还能活多久,上天通过神启告诉他,他活不过三年。而回到东方就需要三年,他很有可能因为一些事情死在半路上。

东方流明作为神的传话人,曾不相信高高在上的神,也曾为了自己曲解过神的旨意,但在这个关键时刻,东方流明没有加入自己的意志,而是相信了神的话语。

不对,也许他只是需要一个借口,让他做出决定,而他决定留下来。

第十八章
最终之战

大约两个小时后,联军卷土重来。这次他们吸取了教训,分散了队形,举着坚盾。而弩手的体力和箭矢的数量都有限,箭雨越来越稀疏,挡不住联军前进的步伐。

弩手开始退下,他们不是罗火洲的精锐。训练弩手远比训练箭手要简单,因此大部分弩手是临时征召,临时训练的。

短兵相接才是胜负的关键,罗火洲的士兵补上了弩手的缺,列队应对联军的冲击。

队列之中出现了一个熟悉的身影,黑发,配着青铜长剑。

东方流明深知弩箭的极限,没有哪一场战役可以光靠弩箭就获胜。

当东方流明登场时,在城墙上督战的火寻零抱着自己的肚子,弯下了腰,羊水破了。火寻零不可能再待在外面,她的奴仆们将她抬走了。

"在这存亡之际,你的孩子就要出生了,他可真会挑时候。如果我们赢了,他就可以坐享其成。如果我们输了……"风擎子对戴着面具的阿鹿桓说道。

为了掩盖身份而戴上面具的阿鹿桓接道:"如果我们输了,他也不会有事,难道我们连一个无辜的婴孩也救不了吗?"

下方联军的第一波攻击到了,东方流明手持长剑就站在士兵中间。

士兵们的咆哮声撼动天空,像是要用声音在蓝天上撕出一道伤口。鼓点和号角声交错着、纠缠着飞舞。

东方流明身边的一位士兵不知道是害怕,还是激动,在不停发抖。

看着联军如虎狼般奔涌而至的骑兵,东方流明托了那名士兵一把。

"害怕吗?"

士兵点了点头。

"害怕的话,就唱歌吧。"东方流明说道。

夏之日,冬之夜。百岁之后,归于其居。
冬之夜,夏之日。百岁之后,归于其室。

"今日,我守卫这里,将以此为坟茔。"

对方没能理解东方流明的自言自语,敌军已至。

"起枪!"

骤然之间，鼓声号角大作，令旗在风中猎猎招展。

前排的士兵抵着巨盾半跪在地上，盾牌之间伸出长枪，形成一堵刺墙。联军的骑兵速度丝毫不减，用血肉冲击刺墙。两军排山倒海般相撞，对方不畏死的冲击使得防线一次次松动，侥幸不死的骑兵从地上爬起来，闯入防线内厮杀。

这就是战争，就是痛，就是伤，就是死。

东方流明丢下已经无用的长枪，拔出自己的佩剑。

他同一般的奇术师不一样，深知战争痛苦的他，抱着以战止战的想法投入世间。他绝不高高在上，待在安全处看士兵厮杀，宁愿置身于前线。

他制造兵刃，鼓动战争，也切实感受痛苦。能活到现在，正证明东方流明是位出色的战士。

蛇是死神，沙漠的士兵喜欢给自己的兵器绘上蛇纹，希望能更快更狠地夺走敌人的性命。但现在，东方流明的长剑比蛇纹的弯刀更像死神。东方流明如刀尖一般切入敌阵。

他不知道自己已经杀了多少人，连削铁如泥的宝剑都崩了刃。现在，他手上握着捡来的弯刀，使得很不趁手。

但这已经无所谓了，东方流明割开一个人的喉管，对方的鲜血喷射到他脸上，他的呼吸中都透着血腥的甜味。

可同样，他身上也带了无数的伤，他每一个动作都伴随着巨大的痛苦，痛苦使他的动作越来越慢……

我为大义而活，至少死要死得任性一些。

也许黄泉路上会遇到故人或敌人，他们会问我，我为何而死。

我为美而死。我可以这样回答。

伴随着死亡，东方流明心中最后一丝内疚和遗憾都散去了。

风擎子看着东方流明倒下去，长叹道："可惜啊，我们奇术师本不该参与战争。东方流明，你距离世界的真理越来越远了！"

此时，火寻零躺在床上声嘶力竭地喊叫着，生产的痛苦像要把她整个人撕开一般。她的汗水打湿了头发，浸湿了床单，她的嗓音也哑了，不断地喘息着，双手紧紧抓着床单，手臂上青筋暴起。

医师们往她嘴里灌着提神补气的药水，鼓励着她："再加把劲，就快要出来了。"

突然，火寻零感到一阵心悸，她的身体仿佛被刀剑刺穿了。终于，她平安诞下一个男孩。

战斗结束了，看着触目惊心的伤亡，双方准备开启新一轮谈判。

当然联军对外宣称，要再给火寻零一次机会。火寻零也没有反驳这种说法，总体来说，她还处于劣势。

出于安全考虑，他们在战场中间位置设立了帐篷，参战的每个绿洲都派出人手来建造、守卫会场。

火寻零由于身体原因不能出席，她派出自己的使者和风擎子一起参会。

风擎子要了一口大鼎，仓促之间，火寻零无法制作合乎风擎子要求的鼎，于是重铸了阿鹿桓遗留下来的钟，做成了鼎。

进入帐篷的每件东西都要经过检查，除了鼎，风擎子还带了厨具、肉食和面食。食物也接受了检验，确认无毒后，才送进去。

"不知道奇术师来此做什么？"有认识风擎子的护卫问道。

"火寻零命我在和谈时为诸位准备点心，权作娱乐。"风擎子回答道。

西夜洲的领主多子者希尔保特看见这些食材，道："这是要做传说中的面吗？"

风擎子的面食早就传遍了沙漠，但据说还是风擎子做的面最为正宗。

更何况，交战之中，一方人员甘愿为另一方服务，本就是一种讨好，一种示弱。对联军方而言，无疑是一件快事。

风擎子点了点头。

会议开始，风擎子就在一旁处理食材，除了他的助手，还有一个卫士盯着风擎子的一举一动，防止他对在座的领主们不利。

和谈进行得并不顺利，罗火洲的使者只有一张嘴，敌不过十几张嘴的狂轰滥炸。而且，他们给出的条约也极为苛刻，仿佛罗火洲不是来和谈的，而是来投降的。

风擎子的肉汤已经熬好了，他打开布袋准备和面。

这时，参会者也准备休息，想看看风擎子是如何把面团变成一根根细细的面条，只见风擎子在板上搓揉面团，直到面团有了韧性。

然后，风擎子再将面团一点点拉成略宽的长条，滚上一层干面粉，握住两端，两手同时上下摆动，甩动几十下，面条越来越长，再将一端与另一端合并，再拽出新的一头，继续甩动，反复几次，一根一根细面条出现了，在空中如银丝，如瀑布，如银河般舞动。

是了，他们的厨师做面只是把面团压成面饼，用刀切成条，而不是拉出来的。

"太神奇了！"

"居然可以这样细，这样轻。"

众领主由衷地发出赞叹。

"接下来，我下面给你们享用。"风擎子满脸堆笑地对他们说道。

面条在肉汤中滚了几下，很快就熟了。

雪白的拉面浸在褐黄色的汤中，深红的肉，绿色的蔬菜，混着香料均匀地撒在汤中，香气扑鼻而来，让人迫不及待想拿起筷子尝一尝。

罗火洲的使者先随手取了一碗，大快朵颐起来，其他人也动手了。他们夹起拉面一尝，香、咸、鲜、辣，恰到好处，肉也煮得十分软烂，一碗下肚，令人回味无穷。领主们慷慨地给出赏赐，甚至有人想请风擎子去做厨师。

众人吃完了面，风擎子就熄了火，开始清理他的大鼎。

而会议也重新开始了，他们一条一条地讨论，罗火洲的使者辩不过其他人，又不愿在和约上签字，一直拖到了黄昏。

又到了休息的时间。此前，他们已经吃过了风擎子的面，也不觉得饿。

"我再来给诸位变个戏法。"风擎子说道。

"变什么？"山劫洲的领主七王冠门罗问道。

"我不再生起炉子，就能做出点心来。"

"请。"众人都很好奇。

风擎子命令助手鼓动风机，将面粉吹上天。

这次，风擎子带了足足四大袋精磨的面粉，都被风机吹到了空中，帐篷内立刻被"白雾"笼罩，不少人都咳嗽起来。

"风擎子奇术师，你究竟在干什么？"

"别担心，再稍等片刻，这烟雾就会消失，诸位桌上会留下露珠一样甜甜的结晶。"风擎子为稳住他们，随口胡扯出一段话。

说完后，风擎子他们钻入了大鼎，用盖子盖住了自己。

"你们要干什么？"有人问道。

"不干什么。"风擎子说着，丢出一个小罐子。

罐子里装了奇怪的药剂，开始剧烈冒烟，然后产生了火星。大爆炸就这样发生了。一时间，白色的、红色的光芒大闪，伴随着惊天动地的巨响，周围弥漫着灰尘与烟雾，空气中还有一股烧焦的味道。

这是风擎子研究出来的爆炸——当空气中有足够的粉尘时，只要丁点火星，就能引发的爆炸。

帐篷崩塌了，领主们倒在地上，浑身焦黑。风擎子打开盖子，跳了出来。

"这就是你们把我当作小丑的下场。"风擎子说道。

使者拿着风擎子的菜刀，结果了还未断气的领主。

使者和风擎子根本不是为了和谈而来的，他们就是要刺杀这些领主。

火寻零的故乡蒲车洲，在她妹妹们的掌控之中，她们牵制着未参战的绿洲。与此同时，火寻零派人去卑陆洲、狐胡洲、西夜洲和山劫洲活动。最后，真的让火寻零找到了一个盟友。

图明愿意和火寻零联合，领主们死后，图明借机发动政变，抢夺更多利益，而他也不会再继续攻打罗火洲，这算是双赢。

接下来的事，火寻零自己就能处理，不需要奇术师了。

阿鹿桓、弈棋者、风擎子也可以像之前说好的那样离去。

季拓在阿鹿桓离开之前，拦住了他。

"领主，路途遥远，让我跟你一起走吧。"季拓恳求道。

阿鹿桓握住季拓的手："正因为路途遥远，所以我不能让你跟我走，留在绿洲，安度晚年吧。"他拥抱了季拓，"而且我还要交给你一个重要的任务，看护我的儿子长大吧，就像你看护我一样，让他成为一个出色的领主，而不是像他父亲一样误入歧途。"

阿鹿桓安抚好季拓。趁其他人还没有发现，骑着骆驼离开了罗火洲。

"你把'光箭'留在那里没关系吗？"风擎子问道。

"里面的能源都用完了，无法补充，而且他们也理解不了构造，无法调试，最后也只能作为普通的床弩而已。"阿鹿桓说道。

风擎子点了点头。

"对了，你会继续研究光吗？"

"不然我还能干什么，你呢？"阿鹿桓回道。

"我也继续做我的研究，不过我重读了一遍你的研究，为了规范，我有个建议。在我们东方有一句话，叫作'名不正则言不顺'，又说'无名，万物之始也；有名，万物之母也'。"

"你想说什么呢？"阿鹿桓问道。

"我觉得需要定义一些东西。"风擎子说道。

大漠奇闻录　255

"比如？"阿鹿桓问。

"比如定义光的强度和等级，比如定义一盏油灯在一寸见方通过的光量为一个'流明'。"

阿鹿桓一拍脑袋："我懂了，你是想要让东方流明以另一种形式延续。"

"怎么样？"风擎子说道。

"这是你自己定的概念，取什么名字该由你自己决定。"阿鹿桓说道，"不过，我觉得应该更加准确一点，什么样的油灯，用的什么油，灯芯该是怎么样的，都要进行定义。"

两人认真地讨论了起来，弈棋者骑着骆驼跟在他们后面，以前他都是藏在货物里出行，像这样正大光明地旅行对他而言还是第一次。他左顾右望，虽然是景色单一的沙漠，但对他还是有着莫大的吸引力。突然，他看到远处出现了一堆小黑点，越来越近，是一大批人！

弈棋者赶忙扯了扯阿鹿桓的袖子，提醒他。

"不用担心。"风擎子看清楚了来人，他挥手大喊道："图明，我的朋友！"

图明到了几人跟前，翻身跳下骆驼，和风擎子紧紧抱在一起。

"你们怎么能悄无声息地走了呢，让我好好送送你们。"图明说道，"你们准备去哪儿，东方吗？"

风擎子说道："我原打算去西方，但我的同伴想去东方看看，说想了解一下神秘的东方奇术。你呢，之前你不是说自己也要去游历吗？"

"是啊,我已经找到雪山了,还在雪山上堆了三个雪人,舞剑的、弹琴的、击鼓的。谁能想到我们第一次合作就是最后一次呢。"图明又说道,"我是被父亲喊回来的,赤特死了,他信任的人不多了,只能找我。想再出去,可能要三五年之后了。"

"没关系,外面的世界不会因为你不去看它而消失。"风擎子拍了拍图明的肩膀。

"嗯。"图明点了下头,又对风擎子说道,"后面是我的近卫队,他们带了足够的水和食物,可以护送你们走出沙漠。"

风擎子想要推辞。

图明摆了摆手说道:"沙漠里的危险太多,而且盯上你们的人可不少,还是让我的人送你们出去吧,他们对我忠心耿耿,不会违背我的命令。"

风擎子同意了。

图明队伍中的大部分人都跟着风擎子他们走了,剩下七骑留在图明身边。

"主人,你为什么不把他们留下?罗火洲能立于不败之地,靠的就是奇术,只要你掌握了奇术,沙漠就是你的了!"

"我了解风擎子,他不会透露奇术的。"图明道。

"我们可以用刑,一种不够就两种,一天不招就两天,两天不行就……"

"够了。"图明满面怒气,他挥剑砍下了建议者的半片耳朵,"再敢提这件事,下次落地的就是脑袋。"

看着远处的地平线,图明语气缓和了下来:"这个世界上,有围着屎球转悠的蜣螂,也有奋力飞翔的凤凰啊。我们何必要囚禁凤凰呢。"

在罗火洲,火寻零也知道奇术师离开了,她不打算挽留他们。

现在,她什么都有了,有一座属于自己的绿洲,异己也都排除了,还有了一个孩子。虽然没能得到阿鹿桓那惊天动地的奇术,但也在东方流明和风擎子的帮助下得到了替代的技术。

她待在自己的房间里,擦拭着父亲铁恩的雕像。

"父亲啊,你看看现在的我,我早就对你说过,你不该把我当作一个棋子,而该让我去当一个棋手,这样我能为你带来更多的利益,或许你也不会死了。"

火寻零是最后的胜利者,她利用父亲的死,夺取了政权,又靠四个挑战拖延了时间,借弈棋者的手消灭了求婚者。她还利用时局,或逼迫或诱惑,引导奇术师们交出自己的技术,帮她获得战争的胜利。

沙漠灼热的风从窗外吹进来,吹动她的发丝,她却感到一种孤寂的寒冷,就像一个人站在荒芜的夜里。她的手边还放着东方流明的佩剑。

番外
奇术师与歌者

鹰隼划过夜空，苍穹繁星闪烁，地上花灯绚烂，帝都沉浸在一片喜庆之中。

自皇帝平定天下，建立起庞大的帝国，这座城市也成了世上最伟大的城市，她美艳得像知性典雅的贵妇，这儿施一点胭脂，那儿插一根金步摇。要说王城的雕栏玉砌是她的双目，最摄人心魄，那么这座白色的高塔就是她的朱唇、她的舌簧，是最悦耳的地方。

鹰隼收拢自己的羽翼侧身掠过白塔，带起的风摇动了飞檐下悬挂着的风铃。一万四千六百只形态精巧的风铃被安置在白塔各处，每逢清风徐来，白塔便发出阵阵脆响。

靠着白塔的是用竹子搭成的听雨阁，听雨阁风雅静谧，外界的噪音被墙体内的竹篾吸收，而雨点落在竹瓦上，声响却在竹筒中一层层地被放大。

在听雨阁中，无形的雨声变得具象起来。小雨凄切，如抚琴鼓瑟。大雨滂沱，如万马奔腾。或许常人会嫌聒噪，但这里的主人苏评风喜欢在磅礴的雨声中放空自己。因此，若下了雨，他多半会来这儿待一会儿。

鹰隼打了个旋，最后落在一座假山之上，八音泉水从虎口喷涌而出，沿假山内错综复杂的管道叩动钟磬，流过簧片，乐曲自然而然地流淌。八音泉近百条管道，共有一百一十二种变化，可演奏数十首曲子。整座假山随着音符缓缓转动起来，飞溅的水花湿了鹰隼的翎羽，惊飞了鸟儿。

这里的主人——苏评风正斜靠在榻上，光滑洁白的肌肤因酒精的刺激泛起红晕。他猛地睁眼睥睨四周，忽想起自己已是六十岁高龄，今日的寿宴虽热闹非凡，但仍不能排解内心的这份悲怆。

苏评风四岁便拜入云居大师门下学习舞蹈、音律、歌唱……待到及冠，为保住歌喉，苏评风自愿去势。除去情欲困扰的苏评风更专注于音律歌舞之事。二十一岁时他尽得云居大师真传，从她手中接过了乐坊。自那一日起，苏评风统领这个国度的音乐已有三十九年，深得圣上宠爱，亦深得属下爱戴，但岁月套在他脖颈上的绳圈也越勒越紧。

一念到韶华已逝，自己今不如昔，他借着酒气随手抄起一把如意，砸烂了自鸣自唱的铁画眉，敲碎了一支三尺的龙血珊瑚，更将无数珍玩弃掷于地。

"人何以堪，歌何以凭？"苏评风深深叹道。

六十岁的他黑发童颜，声如钟磬，且风光无量，可只有他知道，随着年纪的增长，自己的气力已经不足了。歌到高潮，肺连同尾音都在发抖，九转也只能勉力到八转半草草收场。倘若老天真能知他心意，何不让他不会衰老；若老天真能懂他的思量，何不让他找到一人，就如当年云居大师找到自己一般，好让这举世无双的歌技传承下去？

苏评风想着这些，久不能眠，直到东方渐白，鸡鸣了三遍，他才阖上双眼，昏昏沉沉地睡去。梦中忽传来歌声，气势足而意沛，古人所谓"发声尽动梁上尘"就应该是这种感觉。

这是《围猎》！此曲取材自北方游牧民族秋季的大围猎，数个部落为了应对北方漫长的冬季，花长达数月的时间和精力，追逐、驱赶大群的牦牛，将它们逼入死地。

狩猎的壮阔场面绝不亚于任何一场战争。

猎人之歌，并不讲究技巧，全靠一股子血气。粗犷的歌声中藏着豪气万丈。雪山、巨斧、牦牛群、夕阳……这些意象在歌声中渐渐具体起来。

苏评风从床上惊起。"苏福，苏福……"他喊管家前来，"快去把唱歌的歌者找来！"

不到半个时辰，苏福就气喘吁吁地回来了："老爷，请是请来了，只可惜……"他抹了一把汗，叹了一声气，道，"老爷，您还是自己去前院看看吧。"

七八个家仆正把一辆大车往里面推，他们挥汗如雨，喊着整齐的号子，一鼓作气把车推进了府内。车上好像载着小山般的庞然大物，苏评风伸手扯下上面覆着的黑纱。

那是个巨大的猎人俑，手脚俱在，身披兽皮，全身用油彩绘着象征太阳与火焰的花纹，眉目威严，腰间挎着一面大鼓。透过胸口还可以窥见青铜骨架和各种轴承、机括。苏评风不小心触碰了什么机关，就见它背上的发条转动，猎人跳下车，自顾自地唱起刚才的歌来，并随着节奏踏步拍鼓。

随着它的动作和歌声，太阳与火焰的花纹仿佛活过来一般，挑起人心底奔跑厮杀的欲望。

一曲歌罢，苏评风里衣已湿了大半。

不过是个乐偶罢了，同书房中那只会唱歌的铁画眉一样，上了发条便能依照设计发声。

苏评风摸着巨大的乐偶长叹一声："你们只找到这个？"

"回老爷，赶去时只见到这个。小的们想，这应该就是那歌声的源头，于是便冒昧地将它带了回来。"苏福答道，"老爷放心，已经派人守在那里了，它的主人一来，我们就将他请回来。"

苏评风摆了摆手："这件事就交给你们了。"他心里有种说不出的失落。

如果是位唱功高超的歌者就好了。

一转眼便入秋了，苏评风身上又多添了一件衣服。一日，他正在午睡，如那天清晨一般，又有歌声传入他的梦中，梦中他感到自己悠悠地漂浮至半空中，婉转的歌声如云般将他层层包裹，似有清风拂过。这是风汀水所著的《飞天》，风汀水大师结合南方民调谱成曲子，歌曲洒脱飘逸，使人有遗世独立之感。

曲调婉转多变，机械之力绝达不到如此。苏评风披衣而起，忙唤来苏福："去把唱歌的先生好生请来！"

苏福带了几个奴仆匆匆出府。不到一个时辰，几个下人抬着一顶轿子回来了。

"那位先生来了吗？"苏评风问。

苏福没敢说话，只是叫人掀开了帘子。

轿中坐着一尊傀儡，如真人一般大小，身着绯衣，头梳凌云髻，华服美容，但之下却是青铜肤质。手脚比起惟妙惟肖的头颅和身躯，稍显粗糙，仅是木头雕成后上了一层漆。脖颈的连接处隐隐约约可以窥到里面藏着青色的血肉。

苏评风怔怔地走到傀儡面前，傀儡像察觉到了什么，直直转过头来，睁大了眼睛，做了个简单的亮相，轻启朱唇，便有歌声从里面传出。比起喉咙，发声处更像是在深处的胸腔内。

"又是一具傀儡啊。"

这样小巧精致的傀儡，苏评风曾在大将军府上见过。当时一个奇术师带来了好几具美傀儡，它们或翩翩起舞，或为客人斟酒添菜，不过若是没主人控制，它们也只能按模式反复做几个动作罢了。

"可找到这具傀儡的主人了？"

"赶去时就只见到这具傀儡。"苏福答道，"不过留人在那儿了，主人一来立刻就请到府内。"

苏评风端详着唱歌的傀儡，它所用的材料比上一具复杂得多，因此歌声也比单纯的机械出色不少。

苏评风有一种预感，此事还未结束。

他传令下去，要人仔细监视府邸四周，一有异常立刻报告，不得贻误。

半月后，院里的梧桐终于落了最后一片叶子。深夜，苏评风酣睡之际，苏福急匆匆地闯进卧室叫醒了他。

"老爷，我们在西门附近……发现了……"他喘得上气不接下气，"我们已经把它带回府内了。"

苏评风以为是傀儡的主人来了，顾不得穿衣就跑了出去，当他看到内院中摆着的大水缸，失望之情不言而喻。

苏福追上苏评风，给他披上皮裘："老爷，我们发现了这个怪东西，于是就带回来了。放这东西的人，我们还是没遇到。您看看这是什么？"

苏福挑开盖在水缸上的竹席，缸内浸泡着一具鲛人模样的傀儡，它阖着双目一动不动，在火光的映照下，显得楚楚动人。

苏评风伸手一触，细腻的肌理让人产生错觉，误以为这真是一尾鲛人。

这到底该如何启动，它没有外置的机关，也不对苏评风的触碰有任何反应。

苏评风扶额道："苏福，把院里的池塘清出来，再把这傀儡放进池子里试试。"

"那池里的锦鲤呢？"

"随意，你把它们都捕到缸里吧。"

"是的，老爷。"苏福退下去，立马指挥人忙活起来。没过多久，鲛人傀儡就被放入了汉白玉垒成的池子中，渐渐沉入池底。

忽然，只见鲛人傀儡缓缓舒展肢体，猛一甩尾，溅出一道半月形的水花。

游动间,水中隐约有歌声传来,是鲛歌!

"把烛火都熄了。"苏评风道。

灯火皆寂,院内漆黑一片,待人适应黑暗后,月华尽洒入庭中,自有一股说不出的风姿。池中的鲛人也感应着月华发出的淡淡荧光。鲛歌凄美动人,一声声都直击人心最柔软的角落,鲛人在水中时现时隐,歌声一会儿自水下传出,一会儿又重回水面,恍惚间有数人唱和。池中鲛人摇尾,和着节奏激起水花,这不单是一支曲,更配上了一段舞,美得教人忘了言语。

东海的鲛歌,本身就是一个传奇。东海产珍珠,珠蚌在满月时才会张开,吸收月华。采珠女要下潜到海底才能得到珍珠,因此,她们的肺活量远远大于常人。

有人听到她们在劳作之余所唱的歌,便误认为是传说中的鲛人在歌唱。

这些傀儡背后的奇术师是个有趣的人,他直接就将演唱鲛歌的傀儡制成了鲛人模样。

鲛人沿着池子游了一夜,直至内部的能源耗尽,苏评风他们才回过神来。

苏评风得了这三件东西,便终日待在屋内不理世事。他沐浴斋戒,禁了歌舞,每日只对着它们发愣。

他在等人,等那个把它们送到自己身边的人。

那日黄昏,苏评风正在用膳。

苏福火急火燎地闯了进来:"老……老爷,有人在府前说来讨要乐偶。您等的人来了！"

苏评风急忙放下筷子："快将他请进来！"

朱门大开，一袭红绸铺在青石板上，苏评风亲自站在阶下迎接。一个女子头戴斗笠，蒙着一条丝巾缓步走来，风姿绰约。

她一手牵着一位身披黑衣的老人，一手抱着一面琵琶，身形极似一位故人。

苏评风殷勤地接过她怀里的琵琶，将她往屋里引。触到那人的肌肤，苏评风感到一股透心的凉意，仿佛她不是个活人，而是流落尘世的冰雪仙子。

奉完茶，下人退出了客厅，只留下苏评风、那位女子和黑衣老人。

"先生是从哪里来的？"苏评风跑到她跟前问。

女子只拨弄了两下琴弦，并不言语，她的沉默就像一首歌。

"先生的这些傀儡又是从何处求得的？"苏评风连发两问，"先生找我又为何事？只要苏某能做到，绝不推辞。"

女子还是抱着她的琵琶不言语，倒是她身边的老人往前挪了几步，褪下黑衣兜帽。

岁月在他身上留下了鲜明的刻印，他仿佛一枚晒干的枣子，皱巴巴的，没有一丝水分，老成这样都尚未死去的男人也难得一见。

"苏大人不认识我了吗？"老人的声音像砂纸磨过岩石，"这么多年来，我一刻都不曾忘记同您和云居大师的那次会面。云居大师的歌，真可谓天籁。"他闭上双眼沉浸在回忆之中，"那时我身份卑微，只能坐在角落，但云居大师的歌声却将我带往了神的宫殿，带到了世界中央，与历史上的英灵们同列。"

"您是……界大师？"苏评风从茫茫脑海中找到了这个名字。

几十年前，身为侍童的他，陪云居大师参加盛宴，席间就坐着奇术师界楠。

他那些精巧的乐器和玩意儿引起了苏评风的兴趣，尤其是那些机械舞姬。

云居大师献唱一曲后，界楠特意找上大师，并为大师设计了三样东西，以作谢礼，那三样东西就是白塔、听雨阁和八音泉。

"没想到您还活着？"苏评风道。

"我已经老得不像人了，但我有着不能死的缘由。"奇术师界楠回答道。

"它们都是您的吧，您意欲何为？"苏评风指了指屋内的机巧傀儡。

"只为完成我的夙愿。"奇术师界楠说道，"苏大人，您在见过它们后，应该已经明白我要做什么了。我希望能得到云居大师的《踏歌行》啊。那是一听便可让人忘记肉味的歌曲，是作为人这个器皿达到顶点才能演绎的歌，但是这样的作品就将失传了，苏大人。"

奇术师继续说道："苏大人，我知道近几年您一直在寻找能驾驭《踏歌行》的歌者，但像您和云居大师这样的奇才可谓百年一遇，又岂是可轻易求得的？所以我希望您能将《踏歌行》传授给我的傀儡，普天之下也只有它能演绎那首歌了，请务必将《踏歌行》传授给它。"

奇术师界楠走到那女子面前，伸手摘下斗笠和面纱，它的脸露了出来。

苏评风惊诧得站起身子，连退了几步："云居大师……这是云居大师？"他指着女人的脸说道。

"既是也不是。想必苏大人也知道，傀儡依凭着骨架才能成型，而某些特殊的骨架是根据原型所制造的，与原型的相似程度极大地决定了傀儡成型后的效果。您也明白，前后五百年云居大师是最好的歌者。我为了完成这独一无二的傀儡掘开了云居大师的……"

"够了！"苏评风用发颤的手指着奇术师界楠，"你怎么敢这样！"

奇术师界楠跪倒在苏评风面前，慢慢俯下身去，直至额头紧叩在地面："枯骨终究是枯骨，到头来也不过做了虫豸的腹中餐。云居大师英年早逝，若能让她无双的技艺流传下来，也不失为一件善事，那样的技艺光靠语言文字是不足以承载的。若不能代代相传，那一切都将失去意义。"

奇术师界楠卑微地俯身在地，像虫蚁一般。

时间仿佛静止一般，苏评风和奇术师界楠保持着各自的姿势，不知过了多久。

天色渐渐暗了下去，房内漆黑一片，也没人敢进来掌灯。

黑暗之中，只有苏评风的眼睛露出些许闪光。

像蛮荒以来的第一阵惊雷。"那我该怎么做？"苏评风问道。

"苏大人只需贴近傀儡，将《踏歌行》演绎一遍就可以了，让它的手掌放置在您的胸口感受震动和运气。我会控制它，让它记录下有关《踏歌行》的一切，日后只要匠人依照同样的方法驱动傀儡，傀儡就能歌唱。"

"我如何能相信你？"苏评风问道。

奇术师界楠做这么多，就是为了苏评风这一问。他从怀里取出火折子，点亮了四周的灯："我一连制作了这三具傀儡，将机械之力运用到了顶峰。"奇术师干枯的手指抚过鲛人的长尾，"每一具傀儡都有不同的'个性'，使它们不可复制，代表着我一次又一次的尝试。"奇术师界楠回到云居傀儡面前，"但这还不够，云居大师才是我技艺集大成之作。"他缓缓解开云居大师的衣服，"这是风肺，从上万张牛皮中挑选最好的一张制造；这是共鸣室，还有用于冷却的水循环系统；整副喉骨，是我从巨量的巨鲸软骨中精挑细选出来，制作而成的……"他指出一个个用心之处，"它的性能绝不亚于真正的云居大师。"

奇术师界楠继续说道："而且傀儡无神无智，不会衰老，它的零件虽然难得，但也是可以替换的。尽管需要人的操控，但训练一个操纵师远比训练一个歌者要容易。至于准确性的问题，这具傀儡完全在我的控制之下，待到您高歌时，我自会全身心与它融为一体，绝不会遗落《踏歌行》任何精妙之处。"

苏评风点了下头。

"你确定？"苏评风道，"我高歌的次数可不多了。"

奇术师界楠跪倒下去，不让苏评风看他的表情："必然可行，我这一生只做这一件事情。"

"我就信你这一次。"苏评风道。

于是，苏评风立马下令，全府上下当即忙活了起来——下人们足底缠上厚厚的布条，八音泉喷口被暂时封上，听雨阁也封闭起来，而白塔上的风铃则被尽数摘去。在白塔的最高层，几十条锦被牢牢裹住这间房间，这里成了全世界最安静的地方。

苏评一袭白衣，端坐在中央，这是他为自己穿的丧衣，以他现在的体力精力，仅能勉强再演唱一次《踏歌行》，这很可能是他最后一次开口唱歌了。

"我准备好了，开始吧。"他示意奇术师。

奇术师界楠操控着傀儡坐进苏评风怀里，它将在这儿感受每一丝气息和技巧的运用。

终于，苏评风开始歌唱。初缓渐急，用情处忽迸发出几个高音，歌声时而有一种丝绸的触感，将风花雪月连成一幅画卷，触及内心深处，仿佛有一只纤纤玉手在抚慰灵魂，空气都停止了流动；时而又如滚滚浪潮，将你抛向浪尖又摔入深渊，一波未平，一波又起。

奇术师界楠紧闭着双目，任由歌声带他穿过阴郁的岩层到地火沸腾的熔炉，穿过厚重的云层到热浪翻滚的太阳，他仿佛感悟到了世界的真实……

苏评风大汗淋漓，一手捂着胸口，继续忘我高歌。他也沉醉于自己的歌声无法自拔，百转千回，绕梁三日……

他强撑着濒临破碎的嗓子，抖出最后一个婉转的音符。

"噗。"苏评风啼出一口殷红的鲜血，"结束了。"苏评风嘶哑着嗓子说道，"我的歌声……云居大师和我的歌声保存下来了吗？"

奇术师界楠面色苍白，像是精神消耗过度："保存下来了，这首歌当永存啊。"

苏评风让奇术师立刻演示，他必须看到结果才能安心。

"那么……那么，就让我听听吧。"苏评风请求道，"我也有数十年未见过师父的风采了,让它唱歌吧,让我听听我为之付出所有的东西!"

下人过来撤去门窗上挂着的锦被,让清新的空气流通进来。

奇术师界楠面色未变,吞下一粒药丸,开始操纵机巧傀儡。

傀儡云居站了起来,拨弄琴弦,开启朱唇。不一会儿,两人面露沉醉之色,像浪人归家躺在母亲怀中,像酒鬼醉死于一大缸美酒之内,天地之间,只余下这两个聆听的灵魂。

然而,美酒也要提防变质,到了最高潮,云居张大了嘴巴,却没有发出一丝声音,如同坏了一般,过了这段,才重新发声。

但这首歌已经毁了,奇术师的脸色变得煞白。

"我需要一个解释,不,解释也不够了。"苏评风脸色集结了阴云,他又摇了摇头,看着奇术师,"你又算计了一次。"

"不敢。"

"为什么不敢?"

奇术师做的这一切都是为了得到这首歌,或者说,他想要这首歌能流传下来。奇术师用自己的傀儡叩开了苏评风家的大门,显示出自己技艺的高超——他有能力完成他所说的一切。

但现在距离完成只差一点了,无论是奇术师还是苏评风,都已没了后路。

因此,苏评风才会说奇术师在算计他。

"说吧,你还需要我干什么?"

"我去晚了一步,掘开坟墓时,大师部分组织已经糜烂,我只能还原出九成九,剩下那点成了云居的瑕疵。"奇术师顿了一下,

"我需要知道是什么样的构造让你们成了你们,千万歌者中,只有你们能演绎《踏歌行》。这不是后天锻炼的结果,这是天赐。"

"你想要切开我的身体,看看所谓的'天赐'吗?"

奇术师保持了沉默,他不能主动要求这件事,只能等苏评风自己认可、同意。

"不能等我老死之后吗?"苏评风问道。

人皆有求生欲,谁愿意早一刻堕入阴森黏稠的死亡?

"您的嗓子已经受损,随着年龄的增大,它会慢慢退化,失去原先的模样。"

"呵呵。"苏评风瞥了奇术师一眼,"你可真让我难办,说吧,我该如何,用刀子还是绳子?"

奇术师从怀里掏出一个小瓶子。

"这是用西方沙蛇的毒液烘干制成的毒粉。您只需要在手臂上划出一个伤口,将毒粉倒在上面。毒素就会进入您的身体,您会没有痛苦地晕过去,然后肌肉松弛,最后心跳停止,最大程度保证您身体的完好。"

苏评风笑了笑:"连这样的东西都准备好了,你就这么确信我会依你所言?"说完,他从边上的果盘内拿起了刀子。

歌当永存啊。

苏评风在自己左手手臂上划开了一个十字形的伤口,血液像珊瑚一样美丽。

"我这条命就交给你了,奇术师。"

后记一：奇书师

呼延云

古人以立德、立功、立言为"三不朽"，但倘无虞允文、王阳明、曾国藩的才能与际遇，只恐踮脚亦难望之。无奈之下，又有所谓"文人三绝"，即奇人、奇事、奇书，如徐文长、金圣叹、蒲松龄者皆可对标。我与拟南芥君并不熟识，不晓得他有什么奇事，据说他能同时创作好几种类型的小说且下笔极快又质量甚高，大概算得上奇人？不过，他的新著《大漠奇闻录》乃是一本奇书，却是板上钉钉，不折不扣的。

中国与印度、埃及是举世公认的古代幻术三大发祥之地，从世界幻术发展史的角度来看，中国幻术自成一派，内容丰富多彩，具有浓郁的民族特色，不仅是表演艺术中的佼佼者，而且具有很高的学术价值。它是自然科学与人文科学交融的独特艺术，具有深厚的科学、哲学和美学文化内涵。

对于中国幻术的起源，《旧唐书·音乐志》中说"幻术皆出西域",这也是目前学术界比较一致的看法,这方面可资证明的史料十分充沛。《列子·周穆王》中说:"周穆王时,西极之国有化人来,入水火,贯金石,反山川,移城邑,乘虚不坠,触实不硋,千变万化,不可穷极,既已变物之形,又且易人之虑。"这里的"化人"即是幻术师的代称。

而汉武帝时期贯通丝绸之路以后,大秦(古罗马)、安息、身毒等国的幻术师更是接踵而来,绵绵不绝。《史记·大宛列传》中写安息国王派遣使团来大汉参观,曾经"以大鸟卵及黎轩善眩人献于汉"。《后汉书·陈禅传》写西域献给汉安帝的幻术师"能吐火、自支解、易牛马头",令汉安帝大呼过瘾。此后的三国到南北朝,西域依然是内地幻术的策源与发源,《搜神记》中写西晋永嘉年间,一位天竺幻术师"能断舌复续",还能把剪断的布一捏相连,"无异故体",而《魏书·西域传》中的幻术师在"无缝对接"技术上更高一筹,就算是喉脉断、头骨陷的人,稍施妙手,便能恢复如常,北魏世祖拓跋焘"疑其虚,乃取死罪囚试之,皆验"……

直到隋唐,由于唐高宗对幻术抱有厌恶的态度,"敕西域关令不令入中国",才算切断了西域幻术与内地幻术之间的联系,从此,内地幻术便开始了独立的发展,其中成就最大、影响最广的当属"鱼龙之戏"。"鱼龙之戏"源自汉代,到隋唐成极盛之华章,天子坐明堂,殿上巨鲸舞,喷雾翳日耸且踊,倏忽黄龙出,可谓我国古代宫廷幻术的巅峰。电影《妖猫传》中对"极乐之宴"穷尽奢华的演绎,即取材于此。

值得注意的是,随着幻术的不断发展,幻术师们也不再一概用

"化人"统称,而是以名立世。比如在燕昭王面前表演用十层浮图请出诸天神仙的尸罗,招魂李夫人而博取汉武帝信任的少翁,以幻术戏弄曹操而名列《后汉书·方术列传》的左慈,用瞬生白莲劝阻石勒杀生的高僧佛图澄……在这些名满天下的幻术师中,最神奇的一位当属《列子·汤问篇》中记载的那位能够"造人"的工匠偃师:偃师来自西域,他把所造之傀儡献给周穆王,"领其颐,则歌合律;捧其手,则舞应节。千变万化,惟意所适",而拆开一看,所用材料不过是"革、木、胶、漆、白、黑、丹、青之所为",周穆王不由得叹息:"人之巧乃可与造化者同功乎?"

《大漠奇闻录》中以风擎子之口提及偃师这一"神作",我不知道拟南芥君是否在用这种方式,向包括偃师在内的中国古代幻术师致敬。

鉴于本格推理小说可以视为一种破解魔术的文学类型,所以,诸如《失控的玩具》《十一张牌》《消失的人》《少女魔术师》这样以魔术师为侦探或者真凶的作品并不鲜见,但以中国古代幻术为题材的长篇推理小说,《大漠奇闻录》当属开先河之作——值得思考的问题是,对于近年来在选材和手法上创意迭出、寻求突破的原创推理而言,这一题材的作品为何姗姗来迟?

清末学者唐再丰致力于收集幻术方法三十年,编成《鹅幻汇编》这样一部"引类分门,诸法全备,图形细绘,详注分明"的中国古代"幻术百科全书",他在书中以幻术技法为线索,将320余套传统幻术分为彩法门、手法门、丝法门、搬运门、药法门、符法门六类，除了吞刀吐火、植树种瓜之类的精巧奇术，还有隐身悬空、穿墙洞壁这样的民间异术，亦有翻江倒岳、移山填海这样的大型幻术，可谓层次分明，蔚为大观。

这不能不让人想起本格推理小说中，围绕"不可能犯罪"这一词条展开的种种构设：密室、无足迹、尸体消失、时刻表诡计，等等。而锻造精妙谜题的方法也与幻术有异曲同工之妙：通过语言的、行为的、数理的、机械的种种手法，利用人们五感和心理上的种种错觉，成功实施一套障眼法或迷魂术，得以梦中说梦、方死方生、善恶莫衷，真假难辨。

从某种意义上说，中国古代幻术是原创推理小说储备丰富且掘之无尽的宝藏，那么为什么长期以来，原创推理作家都对其敬而远之、乏人问津呢？我想，个中原因，不在于可以借鉴和参考的资料太少，而恰恰在于可以借鉴和参考的资料太多。

众所周知，除了正史之外，在我国古代志异小说和史料笔记中，记载着大量关于西域幻术的内容，仅以汉魏六朝为限，就有《西京杂记》《汉武帝别国洞冥记》《搜神记》《拾遗记》《博物志》《异苑》等，不胜枚举。

一般人不要说精研，能将其通读一遍恐怕已属不易，而能够在其中发掘出可供创作的资料，整理、分类、解构，再合理地加以利用，将之植入小说中，又无灌水或炫学之嫌，实在是不胜其苦且难之又难的事情。推理小说本就需要精耕细作的真功夫，而浸淫古籍、爬梳史料更可谓小火慢炖，成于孜孜，毁于草草。

在阅读这部小说的过程中，我有意将作者在书中提到的西域幻术和西域文化追根溯源，发现许多玄奇诡谲都有据可依、有案可查。比如开头提到的火浣布，出自东方朔的《十洲记》；舞姬、琴师、武士和弈棋者这四大傀儡的创意与前面提到的《列子·汤问篇》息息相关；杀死骆驼挖出心脏抑或用龟甲的占卜，则可以在《左传》《史记·龟策列传》《西京杂记》和《博物志》中找到出处，至于以东方流明的佩剑引《周礼·考工记》谈战国冶炼术，更是言来有自……这对于创作一部推理小说而言，无疑是要花费巨大的心血和力量才能做足的资料功夫。

仅仅做到上述这些，《大漠奇闻录》仅仅能称得上是一部佳作、才子书或者用心之作，还算不上一部奇书，但当这样一部以战国末期为时代背景，充满西域风情的推理作品中突然出现了"发条""齿轮""伏打药水""水波衍射"和"浮力定律"，乃至借助电池、人力发电机制造的"死光"打了一场城市攻防战的时候，公元前打开了通往公元后的任意门，旧世界乘上了穿梭新世界的时光机，古风推理变成了SF推理，幻术师也就变成了奇术师。

正如作者所言，奇术师并不等同于幻术师，就像书中的阿鹿桓一样，与其说他醉心幻术本身，毋宁说他沉迷于解开幻术的谜底，探究科学的奥秘，并借此研发出超越时代的"奇术"——超越时代的科技和魔法无异，于是"奇术"因其本身的魔力与蕴含的能量，成为一块可以吸引各种欲望的磁石，有人为之生，有人为之死，有人为之征战，有人为之密谋，有人为之铤而走险，有人为之违法犯罪，无论是失去丈夫的女人、客死他乡的领主、探求真理的术士抑或惨遭拆解的傀儡，归根结底都是被阿鹿桓研发的奇术卷进漩涡的溺者，也可以说都是被欲望驱使向必然结局的傀儡。

《大漠奇闻录》将人与命运的纠结、抗争、厌倦和无奈表现得淋漓尽致，全书分为两部分，以第一次罗火洲攻防战为线，第一部分以回忆形式闪回第一次罗火洲攻防战前，讲述阿鹿桓与弈棋者通过对"术"的探讨抵御外来的敌人。第二部分则是火寻零、风擎子和东方流明通过对"道"的究诘破解内部的密室，看似双峰兀立，却浑然一体，相辅相成。

既有长河落日、大漠黄沙、战鼓鸣镝、金戈铁马，又有斗智斗勇、明枪暗箭、瞒天过海、尔虞我诈，其间还穿插着坐而论道、谈空说玄、意乱情迷、痴妄两生……

整部小说在叙事上狂放不羁，以一种大散文的文风和意识流的笔法，铺展开一幅又一幅风光旖旎的异域沙画，吹响了一曲又一曲悲怆高亢的筚篥羌笛，跳起了一支又一支千匝万周的回旋胡舞，洋洋洒洒，不惜笔墨，将风景、幻境、世态、人心铺陈开一片恣睢的汪洋，真正做到了"诗性的写作"，这在创作手法上过于追求严谨几至刻板的国产类型小说中，又是绝无仅有，令人啧啧称奇的。

但是，几乎可以肯定的是，《大漠奇闻录》从出版的那一天开始，就注定会成为一部争议巨大的作品。

毋庸置疑，就像世界上并不存在"完美"的犯罪一样，也并不存在"完美"的推理小说。任何一部作品，总会有这样或那样的缺点与不足，直言不讳的指出和坦诚热烈的争论，无疑会促进作者的进步和作品水平的提高。但在当下，囿于视线的狭隘和思维的保守，这样良性的文学批评恐怕依然是一种奢侈品。

在我看来，原创推理作者大致可以分成两类，一类追求极致，一类追求创新，前者致力于把经典推理已经成型的模式精益求精，可谓"工匠型写作"，后者则试图创作出前所未有的模式乃至流派，可谓"创新型写作"。两者论及创作理念，无谓高下，论其创作难度，难分伯仲，且在绝大多数情况下混同一体，比如拟南芥君的上一部长篇推理小说《山椒鱼》，既恪守了"暴风雪山庄"的基本模式，又通过将案件发生地沉入地底，将这一模式进行了全新的演绎。

而《大漠奇闻录》的突破性则远远超过《山椒鱼》，我在掩卷细思时，发现完全无法按照现有的推理小说流派给她一个精准的定性：新本格？古风？SF？都是，也都不是，这恰恰是这部作品的最大意义所在，作者用多元的知识结构、多样的表现手法，将传统推理小说的多种经典模式熔于一炉，创作出了一个推理小说史上前所未有的"新物种"。

新生事物能否成长壮大，往往还需要时间的考验，但目前这类探索和尝试面临的多是嘲讽和叱骂。部分读者和推理小说评论者对"工匠型写作"赞誉有加，而对"创新型写作"嗤之以鼻。在他们看来，一部中国人写的推理小说，必须能够精准地对标日系或欧美系某位名家的某部名作，模仿得愈像，愈是上乘佳作，而那些勇于突破、敢于创新的作品，则被烙上各种各样的罪名：狂妄自大、离经叛道、违反戒条、难以对标……

问题在于，谁说在森林面前我们只有浇水施肥，而没有种下自己树苗的权利呢？谁说对巨人只能顶礼膜拜，而不许踏着他的肩膀攀登呢？世界推理小说史上的每一个进步，不都是源于对既有模式的突破吗？推理小说作家的天职，不就是在汲取前人伟大成就的同时，创作出前所未有的新篇章吗？正如作者在本书的"后记"中所言——"推陈出新是每位推理小说家一直以来孜孜所求的"。纵使我们真的需要对标，与其对标单一的作家、作品、流派，难道不更应该对标誓要让作品惊世骇俗的创新精神吗？

以日系推理而论，试想假如从江户川乱步开始，日本推理作家们就满足于"一生俯首拜欧美"，又怎么可能出现横沟正史、松本清张、岛田庄司、京极夏彦、东野圭吾这些不断改元更始的大师呢？既然如此，何以中国人写的推理小说就非循规蹈矩而不能登大雅之堂呢？

从世界文学史的发展来看，任何舶来的文学类型想在舶入国生根立足，枝繁叶茂，都必然存在一个"本土化"的过程，正如新生儿必须剪断与母体之间相连的脐带。一个成熟的文学个体同样不能总依赖舶来国提供养分、新陈代谢，而要逐渐在语言、文字、结构、形式上完成自己的独立。换言之，中国的推理小说真正成熟的标志，一定是在充分学习、借鉴名家名作的基础上，产生出完全中国化的作品。

应该说，从新世纪原创推理复兴以来，"怎样讲好中国故事"一直是推理小说作家探索的主题之一，与刀耕火种的原创推理拓荒者相比，新一代推理小说作家具有更加良好的文化素养、更加完备的知识结构、更加全面的理论修养和更加庞大的阅读数量。倘若能再多一些狂飙突进的先锋精神，多一些不问成败的奇崛之作，也许原创推理的黄金时代会早一天到来吧！

承蒙拟南芥君相邀，为此书写后记，本想一气呵成，怎知一读之下，荡魂摄魄，凝神良久，方成此文。以奇人解奇术，以奇才撰奇书，奇之又奇，奇莫大焉！

后记二：奇术师的遗物——巴格达的陶瓶

拟南芥

南方的冬天，由于恼人的湿气，寒意无处不在，它像一条蛇紧紧缠住了我。

我租的房间，又小又破，年纪怕是比我还大个十岁，窗关不严实，空调也不可靠，制冷倒还可以凑合，但一制热，就像耕地的老牛呼呼喘气，没多久便会冒出股焦糊味。

罢了，横竖还是命比较重要，我只能关了空调，买了个几百块钱的取暖器放在脚边，想着挨过这个寒冬。

我用发僵的手指胡乱打了几页字，就没了后劲。我已没有可写的东西了。

夜也深了，我弯下腰，将手伸到取暖器前，想要暖和下双手。

"都查好了，写好了吗？"墙角一团黑黢黢的影子问我道。

我晓得他大约是个人，但看不清他的模样，他是个穿越时间而来的鬼魂。

"差不多了,过几天再校对一下就好了。"我说道。

"过几天?"他问道。

"自己新写的东西,要么让别人看看,要么自己过几天看看,才能挑出错来。"我解释道,"我又没什么朋友。"

"这真叫人伤心,不过你是个好人。"

我试探着问道:"那么那些都是真的吗?"

"你不是已经查到资料了吗?"他的语气有些不耐烦。

我是查到了资料——巴格达电池。

它是巴格达伊拉克博物馆中的一件藏品,据说已有大约两千年的历史了,它外表看起来就是一只简陋的小陶罐,却有简易电池的功能,被认为是一种"欧帕兹"——指在不寻常或不可能的位置或时间发现的古物。

"可我还想证实这件事。"

黑影像是陷入了回忆。

"我们隐藏得太深,以至于无人记得。"他说道,"我会一直记得那天的,那是1936年6月的盛夏,在巴格达城近郊格加特拉布阿村外,修建铁路的工人们挥动铁锹,铲除了一堆土丘,在准备铺设路基时发掘出一座古代陵墓。考古学家们赶来,认为这是安息时期的墓葬。两个月过去了,巨大的石棺终于打开,从中发现了大量古波斯的文物。还有一些铜管、铁棒和陶器。"

我接他的话说下去:"他们感到不解,这些小型铜管、铁棒和陶器为什么会和金银器等贵重物品一起殉葬?它们有什么用?后来,德国考古学家对其进行研究和鉴定。他认为这是一整套装置,是古代的'电池'。"

这意味着，在公元前两百年，居住在这些地区的人已经掌握电池技术了。他们的科技水平可能远超我们之前的估计，该地区还出土过记载制造彩色玻璃配方的泥板，配方中夹杂着种种术语，只有研究者才能解读。

"是的，他们吓坏了。"黑影有些想笑。

"所以这真是你们的杰作？"

黑影点了点头。

我想要消化这一切，到头来，只能让我的大脑更加混乱。

"所以你究竟是谁，是东方流明？风擎子？阿鹿桓？总不可能是弈棋者吧？"

"为什么我不能是弈棋者？也许在人间所有的残缺，在死后世界都会得到修复，弈棋者也能恢复正常。"黑影道。

看来他不想回答我的问题，也许在漫长的岁月中，他已经遗忘了自己的身份。如果我是一个从古至今游荡在世间的灵魂，我也会忘记大部分事情。

我换了个问题："电池的作用是什么？有人说它能起到局部麻醉作用，也有人说古人在利用它进行镀金作业。"

虽然黑影没有五官，但我感觉他在笑。

"具体作用重要吗？也许它只是能产生微弱的电流，让人误以为自己与神在交流，这个东西根本不是作为电能来使用的。也许它真的可以麻醉病人，也许它真的可以用来镀金，也许它是一件凶器，电能到现在不是已经快无所不能了吗？人的大脑从古至今都是一样的,现在你们能想到多少种用处,说不定它在过去就有那么多作用。"

"你知道现代科技?"我以为死者不会在乎科学,因为死灵和科技就像一对反义词。

"如果你生前醉心于真理,死后又拥有了无限的时间,你很难不去关注它的最新发展。"

"这么说来,那些文学家也都还存在着吗,他们怎么看待那些刻意曲解或无意误解自己作品的家伙?"

"我同他们没太多交往,但据我所知,你说的这些人最后都成了大度的家伙,因为他们要是斤斤计较的话,就只能不断长吁短叹,不得安宁了。"黑影说着,站起了身,"时间已经不早了,白天属于生者,夜晚属于死者,为了你的健康,我也该告辞了。"

"等等。"我忙喊住他,我还有一些问题想要问他。

"为什么是我?"

"因为你写故事,而我有故事。要从过去进入未来,需要故事。"

"你想让你说的这些事被人记住?"

他点了点头:"因为这些不可能被称为历史,那就作为故事吧,想要得到永恒,就需要有故事。只是今夜,我遇到了你,所以你成了执笔人。"

我愣了一下:"那你是真实的吗?"我问了个傻问题。

"我不知道,也许这一切都是一个梦,就像德国化学家库勒在梦中得到苯的结构。你脑中积累的素材,化作了我,通过我把你的灵感告诉你。余下就留你伤神了。"

他走出门,消失了,就像他从未出现过。